최성윤 교수와 함께 읽는

홍길동전

서연비람은 조선 시대 왕궁 내, 강론의 자리였던 서연(書筵)에서 강관(講官)이 왕세자에게 가르치던 경전의 요지를 수집하여 기록한 책(비람備覽)을 말합니다. 서연비람 출판사는 민주주의 국가의 주인인 시민들 역시 지속 가능한 과거와 현재, 미래의 이치를 깨우치고 체현해야 한다는 믿음으로 엄선한 도서를 발간합니다.

서연비람 고전 문학 전집 2

최성윤 교수와 함께 읽는 홍길동전

초판 1쇄 2018년 10월 25일
2판 1쇄 2019년 10월 15일
지은이 허균
옮긴이 최성윤
펴낸이 윤진성
펴낸곳 서연비람
등록 2016년 6월 29일 제 2016-000147호
주소 서울시 강남구 도곡로 422, 5층
전화 02-563-5684
팩스 02-563-2148
전자주소 birambooks@daum.net

ⓒ 서연비람 2018, Printed in Korea.

ISBN 979-11-89171-05-6 04810
ISBN 979-11-89171-06-3 (세트)

값 12,000원

「이 도서의 국립중앙도서관 출판예정도서목록(CIP)은 서지정보유통지원시스템 홈페이지(http://seoji.nl.go.kr)와 국가자료종합목록시스템(http://www.nl.go.kr/kolisnet)에서 이용하실 수 있습니다. (CIP제어번호 : CIP2018031334)

서연비람 고전 문학 전집

2

최성윤 교수와 함께 읽는

홍길동전

허균 | 최성윤 옮김

서연비람

차례

책머리에

　우리 고전 소설들이 대개 그렇듯 「홍길동전」도 많은 이본들을 거느리고 있다. 경판본, 완판본, 필사본 등 수많은 이본들 가운데 가장 오래되었다고 여겨지며, 각급 학교 교과서에 수록되기도 하고, 후대 연구나 해석의 중심이 되는 판본은 경판본인 것 같다. 그런데 경판본 계열의 텍스트는 길이가 짧은 만큼 화소가 적어서 스토리가 풍부하지 않다는 단점이 있다. 장편 소설의 구조를 가지고 있으나 실제로 단편 분량밖에 되지 않는 것이다.

　다른 여러 이본들이 참고가 되는 이유는 여기에 있다. 「홍길동전」이라는, 이미 잘 알려져 있으면서도 여전히 매력이 있는 이야기가 현대 독자들을 위해 다시 출간될 때, 풍부한 이야기로 흥미를 돋우려면 후대에 지속적으로 부연된 화소들을 점검하고, 끌어들일 필요가 있는 것이다.

　이 책 또한 경판본 텍스트를 기본 뼈대로 삼았다. 그리고 완판본, 필사본 등 후대의 이본들에서 부연된 화소들을 적극적으로 인용하되, 전체적인 이야기의 흐름이 어긋나지 않도록 신경을 썼다. 인명 등은 경판본의 것을 우선적으로 따랐으며, 경판본에 없는 화소나 인물은 따로 각주 처리하여 독자의 오해가 없도록 했다.

책의 후반부에는 허균의 대표적 논설인 「유재론」과 「호민론」, 허균의 한문 단편 「엄처사전」, 「손곡산인전」, 「장산인전」, 「남궁 선생전」, 「장생전」을 되도록 쉽게 풀이하여 함께 실었다. 「홍길동전」과 함께 읽는다면 허균의 사상과 세계관을 이해하는 데 좋은 참고자료가 될 것이라 믿는다.

우리나라 사람 치고 「홍길동전」의 간략한 줄거리를 아예 모르는 사람은 없을 것이다. 홍길동은 어떤 인물인가?

'홍길동은 홍 대감의 서자이다.'
'홍길동은 의적이다.'
'홍길동은 조선국 병조 판서이다.'
'홍길동은 율도국을 정벌하고 새 나라를 세운 왕이다.'

서자라는 신분의 한계 때문에 늘 울분을 품고 살다가 가출하여 도적 떼의 소굴에 들어가고, 수많은 탐관오리들을 혼내 주며 백성들을 구휼하는 의적당의 두령이 되기도 했다. 마침내 소원이던 병조 판서가 되었지만 벼슬을 받는 즉시 사직하고, 새 나라를 건설하여 국왕의 자리에까지 오른 인물, 그가 바로 홍길동이다.

그런데 우리는 위 네 가지 중 무엇으로 홍길동을 떠올리는가? 물론 사람에 따라 다르기는 하겠다. 그리고 홍길동에게서 떠올리는 첫인상이 다른 만큼 「홍길동전」에서 주목해 보는 부분도 달라질 수 있을 것이다.

홍길동이 가졌던 울분은 새로운 세상을 향한 꿈으로 이어졌다. 그가 꿈꾼 더 나은 세상은 우선 서자라고 해서 차별받지 않는 세상일 것이다. 그러나 재주 있는 사람이 서자라고 해서 차별받는 것도 문제지만, 재주 있는 사람은 대접받고 재주 없는 사람이라고 자신의 운명에 순응해야 한다는 태도도 문제없다고는 하기 어렵지 않을까?

홍길동은 병조 판서의 꿈을 이루었고, 그것은 당대 조선 사회의 철옹성 같은 기득권을 허문 의미 있는 성과였다. 그러나 조선을 떠나 율도국을 정벌하고 새 나라를 세워 스스로 왕이 된 것을 생각해 보면, 차마 그 자신이 임금을 부정하고 반역자가 되기를 자처하기는 어려웠나 보다. 게다가 그가 세운 새 나라가 여전히 봉건적 질서로 지배되는 왕국이었다는 점을 떠올리면, 이 소설의 작가는 어진 왕과 어진 관료들의 역할에 의해 백성들이 태평성대를 누릴 수 있다는 믿음을 고수하고 있었다고 보아야 할 것이다.

아무튼 허균의 당대 인식과 그 한계치는 그 자체로써 소중한 의미를 지닌다. 조선 시대를 살았던 그 누구도 그보다 진보적인 역사관과 현실 인식에 도달하지 못했음을 우리는 알고 있다.

21세기 현대 사회라고 해서 차별이나 부조리가 없다고는 말할 수 없을 것이다. 우리가 이 시대의 허균이 되어, 이 시대의 홍길동이 되어 꿈꾸어야 할 새로운 세상, 더 나은 삶의 모습은 과연 어떤 것일까?

「홍길동전」을 읽기 전에

서연   교수님, 우리 반에 다문화가정 친구가 새로 전학을 왔어요.

교수님   그래? 새 친구가 생겨서 좋겠구나. 서로 배려하고 잘 지내야지.

서연   말로만 들었지 처음 경험하는 것이라서 무엇을 어떻게 배려해
        야 하는 것인지 조심스럽기도 해요.

교수님   원래 함께 지내고 있던 친구들도 따지고 보면 모두 다양한 개
        성을 가진 아이들이었을 거야. 모두 다른 친구들이지. 그런데
        또 한 사람의 다른 아이가 전학을 왔을 뿐이라고 생각하면 어
        떨까? 다른 사람들이 모여 함께 어울리는 곳이 사람 사는 세
        상이니까.

서연   그런데 왜 사람들은 저희들끼리 잘 어울려 지내다가도 누군가
        를 따돌리고 차별하는 것일까요?

교수님   그건 참 단순하게 설명하기 어려운 문제이긴 한데, 차이를 차
        이 그대로 인정하지 않고 차별의 근거로 삼는 못된 버릇 때문
        이 아닐까? 세 살 버릇 여든까지 간다는 말도 있지만, 한 번
        든 잘못된 버릇을 고친다는 것은 말처럼 쉬운 일이 아니란다.

서연 남들을 차별하면서도 자기가 차별하고 있다는 것을 모르는 사람들도 많은 것 같아요.

교수님 맞다. 차별은 당해 본 사람들이 가장 분명하게 아는 것이겠지. 예를 들어 홍길동의 아버지가 처음부터 길동을 차별한다고 생각했을까? 길동이 형은 나름대로 동생을 귀여워하고 아낀다고 스스로 생각했을지도 몰라. 하지만 어린 길동의 입장에서는 '나는 왜 차별받는가?' 하고 고민하고 괴로워하지.

서연 그런 것 같아요. 그런데 교수님, 홍길동이 차별을 당하는 건 서자이기 때문이잖아요? 혹시 「홍길동전」을 쓴 허균도 서자였나요?

교수님 가끔 그런 오해를 하는 사람도 있지. 홍길동이라는 서자 출신의 주인공을 실감 나게 잘 그린 탓이 아닐까? 허균의 아버지는 첫 번째 부인이 세상을 떠나자 두 번째 부인과 결혼했고, 허균은 그 두 번째 부인의 아들이란다. 서자는 부인이 아닌 사람, 예를 들어 첩 같은 사람과의 사이에서 낳은 자식을 말하는데, 두 번째 부인과 첩은 엄연히 다르지.

서연 그런데 어떻게 서자의 마음을 그렇게 잘 알고 소설을 썼을까요?

교수님 아마도 허균의 스승이었던 이달이라는 사람 때문일 것이라고 다들 생각한단다. 허균은 열세 살 때 손곡이라는 호를 가진 이달 선생님을 만나는데, 그 선생님이 허균에게 시 쓰기를 가르

「홍길동전」을 읽기 전에

쳐 주었어. 그런데 그 손곡 이달 선생님이 서자 출신의 시인이었단다.

서연 허균이 이달 선생님을 무척 따르고 좋아했나 봐요?

교수님 그랬었나 보다. 허균의 누나가 허난설헌인 것은 알고 있니? 난설헌 허초희는 당대의 뛰어난 시인이고, 허균도 글 솜씨로 세상을 놀라게 한 인물인데, 모두 이달 선생님으로부터 수업을 받았어. 이달은 당대 최고의 시인이었지만 서자였기 때문에 벼슬길에 나아가는 데 제한이 있었지. 허균은 자신의 스승이 뛰어난 실력을 갖추고도 세상의 쓰임을 받지 못해 애통해하는 것을 곁에서 모두 지켜보았을 거야.

서연 그럼 홍길동의 모델이 이달이라는 선생님이겠군요?

교수님 뛰어난 재주를 가진 서자라는 점에서는 많은 참고가 되었겠지. 그렇다고 이달이 칼춤을 추고 도술을 부리는 협객은 아니었지. 게다가 관가를 털고 못된 중이나 벼슬아치들을 혼내 줄만한 의적도 영웅도 아니었단다. 차라리 이달보다는 조선 시대에 실제로 존재했다는 홍길동이라는 도적이 주인공의 모델에 가깝지 않았을까?

서연 홍길동이 실존 인물이라고요?

교수님 그랬다고 하더구나. 그는 실제로 세종 때부터 중종 때까지 살았던 사람인데, 양반가의 서얼 출신이고, 신분을 사칭하여 도적질을 하는 등 소설 「홍길동전」의 주인공과 어느 정도 비슷

한 삶을 살았다고 해. 생존했던 기간에 차이가 나니 그를 허균이 만났다거나 그의 속내를 직접 들었을 가능성은 없겠지만 당대 사회에 불만을 품고 있었던 한 많은 사람임에는 틀림없을 것이고, 실제로 조정에서는 홍길동이라는 도적 때문에 큰 골치를 썩고 있었다 하니, 한마디로 전설적인 도적이랄까?

서연 그럼 우리가 아는 홍길동은 조선 시대에 실제로 있었던 홍길동이라는 사람을 본떠 만든 인물에 허균에게 많은 영향을 주었던 이달 같은 사람들의 성격을 덧붙인 것이라고 생각하면 될 것 같아요.

교수님 그렇겠지. 거기에다 모든 작품의 주인공은 작가의 한 분신이라고도 할 수 있으니, 실존 인물 홍길동처럼 행동하고, 이달처럼 느끼고, 허균처럼 생각할 줄 아는, 참으로 복잡한 인물이 「홍길동전」의 주인공인 셈이지.

서연 그러고 보니 「홍길동전」을 다시 한번 읽어 보고 싶어지네요. 만약 내가 조선 시대에 살았다면 홍길동 같은 사람을 어떻게 생각했을까요?

교수님 네가 사대부 가문의 도령으로 태어났다면? 평범한 농민의 아들로 태어났다면? 아주 천하다고 여겨진 노비의 아들로 태어났다면? 홍길동처럼 아버지는 양반인데 어머니는 몸종인 애매한 사람이었다면? 그에 따라 각각 다른 평가를 내리지 않았을까? 실제로 허균은 당대 사회의 기득권을 누릴 수 있는 인물이었는데도 홍길동과 같은 불우한 인물의 삶에 관심을 가지고 그들의 입장에서 생각할 줄 알았다는 점에서 참 대단하지 않니? 물론 허균 또한 도덕적으로 완벽한 인물은 아니었겠지만, 사회 문제를 똑바로 보고 자신의 의견을 제시할 줄 아는 것은 조선 사회가 아니라 지금 현대 사회에서도 큰 용기가 필요한 일이란다. 그리 긴 작품도 아니니 시간 날 때 읽어 보도록 하고, 우리 안에는 또 어떤 차별이 있는지, 그것은 어떻게 풀어 가야 할 문제인지 곰곰이 생각해 보면 좋겠다.

홍길동전

홍 승상의 용꿈

 조선 세종 대왕 즉위 15년, 창경궁의 정문 밖에 홍문이라는 재상이 살고 있었다. 그는 청렴하고 강직하며 덕망이 높아 세상 사람들의 존경을 받았다.

젊은 나이에 과거에 급제하여 벼슬길에 오른 후 직위가 한림에 이르렀을 때 이미 그 명성과 덕망이 조정의 으뜸이었다. 세종 대왕 또한 그의 덕망을 귀하게 여겨 이조 판서로, 이어서 좌의정으로 벼슬을 높여 나랏일을 돌보게 했다. 홍 승상은 임금의 은혜에 감동하여 주어진 일에 더욱 힘썼다.

어진 임금과 충성을 다하는 신하가 만났으니 무사태평한 나날들이 이어졌다. 민심을 흉흉하게 하던 도적 떼가 사라지고 해마다 풍년이 들었다. 백성들의 마음도 따라서 넉넉하여졌다.

어느 날 홍 대감은 마당이 보이는 난간에 기대어 잠깐 졸다가 꿈을 꾸었다.

낯선 곳이었다. 서늘한 바람이 이끄는 대로 홍 대감은 발걸음을 옮기고 있었다. 숲이 울창한 푸른 산이 높이 솟아 있고, 계곡의 물은 넘칠 듯 출렁이고 있었다. 가느다란 버드나무 가지마다 셀 수 없이 많은 잎사귀가 춤추듯 나부끼는데, 황금빛 찬란한 꾀꼬리가 봄의 기운을 못 이기고 오락가락 날아다녔다.

진귀하고 아름다운 꽃과 풀이 눈을 돌리는 곳마다 가득 피어 있다. 푸른 학과 흰 학, 물총새와 공작은 저마다 자태를 뽐내며 어울려 있다. 대감은 '이곳이 말로만 듣던 신선의 세계가 아닌가?' 생각하며 저도 모르게 점점 깊은 숲속으로 걸어 들어갔다.

높디높은 절벽이 하늘에 닿을 듯 우뚝 선 곳이었다. 굽이치는 계곡물은 폭포를 이루어 세차게 떨어지고, 자욱한 물보라 위로 비친 햇살에 그윽한 무지갯빛 구름이 어리었다. 그곳에서 길은 끊어졌다.

대감이 갈 곳을 몰라 당황해하는 사이 갑자기 폭포 사이에서 용트림을 하는 소리가 천지를 울렸다. 물결을 헤치고 나타난 청룡이 고함을 지르니 온 산이 무너질 것만 같았다. 용은 까마득히 솟구쳐 올라 뜨거운 기운을 한 번 토해 내더니, 눈 깜빡할 사이에 승상의 입으로 와락 달려 들어왔다.

홍 대감은 깜짝 놀라 잠에서 깨었다. 온몸은 흠뻑 땀에 젖어 있었다. 평생에 이런 꿈을 꾸기는 처음이었다. 무언가 상서로운 기운이 느껴졌다. 대감은 속으로 생각했다.

'이것은 틀림없는 태몽이다. 대낮에 청룡이 달려드는 꿈을 꾸다니,

분명 평범치 않은 아이를 낳으리라.'

이런 좋은 꿈을 꾸고 가만 앉아 있을 수는 없었다. 그렇다고 당장 무엇부터 해야 할지 종잡을 수가 없어서 마음만 급해진 대감은 '모르겠다.' 하고 서둘러 안채로 발을 옮겼다.

영문을 모르고 허둥대는 하녀들을 물리치고 안방으로 들어간 대감은 다짜고짜 부인을 잡아끌어 잠자리에 들려 했다. 하루 바삐 아이를 가지려는 속셈이었다.

부인은 대감의 갑작스러운 행동에 어이가 없었다.

"대감께서는 한 나라의 재상이십니다. 대낮에 안방으로 들어와 저를 천한 기생 대하듯 하시니, 이것이 재상의 체면에 맞는 일입니까?"

부인이 정색하고 말하자 홍 대감은 마음이 더 조급해졌다.

"지당한 말씀이오. 그러나 지금은 말 못 할 사정이 있으니 우선 내 뜻에 따라 주면 안 되겠소?"

사실 대감의 생각에도 부인의 말은 당연했다. 그렇다고 부인을 설득하기 위해 꿈 얘기를 미리 꺼낼 수는 없었다. 평생 다시 꿀 수 없을 귀한 꿈이 아닌가? 서투르게 발설했다가 부정을 탄다면 그 좋은 꿈이 한낱 물거품이 될지 모른다.

홍 대감은 그저 간곡하게 다시 부탁해 볼 수밖에 없었다. 그러나 부인은 펄쩍 뛰며 대감의 손길을 뿌리치고 그만 밖으로 나가 버리고 말았다.

대감은 무안해서 어쩔 줄을 몰랐다. 한편으로는 부인의 도도한 고

집이 안타깝고 한탄스러웠다. 별도리 없이 혀를 차며 바깥채로 향하는 대감의 발걸음은 못내 무거웠다.

방 안으로 들어온 대감은 좀처럼 마음을 잡지 못하고 한숨만 푹푹 쉬고 있었다. 마음이 급해 일을 그르친 것 같기도 하고, 부인의 쌀쌀한 태도가 원망스럽기도 했다. 그러던 중 마침 몸종 춘섬의 목소리가 문밖에서 들려왔다.

"대감마님, 춘섬이옵니다. 차를 달여 왔사온데 잠시 들어가 올려도 되겠습니까?"

대감이 허락하자 춘섬은 조심스럽게 방문을 열고 들어왔다. 상을 내려놓고 고개를 숙인 채 앉아 있는 춘섬의 발그레한 얼굴이 대감의 눈에 들어왔다. 주인의 시선을 느꼈는지 춘섬의 몸가짐은 더욱 조심스러워지고, 조용한 방 안의 분위기에 숨소리마저 생생하게 들릴 지경이었다.

젊고 아름다운 춘섬의 자태에 마음을 빼앗긴 홍 대감은 부인의 쌀쌀한 태도에 상했던 마음이 적잖이 누그러졌다. 좀 전에 꾼 꿈에 대한 미련도 거의 잊었다. 대감은 찻잔을 내려놓고 춘섬의 고운 손을 잡아 이끌었다.

춘섬은 주인의 뜻을 알고 두려운 마음이 앞섰다. 몸종의 신분으로 주인의 명을 어길 수는 없는 노릇이었다. 그렇다고 마냥 좋아할 수도 없는 것이, 대감에게는 부인뿐 아니라 초란이라는 애첩이 있기 때문이었다. 그들과 얼굴을 마주치며 살 수밖에 없는 처지에 혹시 시기나

음해를 당할지도 모른다는 걱정이 뇌리를 스쳤다.

주위는 고요하고 뜰에는 봄기운이 그윽했다. 홍 대감은 앞뒤 잴 것 없이 춘섬을 와락 품에 안았다.

춘섬은 상기된 얼굴이 채 가라앉기도 전에 옷을 추스르고 상을 내어 갔다. 대감은 그제야 마음을 진정하고 차분한 정신으로 한나절 동안 일어난 일을 되돌아보았다. 섣부른 행동이 아니었을까 후회가 되기도 했다. 춘섬이 만약 아기를 갖게 된다면? 낮에 꾼 용꿈은 어떻게 되는 것일까? 그냥 별일 아닌 것으로 넘겨 버리고 잊으려 해도 영 마음이 개운해지지 않았다.

춘섬은 비록 천한 신분의 몸종이었지만, 성격이 순박하고 행실이 바른 여인이었다. 뜻하지 않게 대감과 동침한 이후로 더욱 몸가짐을 단정히 하니, 그 아름다운 용모와 선량한 언행이 돋보이게 되었다. 대감은 부쩍 자주 춘섬을 눈여겨보면서 그 재주와 태도가 양반 가문의 처자와 다름이 없이 단정함을 새삼 깨닫고 매우 아깝고도 기특하게 여겼다.

과연 얼마 뒤 춘섬에게 태기가 있었다. 홍 대감은 춘섬을 아끼는 마음이 더욱 커져 첩으로 삼았다. 문밖출입을 삼가며 몸가짐을 조심하기를 열 달이 되자, 신비로운 향기가 피어오르며 대감이 꿈에서 본 무지갯빛 구름이 춘섬의 방을 에워쌌다. 마침 대감은 출타하고 집에 없었으므로, 춘섬은 외롭게 진통을 견디다가 마침내 훤칠하게 생긴 사내아이를 낳았다.

삼 일이 지나서야 귀가한 홍 대감은 곧장 춘섬에게로 가서 갓난아이를 보았다. 한편으로는 무척 기뻤으나 안타까운 마음도 컸다. 언뜻 보기에도 평범한 아이는 아닌데, 천한 몸종의 아들로 태어났으니 장차 무엇이 될 수 있을지, 무엇을 할 수 있을지…… 생각할수록 답답해졌다. 대감은 수고한 춘섬을 위로하며 아이의 이름을 길동이라 지어 주었다.

아이는 점점 자랐다. 한마디 말을 들으면 열 가지를 깨우칠 정도로 총명하고, 무엇이든 한 번 보면 모르는 것이 없을 정도였다. 아이가 재주를 뽐낼 때마다 대감은 사랑하는 마음을 주체하기 힘들었지만, 안타까운 마음도 따라 커져 갔다. 몸종의 아이로 태어나지만 않았다면 분명 크게 쓰일 재목이었기 때문이다.

하루는 대감이 길동을 데리고 안채에 들어가 부인에게 탄식하며 말했다.

"이 아이는 영웅이 될 만한 자질을 가졌소. 하지만 천한 신분의 몸종에게서 태어났으니 장차 무슨 일을 크게 할 수 있겠소? 그저 당신이 고집만 부리지 않았다면 좋았을 것을, 원통하기가 그지없구려."

부인은 영문을 몰라 물었다.

"제가 고집을 부리다니요? 그게 무슨 말씀이십니까?"

"따지고 보면 부인에게 무슨 잘못이 있겠소? 모두 내가 저지른 일인 것을……. 지금 와서 생각하면 후회막급이오."

홍 승상은 일의 내력을 자세히 설명해 주면서 다시 한 번 크게 한숨을 쉬었다.

"부인이 그 날 내 말을 따라 주었다면 이 아이는 부인 몸에서 태어났을 게 아니오? 당당한 사대부 가문의 적자¹가 될 기회를 놓친 것이지요."

자초지종을 들은 부인은 실망한 목소리로 말했다.

"이 또한 하늘의 뜻일 터이니 사람의 힘으로 어찌할 수 있겠습니까?"

부부의 말을 알아듣기는 하는 건지, 어린 길동은 대감과 부인의 얼굴을 번갈아 쳐다보며 한창 재롱을 부리고 있었다.

---

1 적자(嫡子) : 정실부인의 몸에서 태어난 아들

아버지를 아버지라 부르지 못하고

세월이 강물처럼 흐르고 흘렀다. 길동의 나이 여덟 살이 되고부터 총명하고 의젓한 그의 모습에 보는 사람마다 칭찬을 아끼지 않았다. 길동의 비범한 자질과 기상을 눈여겨본 대감도 길동을 무척 아끼고 사랑했다. 천한 종의 몸에서 태어난 서자2라고는 하지만 길동 또한 자신의 아들이었다.

하지만 길동에게는 고민이 있었다. 그것은 누구보다 영민한 길동의 생각으로도 좀처럼 풀지 못할 숙제 같은 것이었다. 열 살이 넘도록 길동은 홍 대감을 아버지라고 부르지 못했다. 홍 대감의 장남인 배다른 형 인형3을 부를 때도 형이라고 하지 못했다. 무의식중에 아버지나 형이라는 호칭이 나오면 크게 꾸중을 들었다.

아버지를 아버지라 부르지 못하고 형을 형이라 부르지 못하다

---

2 서자(庶子) : 본부인이 아닌 소실이나 다른 여자에게서 난 아들
3 인형 : 경판 24장본의 표기를 따른다. 완판 36장본에서는 길동의 형이 '길현'이라는 이름으로 등장한다.

니……, 길동은 어느 때부턴가 그것이 서자라는 신분 탓인 것을 알았다. 형 인형의 어머니와 자기 어머니가 달라서, 그것도 그냥 다른 것이 아니고 하늘과 땅처럼 신분의 차이가 나서 생긴 일이었다. 머리로는 그렇게 이해한다지만, 가슴으로 받아들이기는 여전히 어려웠다.

형은 아버지를 '아버지'라고 부른다. 하지만 길동은 '대감마님'이라 불러야 했다. 형은 아버지께 스스로를 가리켜 '소자'라고 말한다. 길동은 '소인'이라고 해야 한다. 말하자면 형은 당당한 아버지의 아들이었지만, 길동은 어머니 춘섬이 그런 것처럼 주인을 모시는 종이나 다름없는 것이다. 나이를 한 살 한 살 먹어 갈수록 길동의 한탄은 깊어졌다.

어느 가을 구월 보름날이었다. 달빛은 밝게 빛나고 맑은 바람이 쓸쓸하게 불어와서 사람의 마음을 울적하게 했다. 길동은 방에서 글을 읽다가 문득 책상을 밀치고 탄식하며 혼잣말을 중얼거렸다.

"대장부로 세상에 태어나면 마땅히 공자와 맹자의 학문을 익히고, 나라의 부름을 입어 나가서는 장수가 되고 들어와서는 재상이 되기4를 목표로 삼아야 할 것이다. 대장의 표식을 허리에 차고 단상 높은 곳에 앉아 천병만마를 지휘하며, 남쪽으로는 초나라를 정벌하고 북

---

4 나가서는 장수가 되고 들어와서는 재상이 되기 : 사자성어로 '출장입상(出將入相)'이라 표현한다.

아버지를 아버지라 부르지 못하고

쪽으로는 중원을 평정하며 서쪽으로는 촉나라를 굴복시킨 후에 그 공훈을 당대에는 물론 후세까지 널리 전하는 것이 얼마나 자랑스러운 일인가?"

남아의 기상을 마음껏 펼치는 상상을 하면서도 어쩐지 길동의 얼굴은 점점 어두워져 갔다.

"그렇게 역사의 전당에 얼굴을 새기고 세상에 이름을 떨치는 것이 대장부로서의 떳떳한 일일 것이다. 옛사람이 말하기를 '왕후장상5의 씨가 따로 없다.'고 하였다는데, 그것이 내 이야기는 아닐까? 신분과 상관없이 스스로의 능력으로 높은 지위를 얻는 것은 그저 철 지난 옛날이야기일 뿐인가?"

길동은 방을 나와 밝은 달을 바라보며 뜰 안을 배회하기 시작했다. 터질 듯이 둥글어진 달처럼 길동의 가슴도 부풀어 올랐다. 초가을 바람은 쌀쌀하고 기러기 우는 소리가 구슬프게 들려왔다.

"아무리 가난하고 천한 사람이라도 아버지를 아버지라 부르고 형을 형이라고 부른다.6 하지만 나만 홀로 그렇게 하지 못하는구나. 무슨 인생이 이토록 불행한가?"

길동은 억울하고 답답한 마음을 걷잡을 수 없었다. 휘영청 빛나는

---

5 **왕후장상(王侯將相)** : 임금, 제후, 장수, 재상
6 **아버지를 아버지라 부르고 형을 형이라고 부른다** : 표준어로 등록되어 있지는 않지만 '호부호형(呼父呼兄)'이라는 사자성어로 흔히 표현한다.

달 아래에서 칼을 잡고 주체할 수 없는 벅찬 기운을 춤으로 풀어내기 시작했다.

바로 그때 홍 대감 또한 창을 열고 난간에 기대어 앉아 밤하늘에 걸린 보름달을 즐기고 있었다. 대감은 마당을 쓸쓸히 거닐고 있는 길동을 발견하고 말없이 바라보고 있다가 느닷없이 칼을 꺼내 춤을 추는 모습에 깜짝 놀랐다. 그래서 큰 소리로 길동을 불렀다. 길동은 칼을 던지고 지체 없이 달려와 가쁜 숨을 고르며 공손히 엎드렸다.

"밤이 이미 깊었는데 너는 무슨 흥이 나서 잠도 자지 않고 이러고 있느냐?"

길동이 대답했다.

"소인이 마침 달빛을 사랑하기 때문입니다."

홍 대감은 그윽한 미소를 지으며 길동을 내려다보았다. 그런데 길동의 얼굴을 보니 단순히 밝은 달빛을 즐기느라 잠을 못 이루는 것은 아닌 것 같았다. 길동의 얼굴에는 수심이 가득한 것이 아닌가?

"네게 무슨 걱정거리가 있느냐?"

길동은 이야기를 해야 하나 잠시 고민하다가 두근거리는 가슴을 억누르며 입을 열었다.

"하늘이 만물을 만드실 때 그 중 사람이 귀합니다만, 소인에게는 귀함이 없으니 어찌 사람이라 할 수 있겠습니까?"

대감은 마음에 짚이는 것이 있었지만 일부러 책망하는 투로 말했다.

"지금 무슨 말을 하려는 것이냐?"

아버지를 아버지라 부르지 못하고

"소인이 대감의 정기를 물려받아 당당한 남자로 태어났으니 이만큼 즐거운 일도 없을 것입니다. 다만 항상 서럽게 여겨지는 것은 아버지를 아버지라 부르지 못하고, 형을 형이라 할 수 없는 제 신세입니다. 노비들마저 모두 저를 천하다고 업신여기고, 친척과 오랜 친구들도 아무개의 천생이라고 수군거리며 손가락질합니다. 이런 원통한 일이 또 어디에 있겠습니까?"

꼭꼭 숨겨 두었던 속 이야기를 꺼내 놓은 길동은 감정이 북받쳐서 그만 큰 소리로 목 놓아 울기 시작했다. 어린 아들의 가엾은 모습에 홍 대감은 가슴이 찢어질 듯 아팠다. 그러나 만일 그 마음을 다독이고 위로한다면 자칫 버릇이 없어질까 걱정이 되었다.

"재상 가문에서 태어난 천한 몸종의 아들이 비단 너뿐이 아닐 것이다. 감히 그런 방자한 마음을 먹지 마라. 앞으로 또 그런 말을 함부로 입 밖으로 꺼낸다면 너를 다시는 보지 않겠다."

고개를 숙이고 엎드린 길동은 야속한 마음에 한 번 터진 눈물이 그치지 않았다. 대감은 그 모습을 차마 더 볼 수가 없어 등을 돌리며 물러가라고 명했다. 길동은 방으로 돌아와 한없이 슬퍼했다. 길동은 재주가 뛰어나고 마음 씀씀이가 넓은 아이였지만, 가끔 마음이 진정되지 않는 밤이면 그렇게 밤새 잠을 이루지 못했다.

하루는 길동이 어머니의 방에 가서 울며 말했다.
"어머니께서는 소자와 전생의 연분이 깊어 이 세상에서 모자지간으로 만났을 것입니다. 낳아 주시고 길러 주신 은혜는 하늘과 같이 크고 넓습니다. 기왕에 사내대장부로 세상에 태어났으니 입신양명[7]하여 조상을 받들고 부모님의 은혜를 만분의 일이라도 갚아야 할 일인데, 제 팔자는 어찌 이렇게도 사납습니까? 미천한 노비의 소생이라는 이유 하나로 천대를 받으니 억울한 마음을 이길 수가 없습니다."

춘섬은 길동의 마음속 한을 일찍부터 짐작하고 있었지만 혹시 집안사람들에게 미움이나 받지 않을까 염려하여 일부러 동정하는 기색을 보이지 않았다. 하지만 이 날 만큼은 어린 아들의 통곡에 괜히 미안해지고, 세상이 다 원망스러워졌다. 눈물로 범벅이 된 아들의 얼굴을 보고 털썩 마음이 내려앉은 춘섬은 자신의 무릎에 엎어져 울음을 그치지 않는 아들의 머리를 쓸어 어루만지며 말했다.

"네 마음을 이 어미가 왜 모르겠느냐? 이게 다 어미가 천한 탓이니 네게 달리 해줄 말이 없구나."

길동은 어머니의 말에 정신이 번쩍 들었다. 더 이상 어리광을 부려 어머니의 마음을 상하게 해서는 안 될 일이었다. 마음을 가다듬은 길동은 자세를 고쳐 앉았다.

"대장부가 어찌 구차하게 제 근본을 들먹이며 변명을 하겠습니까? 저는 조선국 병조 판서에 오르고 상장군이 되어 당당하게 우뚝 서지 못할 바 에야 차라리 세상을 등지고 산중에 들어가 지내겠습니다. 어

---

7 입신양명(立身揚名) : 출세하여 세상에 이름을 떨침.

아버지를 아버지라 부르지 못하고

머니께서는 부디 제 마음을 이해하시고, 당분간 없는 자식이라 생각하십시오. 그렇게 아주 버린 듯이 잊고 계시면, 언젠가 소자가 돌아와 하늘 같은 은혜를 갚을 날이 있을 것입니다. 제가 아무런 기별 없이 집을 떠나더라도 너무 걱정 마시고 그렇게만 짐작하고 계십시오.”

말을 마치고 다문 입술에 도도한 기상이 서리었다. 슬픈 기색이라고는 찾아볼 수 없었다. 하지만 춘섬은 그것이 오히려 더욱 걱정스러워서 조심스레 아들을 타일러 보았다.

“이만한 재상 가문에 천한 신분으로 태어난 서자는 세상에 드물지 않다. 어디서 무슨 이야기를 들었기에 어미의 마음을 이다지도 아프게 하느냐? 이제 열 살이 갓 넘은 아이가 집을 떠나다니 그것은 어미에게 할 소리가 아니다. 나를 봐서라도 조금 더 참고 지내면 안 되겠느냐? 적당한 때가 이르면 대감께서도 어떻게든 네 처지에 맞는 분부를 내려 주실 것이다.”

길동은 담담한 목소리로 대답했다.

“아버님과 형님이 하대하시는 것은 야속할지언정 받아들일 수 있다 하더라도 집안의 하인들이며 어린아이들조차 골수에 사무치도록 상처가 되는 말을 일삼으니 더는 참기가 어렵습니다. 게다가 요즘 곡산 어미가 하는 행동이 심상치가 않습니다. 사람됨이 교만하고 간악하여 남이 자기보다 나은 자리에 있는 것을 참지 못하니, 아무 잘못 없는 우리 모자를 원수처럼 여기고 심지어는 해칠 마음을 품고 있는 것입니다. 머지않아 눈앞에 큰 재앙이 닥칠 것입니다. 그러나 제가 집을 나간 후에라도 어머니께는 별일이 생기지 않도록 할 것이니 염려하지 마십시오."

춘섬은 어떻게든 아들의 마음을 돌려 보려고 애썼다.

"네 말에도 일리가 없는 것은 아니다. 그렇다 해도 알고 보면 곡산 어미는 심성이 바르고 인정이 있는 사람인데 그런 무서운 일을 저지를 턱이 있느냐?"

길동은 천천히 고개를 저으며 말했다.

"세상의 일은 헤아리기 어려운 것입니다. 제가 말씀드린 것을 허황되다 여기지 마시고 다가올 날을 대비하셔야 합니다."

길동이 의미심장한 말을 남기고 자신의 방으로 돌아간 후에도 춘섬의 걱정과 근심은 밤새 그치지 않았다.

곡산 어미의 흉계

 홍 승상의 집안에서 곡산 어미로 불리는 초란[8]은 원래 곡산 땅의 기생이었다. 타고난 미모로 승상의 마음을 얻어 애첩이 되었으나 성질이 오만하고 방자했다.

홍 대감이 한동안 저를 가까이하자 초란은 의기양양하여 제 마음에 들지 않는 일이 있으면 거짓으로라도 고자질을 하여 말썽을 일으키기 일쑤였다. 제 마음에 들지 않으면 아무 힘없는 종이라도 헐뜯어 사생결단을 내고야 말았다. 남이 어려움을 당하면 기뻐하고, 일이 잘 풀리는 사람이 있으면 그가 누구든 시기하며 이를 갈았다.

홍 대감이 용꿈을 꾼 이후에 춘섬과 동침하고 길동을 얻었다는 이야기는 초란도 들어서 알고 있었다. 사람들마다 신기해하고 길동을 칭찬하니 그러지 않아도 배가 아플 지경인데 대감 또한 길동을 사랑하는 마음이 깊은 것을 보고 몸이 쑤시는 것을 참을 수 없었다. 게다

---

8 **초란** : 경판 24장본의 표기이다. 완판 36장본의 곡산 어미는 '초낭'이라는 이름을 가졌다.

가 그 어미 춘섬을 가까이하는 날이 점점 많아지니 초란은 대감의 총애를 잃는 것이 아닐까 조바심이 나서 안절부절못했다.

날이 갈수록 춘섬과 길동을 향한 초란의 시기와 질투는 더해 갔다. 대감이 이따금 하는 '너도 길동 같은 자식을 낳아서 내가 늘그막에 재미를 볼 수 있도록 해 보아라.' 같은 농담은 초란의 질투심에 불을 지르기 충분했다.

초란은 급기야 길동 모자를 해치려는 마음을 품게 되었다. 춘섬과 길동이 눈앞에 보이는 한 도무지 안심할 수 없을 것 같았다. 길동이 점점 장성하는 것을 보니 얼른 일을 저질러야겠다는 조급증이 한층 심해졌다.

요사스러운 무당들이 초란의 거처를 드나들기 시작했다. 감쪽같이 길동 모자를 없앨 방법을 함께 모의하는 것이었다. 그러던 어느 날 한 무당이 초란의 마음을 훔칠 만한 계책을 내놓았다.

"동대문 밖에 관상쟁이 여자가 있습니다. 사람의 얼굴을 한 번 보는 것만으로 평생의 길흉화복[9]을 알아낼 만큼 용하다고 합니다. 그 여자를 불러 대강의 뜻을 넌지시 이르시고, 대감을 직접 뵐 수 있게 하십시오. 집안의 내력이나 크고 작은 일을 본 듯이 정확하게 말씀드리면 대감의 경계심이야 금방 풀릴 것이 아닙니까? 뒤이어 길동의 얼

---

9 길흉화복(吉凶禍福) : 좋은 일과 나쁜 일, 행복한 일과 불행한 일

굴을 보고 여차저차 아뢰면 분명 대감께서는 크게 놀라실 것입니다. 그러면 아씨께서 바라는 것이 곧 이루어지겠지요."

초란이 일이 벌써 다 되었다는 듯이 크게 기뻐했다. 지체 없이 무당이 말하는 그 관상쟁이를 불러들였다.

초란의 처소에 나타난 관상쟁이는 무슨 일일까 궁금하던 차에 느닷없이 재물을 듬뿍 안겨 주니 그만 눈이 휘둥그레졌다. 초란은 의미심장한 미소를 지으며 대감댁의 크고 작은 일을 하나하나 가르쳐 주었다. 그와 더불어 길동을 해칠 계획을 설명하고, 날짜를 기약한 후에 돌려보냈다.

초란과 관상쟁이가 약속한 날이 되었다. 그날도 대감은 어린 길동을 데리고 안채로 가서 부인과 함께 한나절을 보내는 중이었다. 이것저것 물어 길동의 공부를 시험해 보기도 하고, 의젓하고 똑똑한 말솜씨에 감탄하기도 하다 보면 시간이 가는 줄을 몰랐다. 대감은 부인을 바라보며 그새 입에 붙은 말을 또 꺼냈다.

"이 아이가 비록 영웅의 기상을 지녔으나 어디에 쓰겠소?"

"또 그 얘기시구려."

희미한 쓴웃음을 지으며 부부가 이야기를 나누는 사이에 낯선 여자가 홍 대감댁을 찾아왔다. 대청 아래에서 인사를 하는 여자를 보고 대감은 이상하게 여기며 온 까닭을 물었다. 여자는 공손히 엎드린 채 말했다.

"저는 동대문 밖에 사는데, 어려서 한 도인을 만나 사람의 관상 보는 법을 배웠습니다. 이후로 도성 안의 수많은 집들을 두루 돌아다니며 관상을 보다가, 대감댁에 만복이 있다는 소리를 듣고 미천한 재주를 시험해 보고자 왔습니다."

대감이 평소 같으면 요사스런 무당 따위와 문답을 주고받을 리가 없겠지만, 어린 길동과 장난을 하던 중이었으므로 심심풀이 삼아 점괘를 들어 보려는 마음을 먹었다.

"아무튼 이리 가까이 올라와서 내 일생의 운수를 정확하게 이야기해 보아라."

관상쟁이 무당은 허리를 숙이고 대청에 올라 먼저 대감의 얼굴을 자세히 뜯어보았다. 그리고 과거에 있었던 일과 지금 있는 일을 빈틈없이 말했다. 털끝만큼도 대감의 마음에 어긋나는 것이 없을 정도였다.

그러나 그것은 용한 관상쟁이가 아니더라도 식은 죽 먹기보다 쉬운 일이었다. 며칠 전 초란에게서 모두 들은 내용이었기 때문이다. 아무것도 모르는 대감은 참으로 용하다고 생각하며 조금의 의심도 없이 앞으로 일어날 일도 넉넉히 예언할 수 있을 것이라 여기게 되었다.

"네 재주가 예사롭지 않구나. 지금 낱낱이 고한 이야기에 한마디도 허망한 곳이 없다. 그럼 나 말고 여기 있는 우리 가족들의 상도 한 번 보아라."

대감의 칭찬을 들은 무당은 이어서 부인의 얼굴을 보고 오래 전부터 잘 알고 있는 사람인 것처럼 술술 이야기를 풀어 갔다. 대감과 부인뿐 아니라 지켜보던 모든 사람들이 모두 놀라며 신이 내린 재주라고 입을 모아 말했다.

마지막으로 길동의 상을 볼 차례였다. 무당은 어린 길동의 얼굴을 보고 놀란 표정을 짓기도 하고 고개를 갸웃거리기도 하며 한참 뜸을 들이다가 마침내 입을 열었다.

"제가 여러 고장을 두루 돌아다니며 수많은 사람을 보았지만 이런 상은 처음 보았습니다. 잘 모르긴 해도 부인의 소생은 아닌 듯합니다."

대감은 이미 관상쟁이의 말솜씨에 매혹된 지 오래여서 구태여 숨길 필요가 없다고 생각했다.

"네 말이 맞다. 사람마다 운이 트일 때가 있으면 그렇지 않을 때도 있을 것이니 이 아이의 팔자가 어떻겠느냐? 각별히 유념하여 점쳐 보아라."

관상쟁이는 다시 한 번 길동의 얼굴을 유심히 바라보다가 화들짝 놀라는 척하며 물러앉았다. 대감은 이상하게 여겨 그 까닭을 물었다. 하지만 관상쟁이는 좀처럼 입을 열지 않고 기다리는 사람의 애를 태웠다. 대감은 정색하고 말했다.

"좋든 나쁘든 털끝만큼도 숨기지 말고 네가 본 대로 말해라."
관상쟁이는 어쩔 수 없다는 듯이 대답했다.

"제가 본 대로라면 대감께서는 그것을 듣고 크게 놀라실 것입니다."

대감이 말했다.

"옛날 곽분양[10] 같은 사람도 좋은 때가 있고 그렇지 못한 때가 있었는데, 무엇이 대수라고 그렇게 뜸 들이는 말이 많으냐? 보이는 대로 숨기지 말고 말하여라."

"이 귀공자님이 무척 영특하여 직접 들으면 좋을 것이 없을 듯합니다. 잠깐 자리를 피하도록 하십시오."

대감은 궁금증을 참지 못하여 관상쟁이가 이르는 대로 길동을 내보냈다. 관상쟁이 무당은 천기를 누설하기라도 하듯 주위를 두리번거리며 조심스럽게 입을 열었다.

"공자에게 장차 일어날 일에 대해 여러 말씀을 드릴 필요가 없습니다. 성공하면 임금이 될 것이고, 실패한다면 감히 헤아리지 못할 재앙이 있을 것입니다."

홍 대감은 그만 망연자실하고 말았다. 한참만에야 놀란 가슴을 겨우 진정한 후 관상쟁이에게 후한 상을 내리고 엄한 표정을 지으며 말했다.

"오늘의 일을 절대 입 밖에 내어서는 안 될 것이다. 만약 이 일이

---

10 곽분양 : 중국 당나라 숙종 때의 장군 곽자의의 별칭. 뛰어난 무예로 여러 차례 공을 세웠고, 죽은 후에 '분양왕'이라는 작위를 받았다. 부귀공명 등 복을 고루 갖춘 팔자 좋은 사람을 '곽분양 팔자'라고 한다.

알려지면 너는 죽음을 면치 못하리라."

생각하면 생각할수록 기가 막힌 일이었다. 헤아리지 못할 재앙이 있을 것이라는 말도 감당하기 어려운데, 성공하면 임금이 될 것이라니....... 그것은 반란을 뜻하는 것이 아닌가. 역모를 꾀한 자의 최후란 불을 보듯 뻔한 것이다. 자칫하면 대대로 이어진 가문의 영광이 송두리째 무너져 흔적도 없이 사라질 판이었다. 대감은 속으로 다짐했다.

'내 길동이 늙도록 바깥출입을 못 하게 하리라.'

관상쟁이는 심각하게 고민에 빠진 대감의 속을 눈치채었는지 요사스럽게 한마디를 던졌다.

"왕후장상의 씨가 따로 있겠습니까?"

대감은 급히 관상쟁이의 말을 막으며 누누이 입조심하기를 당부했다. 관상쟁이는 손을 공손하게 모으고 명령에 따르겠노라 대답한 후 돌아갔다.

홍 대감은 그날 당장 길동의 방을 후원의 외딴곳으로 옮겼다. 그리고 하인들을 시켜 길동이 함부로 밖에 나가지 못하도록 지키게 하였다. 영문도 모르고 느닷없이 후원 별당에 갇힌 길동은 답답하고 억울했다. 꼼짝없이 별당에 틀어박혀 이것저것 책을 뒤적이며 울적한 마음을 달랠 수밖에 없었다.

한편 홍 대감은 관상쟁이를 만난 후 머릿속에서 근심이 떠나질 않앞다. 책도 손에 잡히지 않고 일을 하려 해도 흥이 없어 하루 종일 한 가지 생각에만 골몰하였다.

'이 아이가 날 때부터 평범한 놈은 아니었다. 그렇게 뛰어난 재주를 가진 녀석이 만에 하나 제 신세를 한탄하여 분수에 맞지 않은 일을 하려고 마음먹는다면 그야말로 큰일이 아닌가? 대대로 나라에 충성하며 쌓은 공든 탑이 하루아침에 무너지고 말 것이다.'

근심은 점점 깊어 갔지만 마땅히 해결할 방도는 떠오르지 않았다. 아니, 홍 대감의 머리에 한 가지 방도가 떠오르긴 했지만, 오히려 그것 때문에 더 큰 병이 날 지경이었다.

'우리 가문에 큰 재앙이 닥치는 것을 막으려면 어린아이가 더 자라기 전에 서둘러 없애 버리는 수밖에 없을 것이다. 그러나 아무리 다른 방도가 없다 해도 그것은 사람으로서 차마 할 수 없는 일이로구나.'

그러면서도 이 모든 일이 곡산 어미의 흉계라는 것은 까맣게 모르고 있었다. 결국 홍 대감은 마음의 병을 얻고 말았다. 음식을 먹어도 맛이 없고 잠을 자도 편안하지가 않으니 날이 갈수록 안색이 나빠졌다.

이를 눈치챈 초란이 은근슬쩍 대감을 충동질해 보았다.

"길동이의 일로 근심하시는 것입니까? 아직 철부지 어린아이인데 무슨 일이 금방 닥치겠습니까? 마음을 편히 가지십시오. 건강을 우선 돌보셔야지요. 그런데 그 관상쟁이가 참 용하긴 하더군요. 어떻게 얼굴만 보고 우리 집안 내력을 그리 잘 맞추는지……. 그의 말대로 길동이가 왕이 될 상이라면, 뭐 그런 일은 없겠지만, 혹시라도 잘못된 마음을 품으면 어쩝니까? 참으로 큰일은 큰일입니다. 그래서 말씀인데……, 이런 말씀을 드려도 될지 모르겠사오나 저의 어리석은 소견으로는, 큰일을 그르치지 않기 위해서라도 길동이가 더 자라기 전에 없애야 할 듯합니다. 그래야 가문에 닥칠 재앙도 미리 막을 수 있지 않겠습니까?"

초란의 말에 대감은 크게 화가 나서 호통을 쳤다.

"무엇이 어째? 네가 도대체 무어라고 이렇게 경솔한 말을 하느냐? 입을 조심하지 않으면 크게 경을 칠 것이다. 내 집의 운명이 어떻게 되든 네가 주제넘게 왈가왈부할 일이 아니다. 썩 물러가지 못하겠느냐?"

초란은 깜짝 놀라 황급히 몸을 움츠리며 뒷걸음질 쳤다. 대감의 심기를 더 건드렸다간 무슨 일이 나도 크게 날 것 같았다. 허둥지둥 밖으로 나온 초란은 가슴을 한 번 쓸어내리고, 이내 부인이 거처하는 안채로 향했다.

'이만한 일로 그냥 물러설 초란이 아니다.'

초란은 입을 앙다물고 부인의 방으로 들어갔다. 마침 장남 인형이 함께 있었다. 초란은 수심이 가득한 얼굴로 가장하고 조심스럽게 말을 꺼냈다.

"대감께서 중한 병환이라도 얻으실까 걱정입니다. 관상쟁이가 왔다 간 후 제대로 드시지도 못하고 주무시지도 못하더니 안색이 많이 나빠지셨습니다. 그렇다고 무슨 뾰족한 수도 없으니 어떡하면 좋겠습니까? 제가 걱정이 되어 몇 마디 말씀을 드렸더니 크게 꾸중을 하시는 바람에 다시는 여쭙지 못하게 되었습니다."

부인 또한 관상쟁이의 말 때문에 속을 썩이고 있던 터라 초란이 했다는 말이 궁금했다.

"그래, 대감께 무슨 말씀을 여쭈었다는 것이냐? 네게 무슨 좋은 수라도 있느냐?"

초란은 속으로 '이제 일이 되어 가는구나.' 하고 생각했다.

"대감께서도 길동 때문에 생길 후환을 두려워하시는 것이 당연하지 않겠습니까? 길동을 없애는 것 말고는 달리 방도가 있을 리가 없고, 대감께서도 그렇게 생각하고는 계시지만 차마 실행하지 못하시는 것 같았습니다. 그래서 제가 길동이 더 자라기 전에 처리해야 하지 않겠느냐고 여쭈었다가 크게 경을 치고 만 것이지요."

"그것이 인지상정 아니겠느냐. 근본도 모르는 관상쟁이의 말을 믿고 어린아이의 목숨을 빼앗다니 대감의 어진 성품으로는 결코 할 수 없는 일일 것이다."

"관상쟁이가 용한 것은 그날 보셔서 짐작하시겠지만, 그 말을 믿든 안 믿든 길동이가 비범한 아이인 것만은 틀림없지 않습니까? 지금도 어른 몇 명은 상대할 만한데 장차 그 아이가 장성한 후에는 손을 쓸

래야 쓸 수도 없을 것입니다. 그때가 되어 세상에 원한이라도 품는다면 그 아이를 누가 막겠습니까? 그러니 제 미련한 소견으로는 일단 길동을 몰래 없앤 후에 대감께 아뢰는 것이 어떨까 합니다. 이미 저질러진 일이 되면 대감께서도 어찌할 수 없다 하시고 더 근심하지 않으실 것입니다."

부인은 눈살을 찌푸렸다.

"아무리 그렇더라도 그것은 도리에 어긋나는 일이다."

초란은 그치지 않고 다시 여쭈었다.

"이 일을 치러야 하는 것은 여러 가지 도리와 관계가 있는 까닭입니다. 첫째는 국가를 위해서이고, 둘째는 대감마님의 건강을 위해서이며, 셋째는 홍씨 가문을 위해서입니다. 작은 사정을 챙기다가 우유부단하게 일을 처리하여 이 세 가지와 같은 큰일을 그르쳐서야 되겠습니까? 크게 후회할 일이 생길까 두렵습니다."

초란은 한 치도 물러서지 않고 온갖 방법으로 부인과 인형을 꾀었다. 간교한 초란의 혀 놀림에 그들의 마음도 흔들리기 시작하였고, 마침내 마지못해 허락하고야 말았다.

초란은 기쁜 속내를 들키지 않으려 조심하며 안방에서 나왔다. 그러고는 즉시 솜씨 좋은 자객을 찾아 불러오게 했다. 수소문 끝에 섭외된 자객의 이름은 특재[11]였다. 초란은 특재에게 자초지종을 다 전하고

---

11 특재 : 경판 24장본의 표기이다. 완판 36장본에는 '특자'라고 되어 있다.

많은 돈을 쥐여 준 후에 그가 할 일을 일러 주었다. 그날 밤 바로 길동을 해치라는 것이었다.

특재를 보낸 후 초란은 다시 안채로 갔다. 부인에게 자객을 고용한 일을 알리기 위해서였다. 이야기를 들은 부인은 가슴을 치고 발을 구르며 애달파했다.

자객과 한판 승부

 이때 길동의 나이가 열한 살에 불과했지만, 기골이 장대하고 용맹이 뛰어나며, 시경과 서경을 비롯한 성현들의 책12을 공부하여 모르는 것이 없었다. 대감이 길동의 바깥출입을 막은 이후로는 홀로 별당에 거처하며 주역과 병법을 다룬 책을 읽었고 그 속의 모든 이치를 통달하였다.

타고난 재주에 거듭된 공부와 수련을 더하니 마침내는 귀신도 감히 헤아릴 수 없는 술법이며, 바람과 구름을 마음대로 불러오는 술법, 잡귀를 몰아내는 신장13을 부리며 신출귀몰 둔갑하는 도술 등을 모두 익혔다. 그러니 재주로만 따지자면 길동은 세상에 두려운 것이 없을 정도였다.

밤이 깊어 자정이 가까웠다. 길동은 공부하던 책을 정리하고 잠자

---

12 **성현들의 책** : 유교의 가르침을 적은 책으로 사서(四書)와 오경(五經)을 손꼽는다. 『논어(論語)』, 『맹자(孟子)』, 『중용(中庸)』, 『대학(大學)』을 사서라고 하며, 『시경(詩經)』, 『서경(書經)』, 『예기(禮記)』, 『춘추(春秋)』 다섯 편을 가리켜 오경이라고 한다.
13 **신장(神將)** : 용맹스러운 장군의 귀신

리에 막 들려는 참이었다. 문득 창밖에서 까마귀가 세 번 울고 날아가
는 소리가 들렸다. 길동은 마음에 짚이는 것이 있어 곰곰이 그 뜻을
생각해 보았다.

'까마귀가 세 번 '객자와 객자와' 하는 소리를 내고 서쪽으로 날아
가니 이는 분명 자객이 올 조짐이다. 도대체 어떤 사람이 나를 해치려
고 하는 걸까? 아무튼 각별한 대책을 세워 몸을 보호해야겠다.'

길동은 주문을 외워 방 안에 팔진14을 치고 동서남북을 알아볼 수
없도록 방위를 바꾸어 놓았다. 남쪽과 북쪽을 서로 바꾸고 동쪽과 서
쪽을 맞바꾸었으며, 북서쪽과 남동쪽, 남서쪽과 북동쪽을 서로 바꾸
어 분간할 수 없도록 한 후, 그 가운데 바람과 구름을 무궁무진하게
불어넣어 놓고 귀를 기울여 바깥의 동정을 살폈다.

한편 밤이 깊기만을 기다리던 특재는 자정 무렵이 되자 훌쩍 몸을
날려 홍 대감 댁의 후원 담을 넘었다. 주위는 쥐 죽은 듯이 고요하였
다. 비수를 들고 길동이 거처하는 별당으로 살금살금 다가가니 창가
에 희미한 사람 그림자가 비쳤다.

'이 아이가 아직도 잠들지 않았구나.'

---

14 팔진(八陣) : 병사들을 여러 무리로 나누어 일정한 모양을 갖추는 것을 진법(陣法)이
라고 한다. '팔진'은 제갈공명이 창안한 진법이라고 전해진다. 시야의 원근감을 이용하
여 군사를 배치하고, 적군으로 하여금 미로를 헤매다가 결국 지치게 하는 진법이다.

특재는 어서 길동이 잠들기를 초조하게 기다리고 있는 참이었다. 그런데 난데없이 까마귀가 울고 칠흑같이 어두운 하늘로 날아가는 것이었다.

'저 까마귀가 어떻게 알고 천기를 누설하는가? 저 소리를 틀림없이 길동도 들었으리라. 이 아이는 실로 평범한 사람이 아니구나. 틀림없이 큰 인물이 될 것이다.'

특재는 심상치 않은 기운에 큰 두려움을 느끼고 그만 돌아갈까 망설였다. 하지만 초란이 약속한 돈에 욕심이 나는 것을 어쩔 수 없었다. 특재는 한 번 큰 숨을 쉬고 다시 마음을 바꾸었다.

시간은 흘러 주위는 더 어둡고 고요해졌다. 길동이 깊게 잠들었으리라 짐작한 특재는 몸을 날려 방 안으로 들어갔다. 하지만 어찌 된 일인지 길동은 보이지 않고 방 한가운데에서 난데없이 한 줄기 거센 바람이 일어났다. 뒤이어 천둥과 벼락이 천지를 뒤흔들고 구름과 안개가 자욱하게 주위를 감쌌다.

특재는 정신을 차리려 애써 보았지만 사방을 분간하기조차 어려웠다. 겨우 눈을 뜨고 좌우를 살펴보니 수많은 산봉우리와 골짜기가 겹겹이 둘러싸인 한편 큰 바다에서 물이 흘러넘쳐 집채만 한 파도로 출렁였다.

'내가 아까 분명 방문을 열고 안으로 들어왔는데 산은 웬 산이며 물은 웬 물인가?'

특재가 어디로 갈지 몰라 쩔쩔매고 있는데 어디선가 옥피리 소리가 들려왔다. 소리 나는 곳을 살펴보니 푸른 옷을 입은 한 소년이 흰학을 타고 공중을 날아다니고 있었다.

"너는 대체 누구이기에 이 깊은 밤에 비수를 들고 여기 왔느냐? 누구를 해치려는 것이냐?"

소년이 묻자 특재는 태연함을 가장하려 애쓰며 대답했다.

"네가 바로 길동이로구나. 나는 네 아비와 형의 부탁을 받고 너를 죽이러 온 것이다."

특재는 말이 채 끝나기도 전에 귀신같은 솜씨로 비수를 들어 던졌다. 하지만 순식간에 길동의 모습은 사라져 버렸다.

음산한 바람이 크게 일어났다. 벼락이 땅을 흔들고 하늘은 살기로 가득 찼다. 특재는 잔뜩 겁을 먹고 생각했다.

'내가 남의 재물을 욕심내다가 죽을 지경에 이르렀으니 누구를 원망하겠는가.'

잠시 후 길동은 칼을 들고 다시 모습을 드러냈다.

"하찮은 사내여, 네가 재물을 탐하여 죄 없는 사람을 살해하려 했으니, 지금 너를 살려 주면 나중에 다시 죄 없는 사람이 수없이 죽임을 당할 것이다. 내 어찌 너를 살려 보낼 수 있겠는가?"

특재는 막다른 골목에 이르렀음을 직감했다. 허리춤의 칼을 잡고 마음을 단단히 먹으며 부르짖었다.

"내 죄가 아니니 나를 원망하지 마라. 얄팍한 재주로 조화를 부려 사람을 놀라게 한들 어린아이가 어떻게 감히 나를 대적하겠는가?"

특재가 칼을 뽑아 달려들자 길동은 도술을 부려 순식간에 특재의 칼을 빼앗았다. 아무것도 할 수 없음을 깨달은 특재는 급기야 손이 발이 되도록 빌기 시작했다.

"사실은 초란이 무당과 관상쟁이와 짜고 대감과 의논하여 꾸민 일입니다. 저는 그저 공자님을 죽여 후환을 없애면 천금을 준다기에 이리한 것입니다. 가련한 목숨만 살려 주신다면 다시는 나쁜 짓을 하지 않고 조용히 살겠습니다."

특재의 비굴한 모습에 길동은 더욱 화가 났다.

"네가 금은만 중히 알고 사람의 목숨은 가볍게 여기는구나. 너의 악행이 오늘 하늘에 사무쳤다. 이는 하늘이 내 손을 빌려 악한 자를 없애는 것이다."

말을 끝내자마자 특재의 목이 떨어져 땅에 굴렀다.

길동은 분한 마음을 풀 길이 없었다. 바로 신장을 불러내어 동대문 밖의 관상쟁이를 잡아 오라고 명령했다. 한 줄기 스산한 바람이 안개와 구름을 몰고 간사한 관상쟁이의 집 쪽으로 휘돌아 갔다.

제 집에서 세상모르고 잠이 들었다가 갑자기 바람과 구름에 휩싸여 홍 대감 댁 후원으로 끌려온 관상쟁이는 이것이 꿈인지 생시인지도 모르고 와들와들 떨고만 있었다. 길동은 그의 죄를 하나하나 들추어내며 추궁했다.

"내가 누군지 알아보겠느냐? 내가 바로 홍길동이다. 너와 나 사이에 무슨 원한이 있기에 이렇게 흉계를 꾸미고 나를 죽이려 하였느냐? 네가 감히 요망하게 재상의 집에 드나들며 애꿎은 사람의 목숨을 해치려 하였으니, 네 죄를 네가 모를 리는 없을 것이다."

관상쟁이는 길동이 꾸짖는 소리를 듣고 애걸복걸하며 말했다.

"죽을죄를 지었습니다. 그러나 이것은 모두 초란 낭자가 지시하고 가르쳐 준 대로 한 것입니다. 부디 너그러운 마음으로 용서하여 주십시오."

길동은 냉정하게 잘라 말했다.

"초란 낭자는 나의 의붓어머니이니 내가 너와 그 죄를 왈가왈부할 수는 없다. 하지만 너 같은 악한 자를 내 어찌 살려 둘 수 있겠는가. 지금 너를 죽이는 것은 훗날의 사람들에게 악인의 최후를 보여 주어 경계토록 하는 것이다."

이윽고 칼을 들어 관상쟁이의 머리를 베고, 특재의 주검 옆으로 던졌다.

집을 떠나며 아들로 인정받다

길동은 끓어오르는 분노를 억제할 수 없었다. 내친김에 바로 대감을 찾아가 일의 자초지종을 여쭙고 초란마저 베어 버리고 싶었다. 그러나 초란은 대감의 총애를 받는 애첩인 데다가 따지고 보면 길동의 의붓어머니이기도 했다. 길동은 복수의 칼끝을 애써 억누르며 깊이 생각하고 또 생각했다.

'남이 나를 저버릴지언정 어찌 내가 남을 저버리겠는가.'

'내가 잠깐의 울분으로 어찌 인륜을 끊을 수 있겠는가.'

어렵게 마음을 고쳐먹은 길동은 칼을 내던지고 뜰로 나와 하늘을 우러러보았다. 은하수는 서쪽으로 기울고 달빛은 희미해졌다. 가을바람마저 소슬하게 불어와 울적한 마음을 돋우니 제 신세가 더욱 처량하게 느껴져 어찌할 도리가 없었다.

'이제 집을 떠나야 할 때가 되었구나.'

길동은 마지막으로 마음을 굳게 먹고 하직 인사를 드리기 위해 대감의 침소 앞으로 나아갔다.

대감은 꿈자리가 어수선했는지 마침 잠에서 깨어 있었다. 문밖에 인기척이 나는 것을 이상하게 여기고 창을 열어 밖을 내다보았는데, 길동이 와서 무릎을 꿇고 엎드리는 것이 아닌가? 대감은 깜짝 놀라 걱정스러운 목소리로 물었다.

"밤이 이미 깊었는데 너는 왜 자지 않고 여기서 또 이렇게 방황하고 있느냐?"

길동은 눈물을 참지 못하고 대답했다.

"소인이 일찍이 마음먹기로는 부모님 곁에 머물며 낳아 주시고 길러 주신 은혜를 만분의 일이나마 갚을까 하였는데, 집안에 의롭지 못한 사람이 있어 저를 모함하고 죽이려고까지 하였습니다. 다행히 낌새를 눈치채고 저들을 물리쳐 겨우 목숨은 건졌으나 더 이상 대감마님을 모실 길이 없을 듯합니다. 그만 하직 인사를 올리려고 왔습니다. 부디 만수무강하십시오."

대감은 놀라 속으로 생각했다.

'분명 무슨 곡절이 있는 것이구나.'

하지만 우선 길동을 진정시키는 것이 급하다고 여기고 침착한 목소리로 말했다.

"무슨 일이 있었는지는 날이 샌 후에 자연히 알게 될 것이다. 어서 돌아가 푹 자고 나면 내가 부르겠다."

길동은 땅에 엎드린 채로 다시 말했다.

"소인은 이제 집을 떠납니다. 대감께서는 부디 건강하십시오. 다시 뵈올 기약마저 참으로 아득합니다."

두 번 세 번을 말린다 해도 듣지 않을 것을 짐작한 대감은 그저 안타깝기만 했다.

"대체 무슨 변고가 있었기에 어린아이가 집을 버리려 하느냐."

"날이 밝으면 자연히 아실 것입니다. 제 걱정은 마시고 집안을 잘 돌보십시오."

"네가 이제 무작정 집을 떠나면 어디로 가겠느냐?"

"대감께서 버린 자식이 목숨을 부지하려고 떠나는 마당에 어찌 따로 갈 곳을 정해 두었겠습니까? 소인의 신세는 뜬구름과 같으니 하늘과 땅을 집 삼아 살아가는 수밖에요. 다만 평생의 원한이 가슴에 맺혔는데 풀어 버리지 못하고 떠나게 되니, 그것이 못내 서러울 뿐입니다."

길동의 눈에 두 줄기 눈물이 쏟아져 내려 더 말을 잇지 못했다. 대감은 길동의 마음을 짐작할 수 있었다. 이미 늦은 감이 있지만 조금이라도 위로가 된다면 길동의 원한을 이해한다고 말해 주고 싶었다.

"나도 너의 품은 한을 짐작하니 오늘부터 아버지를 아버지라 부르고 형을 형이라 부르는 것을 허락하겠다. 그러니 너는 지금 집을 나가서 사방을 정처 없이 돌아다니더라도 아무쪼록 아비와 형에게 근심을 끼치지 마라. 그리고 되도록 빨리 돌아와서 나의 마음을 위로해 다오. 여러 말 하지 않을 테니 언제 어디서든 겸손하게 생각하고 행동하도록 해라."

길동은 엎드린 자리에서 일어나 다시 절하고 말했다.

"소자의 해묵은 한을 아버님께서 오늘 풀어 주시니 황공하여 몸 둘 바를 모르겠습니다. 이제 죽어도 여한이 없습니다. 부디 아버님께서는 제 어미를 가엾게 여기셔서 나중에라도 소자가 원망하지 않도록 해 주십시오."

길동이 다시 마지막 절을 올리며 하직하니, 대감은 차마 붙들지 못하고 다만 무사하기만을 당부했다.

길동은 곧장 춘섬의 거처로 향했다. 어머니께 하직 인사를 올리는 길동의 북받치는 심정은 이루 말할 수 없었다.

"소자는 지금 위험을 피해 집을 떠납니다. 어머니께서는 당분간 불효자를 생각지 마시고 계십시오. 언젠가 소자가 돌아와 뵐 날이 반드시 있을 것입니다. 달리 염려 마시고 부디 조심하셔서 천금같이 귀한 몸을 보살피십시오."

춘섬은 올 것이 왔다는 생각에 그만 가슴이 철렁 내려앉았다.

"네가 정녕 어디로 가려 하느냐? 한 집에 있어도 서로 멀리 떨어져 있어서 늘 그리웠는데, 이제 너를 정처 없이 보내고 나면 어떻게 하루라도 잊고 살겠느냐?"

길동은 초란의 흉계로 인해 벌어진 일을 처음부터 끝까지 낱낱이 이야기했다. 춘섬은 사건의 자초지종을 듣고 나니 더는 길동을 말릴 수 없었다.

"네가 지금 나가지만, 어미 얼굴을 보아서라도 잠깐 화만 피하고 얼른 돌아오너라. 오래 돌아오지 않거나 몸을 상하여 어미가 실망하는 일이 없도록 해라."

춘섬이 못내 서러워하니 길동의 마음은 찢어지는 듯했다. 길동은 어머니를 수없이 위로하며 하직하고 문밖에 나섰다.

눈을 들어 바라보니 구름 낀 먼 산이 겹겹이 늘어섰는데, 그토록 넓은 하늘과 땅 사이에 작은 몸 하나를 허락해 줄 곳이 없었다. 홍대감의 결단으로 마음속의 큰 한을 풀기는 하였으나 발걸음이 마냥 가볍지는 않았다. 길동은 큰 한숨을 쉬며 정처 없이 걷기 시작했다.

한편 승상 부인은 초란이 자객을 길동에게 보낸 줄 알고 마음이 불편하여 밤이 새도록 잠을 이루지 못했다. 앞으로 집안에 닥쳐올 더 큰 화를 막기 위해 어쩔 수 없이 동의했다고는 하지만, 평생 후회할 것만 같고, 일을 돌이켜 무를 수만 있다면 당장 무르고 싶은 심정이었다. 어머니가 무수히 탄식하는 보습을 보고 장남 인형이 위로하며 말했다.

"소자도 마지못해 허락은 했지만 마음이 편치 않습니다. 길동이 죽고 나면 제게도 큰 한으로 남을 것입니다. 그러나 어쩌겠습니까? 그 어미를 더욱 극진히 대접하여 일생을 편안하게 돌보고, 길동의 시신을 후하게 장사 지내 애석한 마음을 만분의 일이나 덜어 볼까 합니다."

그렇게 모자가 서로를 달래며 밤을 지냈다.

이튿날 새벽, 곡산 어미 초란은 별당에서 소식이 들려오기를 기다리고 있었다. 그런데 날이 밝도록 아무 기별이 없으니 후원으로 사람을 보내 별당을 살펴보고 오라고 하였다.

꿈에도 생각지 못한 일이었다. 길동은 간데없고 목 없는 주검 두 구만 방 안에 거꾸러져 있는데, 자세히 살펴보니 자객 특재와 관상쟁이 무당이었다는 것이다. 소식을 전해 들은 초란은 크게 놀라 황급히 안채로 들어갔다. 초란의 말을 들은 부인도 놀라 기절할 지경이었다.

부인은 장남 인형을 불러 얼른 길동을 찾아보라고 했다. 그러나 어느 곳에서도 길동의 흔적은 찾을 수 없었다.

"아버님께 사실대로 말씀드려야 하지 않겠습니까?"

인형의 말에 정신을 차린 부인은 부랴부랴 대감을 모셔 와 자초지종을 이야기하고 손이 발이 되도록 용서를 빌었다. 대감은 기가 막혀 입을 다물지 못하고 있다가 이윽고 집안이 쩌렁쩌렁 울리도록 크게 호통을 쳤다.

"집안에 이런 변이 생기다니, 장차 그 화가 끝이 없겠구나. 간밤에 길동이가 집을 떠나겠다면서 하직 인사를 하기에 대체 무슨 일인가 하였더니, 이런 흉측한 일이 있었던 줄을 어찌 알았겠는가?"

부인과 인형은 아무 할 말이 없어 고개를 숙인 채 꾸지람을 듣고 있었다. 대감은 고양이 앞의 쥐처럼 구석에 웅크리고 있는 초란을 보고 더 목소리가 높아졌다.

"네가 얼마 전 이상한 말을 하기에 다시는 그런 말을 입 밖에 내지 말라고 하지 않았느냐? 그런데도 네가 마음을 고쳐먹지 못하고 이렇게 집안에 큰 변이 생기게 하였구나. 죄를 따지자면 죽음을 면치 못할 것이다. 어떻게 너를 내 눈앞에 두고 보겠는가?"

홍 대감은 당장이라도 초란을 죽일 듯 서슬 푸르게 다그쳤다. 그러나 곰곰 생각해 볼수록 그럴 수는 없는 일이었다. 초란을 죽여 일이 덧나고 커지면 세상에 알려질 위험이 있고, 그러다 임금의 귀에까지 들어간다면 큰 화를 당할 것이 뻔했기 때문이다.

"내 생각하는 바가 있어 죽이지는 않고 너를 집에서 쫓아내 버릴 것이다. 그러나 만일 이 일을 함부로 입 밖에 내는 날이면 설사 천 리 밖에 있더라도 반드시 잡아 죽일 것이다."

대감은 초란을 내쫓은 뒤, 믿을 만한 하인을 불러 남몰래 두 주검을 치우도록 명했다.

도적 떼의 두령이 된 길동

집을 떠난 길동은 정해진 목적지 없이 이리저리 떠돌아다녔다. 그러던 어느 날, 겹겹이 솟은 산봉우리가 하늘에 닿을 듯 우뚝하고 숲이 무성하여 동서남북을 분별하기조차 어려운 낯선 곳에 이르렀다. 날은 저물어 햇빛이 가늘어지고 사람의 흔적이 눈에 띄지도 않으니, 그만 오도 가도 못하는 처지가 되었다.

막막해진 길동은 잠시 주저하다가 시냇물을 따라 떠내려오고 있는 표주박 하나를 발견했다.

'가까운 곳에 인가가 있는 게로구나.'

길동은 표주박이 떠내려온 시냇물을 따라 몇 리를 더 걸어 들어갔다. 졸졸 흐르는 시냇물 소리가 상류로 갈수록 커지더니 콸콸 퍼붓는 소리로 변했다. 하늘에 닿을 듯 높은 절벽에서 장하게 떨어지는 폭포 소리였다. 길동은 시원한 물줄기를 바라보며 먼 길에 피곤한 발을 담그고 잠시 쉬려 했다.

그런데 폭포 사이로 얼핏 사람이 드나들 만한 돌문이 보였다. 호기심이 부쩍 난 길동은 다가가서 슬쩍 그 돌문을 밀어 보았다. 스르르

열리는 돌문 안쪽은 캄캄한 동굴 속이었다. 길동은 보이지 않는 손에 이끌리듯 동굴 속으로 들어섰다.

어두운 동굴 속을 더듬으며 얼마간 걸어가자 앞이 조금씩 환해졌다. 동굴의 반대편 입구에 다다른 길동은 깜짝 놀랐다. 험한 산봉우리로 둘러싸인 넓은 들판에 수백 호의 집들이 즐비하게 늘어서 있는 것이 아닌가? 바깥세상의 사람들은 짐작조차 못 할 천연의 요새였다.

아무튼 사람이 사는 마을을 찾은 것만 해도 무턱대고 반가운 길동이었다. 길동은 수백 채의 집들 중 가장 큰 집 쪽으로 성큼성큼 걸어갔다.

마을로 들어서니 수백 명이 한데 모여 잔치를 벌이고 있었다. 술상과 쟁반이 어지럽게 뒹굴고 여러 입에서 갖가지 의견들이 난무하니 왁자지껄 소란스러워 귀가 아플 지경이었다.

알고 보니 마을은 도적의 소굴이었다. 이날 마침 우두머리를 정하려고 의논하는 중이었는데, 제각기 자기의 주장을 내세우다 난장판이 벌어진 것이었다. 길동은 속으로 생각했다.

'마땅히 갈 곳 없는 내가 우연히 이곳에 이르렀는데, 이는 하늘이 나를 이끌고 온 것이리라. 기왕에 이렇게 된 이상 나의 몸을 이 도적들의 소굴에 맡겨 남아의 뜻과 기개를 펼쳐 보아야겠다.'

길동은 무리의 한가운데로 나아가 이름을 밝히며 말했다.

"나는 서울 홍 승상의 아들 길동이라 하오. 사람을 죽이고 도망하여 이리저리 떠돌다가 여기 이르렀소. 오늘 이곳에서 여러분을 만남은 하늘의 뜻이니, 내가 녹림15 호걸 중의 우두머리가 되는 것이 어떻겠소?"

모두들 술에 취하여 소란스러운 가운데 난데없이 어린아이 하나가 나서서 스스로 우두머리가 되겠다고 말하니 어이가 없는 일이었다. 도적들은 서로 두리번거리다가 코웃음을 치며 너도나도 한마디씩 꾸짖었다.

"맹랑한 녀석이로구나. 우리 수백 명이 다 남보다 뛰어난 힘을 가졌지만, 꼭 맞는 우두머리 감을 찾지 못해 이렇게 미적대고 있는데, 너는 대체 어떤 아이기에 감히 우리 잔치에 끼어들어 괴상망측한 말을 하느냐? 목숨만은 살려 보내 줄 테니 어서 돌아가거라."

몇몇 도적이 길동의 등을 떼밀어 쫓아냈다. 하지만 그대로 포기하고 돌아설 길동이 아니었다. 길동은 돌문 밖으로 나와서 큰 나무를 꺾어 거꾸로 들고, 그것을 붓 삼아 글을 쓰기 시작했다.

용이 얕은 물에 잠겨 있으니
물고기와 자라가 업신여기고,
범이 깊은 숲을 잃으니

---

15 **녹림(綠林)** : 푸른 숲속. '도적의 소굴'을 뜻하는 말로 쓰임.

여우와 토끼가 조롱하는구나.

머지않아 바람과 구름을 얻는다면

어떻게 달라질지 헤아리기 어려우리라.

길동의 모습을 지켜본 도적들은 눈을 의심했다. 그 중 하나가 그 글을 베껴서 좌중에 올리고 밖에서 본 광경을 이야기하니, 윗자리에 앉아 있던 한 사람이 여러 사람에게 제안했다.

"그 아이의 행동거지가 예사롭지 않소. 게다가 서울 홍 승상의 자제라 하니, 우선 여기 불러 재주를 시험해 본 후에 처치한다 해도 해롭지 않을 것이오."

사람들이 모두 찬성하여 즉시 길동을 데려왔다. 한 사람이 나서서 길동을 자리에 앉히고 말했다.

"지금 우리는 두 가지 문제를 의논하고 있다. 그 중 하나는 이 앞에 놓인 초부석이라는 돌을 들 만한 사람을 찾는 것이다. 무게가 천근이 넘으니 무리 중에 쉽게 들 수 있는 사람이 없다. 둘째는 경상도 합천 해인사에 쳐들어가는 것이다. 해인사에 엄청난 재산이 있는데 수도승이 수천 명이어서 공략하기가 쉽지 않다. 그곳의 재물을 빼앗을 좋은 방책이 필요하다. 네 녀석이 이 두 가지 문제를 해결한다면 오늘부터라도 우리 두령이 될 수 있을 것이다."

길동은 그 말을 듣고 호탕하게 웃으며 말했다.

"대장부가 세상의 일을 대하면서 위로는 하늘의 이치에 통달하고,

아래로는 땅의 이치를 굽어살피며, 가운데로 사람의 뜻을 살펴야 함이 마땅하오. 어찌 이만한 일을 가지고 겁을 내겠소?"

길동은 말을 마치기가 무섭게 팔을 걷어붙이고 바위 앞으로 성큼성큼 걸어갔다. 심호흡을 한 번 하는가 싶더니 초부석을 번쩍 뽑아 들고, 수십 걸음을 걷다가 도로 제자리에 놓았다. 조금도 힘겨워하지 않는 길동의 모습에 도적들은 놀라움을 감출 수 없었다.

"참으로 장사로다!"

도적들은 박수를 치고 신이 나서 떠들며 길동을 윗자리에 앉혔다. 술을 권하는 사람, 두령이라 부르며 치켜세우는 사람들로 넘쳐 잔치 분위기가 한껏 높아졌다.

길동은 즉석에서 백마를 잡게 하고 그 피를 마시며 굳은 맹세를 했다. 이윽고 모든 도적들 앞에서 큰 소리로 호령하며 새 두령으로서의 포부를 밝혔다.

"우리 수백 명은 오늘부터 생사고락을 함께한다. 만일 이 약속을 배반하고 명령을 어기는 자가 있으면 군법으로 엄히 다스리겠다."

위엄이 서린 길동의 목소리에 도적들은 큰 환호로 화답했다. 모두가 새 두령의 명령을 받들고 즐거운 잔치를 이어 갔다.

우리 무리 이름을 활빈당이라 하리라

길동이 무리의 두령이 된 후 며칠이 지났다. 우두머리가 될 만한 넘치는 힘은 이미 보여 주었으니, 이제는 지혜로움을 증명할 차례였다. 길동은 부하들을 모아 놓고 말했다.

"내가 직접 합천 해인사에 가서 그곳의 사정을 살펴보고 좋은 방책을 세워 돌아오겠다."

길동은 서당에 다니는 어린 학생의 차림새로 길을 나섰다. 부하 몇 명은 양반 댁 하인의 차림으로 뒤를 따랐다. 언뜻 보면 재상 가문의 귀공자가 공부하러 절에 가는 모습 그대로였다. 해인사에는 '서울의 홍 승상 댁 자제가 공부하러 간다.'는 서신을 미리 보내 놓았다.

해인사의 중들은 서신을 받아 읽고 이러쿵저러쿵 법석을 피우며 의논하기에 바빴다.

"재상 가문의 자제가 우리 절에 거처하면, 그것으로 말미암는 영향력이 결코 작지 않을 것이다."

"우리가 그 귀공자를 잘 모시기만 하면 반드시 홍 승상의 덕을 볼 수 있으리라."

중들은 수선을 떨며 손님을 맞을 준비를 했다.

길동의 행차가 절에 가까워 오자 중들은 한꺼번에 동구 밖으로 나가 마중을 했다. 중들의 호들갑스러운 정성에 길동은 흡족한 표정을 지으며 절 안으로 들어갔다. 자리에 앉은 길동은 중들을 모아 놓고 말했다.

"내가 알기로 이 절의 명성은 서울에서도 알아줄 정도이다. 그 소문을 듣고 먼 길을 마다 않고 찾아온 것이다. 구경도 할 겸 공부도 할 겸 온 것이니, 너희는 귀찮다 생각하지 말고 이 절과 관계없는 모든 사람들을 내보내라. 내가 옆 고을의 관아로 들어가 사또에게 청하여 쌀 이십 석을 보내도록 할 것이다. 나중에 시일을 정해 줄 테니 그 쌀로 음식을 장만하면 된다. 그러면 나는 그 약속한 날 너희들과 더불어 승려와 세속 사람들을 구분하지 않고 함께 즐긴 후에 바로 공부를 시작하겠다."

중들은 황공해하며 명령을 따르겠노라 대답했다. 길동은 절을 구경하는 척 이리저리 다니며 두루 살핀 후에 산채로 돌아왔다. 그러고는 자신의 계획대로 부하 수십 명을 시켜 흰쌀 이십 석을 해인사로 들려 보냈다.

"중들에게 관아에서 보낸 쌀이라고 말해라."

중들은 도적의 흉계를 꿈에도 모른 채 쌀 이십 석이 당도한 것을 기뻐하기 바빴다. 길동을 의심하는 마음은 티끌만큼도 없이 행여 마음에 들지 않을까 염려하면서 음식을 분주히 장만하고, 절에 머물고 있던 외부 사람들도 모두 내보냈다.

기약한 날이 이르렀다. 길동은 함께 가는 도적들에게 명령했다.

"이제 해인사에 가면 중들을 모두 포박해야 할 것이다. 너희들은 근처에 숨어 있다가 때가 되면 한꺼번에 들이닥쳐야 한다. 절의 재물을 샅샅이 뒤져서 챙겨 가지고 내 지시를 따르되, 절대 명령을 어기는 일이 없어야 할 것이다."

길동은 양반 댁 하인으로 변장한 부하 십여 명을 거느리고 해인사로 향했다.

이번에는 처음보다 더 많은 중들이 동구 밖에 나와 길동의 행차를 기다리고 있었다. 길동은 마중 나온 중들을 따라 절로 들어가서 명했다.

"이 절의 중은 늙고 젊고를 가리지 말고 하나도 빠짐없이 절 뒤의 계곡으로 모여라. 오늘은 너희들과 함께 하루 종일 마음껏 취하고 놀겠다."

수많은 중들이 계곡에 모였다. 길동의 분부를 어겼다가는 크게 혼이 날까 두렵기도 한 데다가 오랜만에 잔뜩 먹고 마시며 즐기고 싶기도 했다. 그사이 절이 텅 비었다는 사실은 아무도 신경 쓰지 않는 것 같았다.

길동은 자기 자리를 잡고 중들의 자리를 정해 주어 차례로 앉힌 후에, 먼저 술잔을 든 다음 차례로 권하면서 한참을 즐겼다. 중들도 때 아닌 호강에 연신 싱글벙글했다.

잠시 후 정성스럽게 준비된 밥상이 들어왔다. 길동은 중들이 눈치 채지 못하게 소매에서 굵은 모래를 꺼냈다. 아무것도 모르는 중들은 모두 길동을 바라보며 먼저 한 숟가락 들기를 기다리고 있었다. 조용한 가운데 길동은 미리 준비해 두었던 모래를 밥과 함께 입에 넣고 씹었다. 느닷없이 돌 깨지는 소리가 나니 중들은 어쩔 줄을 모르고 주위를 두리번거렸다. 우왕좌왕 정신을 차리지 못하는 중들에게 길동은 크게 화를 내며 꾸짖었다.

"내가 오늘 너희와 더불어 승려와 세속의 사람들을 굳이 구분하지 않고 스스럼없이 즐긴 후에 마음을 다잡고 절에 머물며 공부하려 하였다. 그런데 흉악하고 거만한 너희 중놈들이 나를 업신여기고 이처럼 음식을 정갈하지 않게 했으니, 정말 괘씸하기 짝이 없구나."

중들은 안색이 하얘져서 변명을 하기에 바빴다.

"그럴 리가 있겠습니까? 저희들 나름대로는 정성을 들이느라 애쓴 것인데, 그만 실수가 있었나 봅니다. 너그럽게 용서해 주십시오."

모두들 머리를 조아리고 비는데, 길동은 조금의 틈도 주지 않고 주위에 호령하였다.

"시끄럽다. 이 중놈들을 하나도 빠짐없이 전부 묶어라."

길동의 성화에 하인으로 변장한 도적들이 일제히 달려들었다. 중들을 굴비 엮듯 묶는데 조금의 인정사정도 없었다.

　신호에 맞추어 곳곳에 숨어서 때를 기다리고 있던 도적들이 벼락을 치듯 절로 달려들었다. 창고를 활짝 열고 해인사의 온갖 재물을 마치 제 것 가져가듯이 말과 소에 실어 나왔다. 그러나 사지를 꽁꽁 묶인 중들은 어떤 저항도 할 수 없었다. 다만 원통하여 울부짖을 뿐이니 중들의 아우성으로 온 동네가 무너지는 듯했다.

　마침 절에서 일하는 목공 한 명이 잔치 자리에 참여하지 않고 절을 지키고 있었다. 그런데 난데없이 도적이 쳐들어와 재물을 노략질하니 급히 도망쳐 나왔다. 목공은 합천 관가로 내달려 이 사실을 알렸다. 합천 고을의 사또는 크게 놀라 한편으로는 관리를 파견하고, 다른 한편으로는 관군을 조직하여 도적들을 뒤쫓게 했다.

　도적들은 그때 해인사의 값나가는 재물을 모두 싣고 말과 소를 몰아 절 문을 나서고 있었다. 그런데 멀리 바라보니 수천의 군사가 비바람처럼 몰려오는 것이었다. 그 광경은 마치 거대한 먼지 구름이 하늘 끝까지 닿은 듯했다. 도적들은 겁에 질려 갈 곳을 알지 못하고 마침내 길동을 원망하기 시작했다.

　"두령님의 무모한 계획 때문에 이제 우리 모두 잡혀 죽게 되었습니다."

　길동은 빙긋 웃으며 태연하게 말했다.

　"너희들이 어찌 나의 계략을 전부 이해하겠느냐? 아무 염려 말고 남쪽의 큰길로 가라. 나는 저기 오는 관군을 따돌려 북쪽의 오솔길로 가게 하겠다."

길동의 명령에 따라 도적들은 북쪽의 오솔길을 버리고 남쪽 큰길로 수레를 끌고 갔다. 길동은 법당으로 들어가 중의 장삼을 입고 고깔을 써서 변장한 후 높은 봉우리 위로 올라갔다. 잠시 후 관군이 가까이 다가오자 큰 소리로 외쳤다.

"도적들이 북쪽으로 달아났습니다. 이쪽으로 오지 말고 그리로 가서 잡으시오."

길동이 장삼 소매를 휘날리며 북쪽 오솔길을 가리키니, 감쪽같이 속은 관군은 남쪽 길을 버리고 노승이 가리키는 대로 몰려갔다.

길동은 북쪽 오솔길로 몰려간 관군이 가물가물하다 이내 보이지 않게 되자 봉우리에서 내려왔다. 그런 다음 축지법을 써서 먼저 간 도적의 무리를 따라잡은 후 그들을 이끌고 산채로 무사히 돌아왔다. 모든 도적들은 해인사를 성공적으로 침탈한 것을 자축하며 우두머리의 지혜로움을 크게 칭송하였다.

"우리 두령의 지혜와 술법은 귀신도 헤아리기 어렵겠소."

"한참을 먼저 달아난 우리를 그렇게 빨리 따라잡다니 축지법이라는 것이 용하기는 용합니다."

길동은 부하들의 칭찬에 대수롭지 않다는 듯 답했다.

"그만한 재주도 없이 어찌 한 무리를 이끄는 우두머리가 될 수 있겠소?"

잔치가 벌어지는 동안 한쪽에서는 해인사에서 노략질한 재물을 헤아려 보느라 분주했다. 그야말로 어마어마한 양이었다. 길동은 그것을 보고 탄식하여 말했다.

"백성들은 헐벗고 굶주리는데 청빈해야 할 절간에 웬 비단이며 은전이 이렇게도 많다는 말이냐?"

한편 합천의 관군들은 도적을 뒤쫓다가 그 자취도 보지 못한 채 허탕을 치고 날이 저물어 돌아왔다. 소문이 돌자 고을 전체가 시끌벅적해지고, 낙심한 합천 사또는 이 사연을 경상도 감영에 보고했다.

백주 대낮에 난데없이 도적 떼가 나타나 해인사의 재물을 털어 갔습니다. 즉시 관군을 보내 잡으려 했으나 아직 그 종적을 알지 못합니다. 여러 고을에 알려 잡게 하십시오.

도적이 출몰했다는 소식에 놀란 경상 감사는 각 고을에 관군을 나누어 보냈지만, 티끌만한 흔적조차 남지 않았으니 스스로 분주하기만 할 뿐이었다.

어느 날 길동은 녹림의 모든 도적을 불러 모아 놓고 말했다.

"우리가 비록 이곳에 숨어 도적질을 해서 먹고살지만, 모두 이 나라의 백성이다. 대를 이어 나라의 물을 마시고 나라의 흙에서 자란 곡식을 먹으니 그 은혜를 저버릴 수는 없는 것이다. 만일 나라가 위태로운 지경에 빠지면 마땅히 온갖 위험을 무릅쓰고라도 임금을 도와야 할 것이다. 그러니 어찌 병법을 익히는 데 힘쓰지 않을 수 있겠는가?"

도적들은 길동의 말에 처음에는 영문을 몰라 하다가 차츰 마음이 이끌리기 시작했다. 두령의 목소리에 귀를 기울이는 도적들의 눈이 반짝반짝 빛났다.

"우리 스스로 도적 떼라 여기지 말고 나라와 백성을 지키는 군사가 되기로 마음먹어야 할 것이다."

무리 중 한 사람이 손을 들고 일어나 말했다.

"우리가 군사가 되려면 훈련도 부지런히 해야겠지만 우선 무기가 있어야 할 것이 아닙니까?"

길동은 미소를 지으며 대답했다.

"내게 무기를 마련할 방책이 있다. 함경도 감영을 쳐서 그곳의 무기를 우리 것으로 할 것이다."

무리에서 웅성거리는 소리가 커져 갔다. 대담한 도적들이라지만 관군을 상대로 전투를 한다는 것은 두려운 일이었다.

"함경도는 여기서 멀리 떨어진 곳입니다. 게다가 이 나라를 세우신 태조 대왕이 기반으로 삼았던 땅이라 남문 밖에 그 조상들의 능이 있지 않습니까? 그곳을 건드렸다가는 조정에서 절대 가만히 있을 리가 없습니다."

길동은 무리를 진정시키고 말을 이었다.

"내게 다 생각이 있으니 잠자코 명을 따르도록 하라. 너희 중 일부는 날을 정하여 남문 밖 왕릉 근처에다가 불 땔 때 쓰는 마른 풀을

우리 무리 이름을 활빈당이라 하리라

운반해 두어야 한다. 그것으로 한밤중에 불을 지를 것이다. 단 왕릉에 불이 옮겨 붙지 않도록 조심해야 한다. 관군이 불을 끄러 나와 혼란에 빠졌을 때를 기다려 나는 남은 무리를 거느리고 감영에 들어가게 될 것이고, 무기와 장비, 곡식과 재물을 털어 나올 것이다."

이후 기약한 날짜가 다가옴에 따라 길동과 그의 무리는 함경도로 향했다. 길동은 무리를 두 부대로 나누어 한 부대는 마른풀을 운반하게 하고, 다른 한 부대는 자신이 거느리고 감영 부근에 숨어 있었다.

마침내 거사를 치를 자정이 되자 왕릉 근처에서 큰 불길이 하늘로 치솟아 올랐다. 길동은 감영으로 달려가 관문을 두드리며 소리쳤다.

"능에 불이 났습니다. 사태가 위급하니 어서 불을 꺼야 합니다."

함경 감사는 잠결에 소식을 듣고 깜짝 놀라 밖으로 뛰어나왔다. 과연 큰 불길이 하늘을 붉게 물들이고 있었다. 감사는 하인들을 거느리고 나가며 한편으로는 군사를 소집하니 성안이 마치 물 끓듯 소란스러웠다.

백성들도 모두 왕릉으로 불을 끄러 나가니 성안은 텅 비어 노약자만 남게 되었다. 길동은 도적들을 거느리고 한꺼번에 달려들어 감영 창고의 곡식과 무기를 탈취했다. 도적들은 북문으로 빠져나와 빠른 걸음으로 도망하여 산채로 향했다.

함경 감사는 화재를 진압한 후 일행과 함께 감영으로 돌아왔다. 창고를 지키고 있던 군사가 얼이 빠진 모습으로 달려와 감사에게 보고했다.

"도적이 들이닥쳐 창고를 열고 병기와 곡식을 훔쳐 갔습니다."

감사는 아연실색했다. 사방으로 군사를 풀어 도적들을 수색해 보았지만 어느새 간 곳이 없었다.

"이런 변괴가 있는가?"

함경도 감영 탈취 사건은 즉시 조정에 보고되었다.

길동과 그의 무리는 산채로 돌아와 잔치를 열었다. 길동은 수고한 부하들을 칭찬하며 마음껏 즐기라 하는 한편 잔치 분위기가 무르익어 가자 자리에서 일어나 말했다.

"우리는 이제부터 무고한 백성의 재물에는 절대 손대지 않을 것이다. 각 고을의 수령과 벼슬아치들이 백성에게서 착취한 재물을 빼앗아 도탄에 빠진 백성을 구제할 것이다. 그런 뜻에서 우리 무리의 이름을 '활빈당'이라 하리라."

길동의 엄숙한 선언에 도적들은 마음속 깊이 느끼는 바가 있었다. 이제는 더 이상 흉악무도한 도적 떼가 아니라 의로운 일을 하는 사람으로 거듭나게 되는 것이다. 가난한 백성을 살리는 무리, 활빈당이었다. 가슴이 벅차오른 도적들은 모두 자리에서 일어나 손뼉을 치며 호응했다.

길동은 주위를 진정시키고 다시 말을 이어 갔다.

"함경도 감영에서 병기와 곡식을 잃고 우리를 찾으려 애쓰고 있을 것이다. 분명 조정에도 보고가 되었으리라. 우리의 종적을 찾는다는 구실로 그사이에 애매한 사람들이 억울한 일을 당하게 될지 모른다. 우리가 저지른 일 때문에 무고한 백성들이 죗값을 받게 할 수는 없는 일이다. 그 사람들이 누구인지는 모르더라도 천벌을 두려워함이 마땅치 않겠는가?"

길동은 무고하게 고초를 당하는 사람이 없도록 즉시 함경도 감영의 북문에 다음과 같이 써서 붙였다.

창고의 곡식과 병기를 훔친 이는 활빈당 장수 홍길동이라.

포도대장 이흡을 혼내 주다

 함경도 감영 탈취 사건 이후 길동의 이름은 온 나라에 알려졌다. 감영의 곡식뿐 아니라 무기까지 털어 갔다는 것, 게다가 겁도 없이 제 이름을 북문에 써 붙인 것 등이 모두 백성들의 이야깃거리가 되었다.

이후에도 길동은 여러 차례 부정한 재물이나 곡식 등을 도적질하고 활빈당과 자신의 이름을 알렸다. 행여 산채로 돌아오는 길에 잡힐 위험이 있을 때는 둔갑술이나 축지법을 썼다. 그러니 함경도 감사는 물론 조정에서도 홍길동을 잡기 위해 혈안이 되는 것이 당연했다.

어느 날 길동은 홀로 처소에서 생각하였다.

'내 팔자가 사나워서 집에서 도망 나오고, 급기야는 숲속 도적의 소굴에 몸을 의지하게 되었으나, 이는 결코 본래의 뜻은 아니었다. 임금을 도와 백성을 구제하고 부모의 자랑이 되어야 함이 마땅하지만, 남의 천대를 분하게 여긴 끝에 이 지경까지 이르렀구나. 기왕에 이렇게 된 바에야 이런 방법으로라도 더 큰 이름을 얻고 후세에 길이 전하리라.'

길동은 여러 부하들을 모아 놓고 의논하며 말했다.

"우리가 합천 해인사를 쳐서 재물을 빼앗았고, 또 함경도 감영을 뒤집어 곡식과 무기를 도적질하였으니 방방곡곡에 소문이 파다할 것이다. 게다가 내 이름을 써서 감영에 붙이기까지 했으니 그냥 이대로 있다 보면 머지않아 잡힐 위험이 있다. 이제 나의 재주를 시험해 볼 때가 왔다. 너희들은 한 번 보아라."

길동은 부하들이 보는 앞에서 짚으로 허수아비 일곱 개를 만들었다. 그러고는 눈을 지그시 감고 주문을 외워 일곱 개의 인형 모두에 자신의 혼백을 불어넣었다. 순식간에 인형들은 길동과 같은 얼굴, 같은 몸으로 살아 움직이기 시작했다.

활빈당 무리들은 탄성을 질렀다. 눈앞에 뻔히 보이는 것이건만 도저히 믿을 수가 없었다.

"과연 우리 장군님의 술법은 귀신도 당하지 못하겠소!"

진짜 길동을 포함하여 여덟 명이 모두 제가 홍길동이라며 팔뚝을 부딪치고 큰 소리를 내며 입씨름을 하니 누구도 진짜와 가짜를 구별할 수 없었다.

그런데 한데 어울려 장난을 치던 여덟 길동이 갑자기 길 떠날 채비를 하는 것이 아닌가? 활빈당 무리는 무엇에 홀린 듯이 여덟 길동의 명을 받들어 일사불란하게 움직였다. 그렇게 길동들은 각각 군사 오십 명씩을 거느리고 전국 팔도로 흩어졌다. 따라가는 부하들도 제 우두머리가 진짜인지 가짜인지 알지 못했다.

길동의 무리는 각각 팔도를 누비며 탐관오리나 악덕 부자의 재물을 빼앗고, 가난한 백성들에게 나누어 주었다. 고을 수령이 서울로 보내는 부정한 뇌물을 중도에서 빼앗는가 하면, 관아의 창고를 열어 백성들의 살림살이를 도왔다.

곳곳마다 한바탕 소동이 일어났다. 관군들이 잠을 설쳐 가며 창고를 지키고 있는데도 길동의 도술에는 배겨 낼 재간이 없었다. 일이 터지는 날마다 거센 비바람이 일어나고 구름과 안개가 자욱하니 한 치 앞도 분별하지 못할 정도였고, 팔다리가 모두 묶인 것처럼 아무 저항도 할 수 없었다.

팔도에서 난리가 날 때마다 노략질을 당하는 자들은 우렁차고 똑똑한 목소리를 들었다.

"나는 활빈당의 장수 홍길동이다."

이렇듯 온 천하에 이름을 내놓고 돌아다녔지만, 아무도 그 종적을 찾을 수 없었다. 팔도의 감사들이 일시에 올린 장계16가 조정에 보고되었다.

홍길동이라는 큰 도적이 비구름을 부리는 등 온갖 조화를 부리며 각 고을에서 소란을 일으키고 있습니다. 하루는 이 고을의 무기와 장

---

16 **장계(狀啓)** : 왕명을 받아 지방에 파견된 벼슬아치가 공문 형식의 글로 써서 올리던 보고

비를 훔치고, 또 다른 날에는 저 고을의 곡식을 탈취해 갑니다. 하지만 아무도 이 도적의 자취를 잡지 못하니, 황공한 사연을 받들어 아룁니다.

이를 확인한 임금은 크게 놀랐다. 각 도에서 올린 장계의 날짜가 모두 같은 달 같은 날이었기 때문이다.

"이것이 무슨 변괴인가? 홍길동이라는 도적은 나라의 북쪽 끝에서 남쪽 끝까지 하루도 안 되어 움직일 수 있다는 말인가? 전국의 곳곳에서 한날한시에 홍길동을 보았다니, 홍길동은 사람이 아니라 귀신인가?"

조정 대신 중 아무도 대답할 수 있는 자가 없었다. 임금은 매우 근심하는 한편 여러 고을에 어명을 내렸다.

"팔도에 어사를 보내어 민심을 수습하고 도적을 잡아라. 양반이든 서민이든 할 것 없이 홍길동이라는 도적을 잡아 오면 큰 상을 내릴 것이다."

임금의 추상같은 명령에 조정의 신하들이나 지방의 방백[17]들 모두 황공하여 어쩔 줄 몰랐지만, 길동을 잡을 방책은 좀처럼 나오지 않았다.

---

17 **방백(傍白)** : 조선시대의 지방 장관. 관찰사를 이름. 각 도의 으뜸 버슬로 그 지방의 경찰권, 사법권, 징세권 따위의 행정에서 절대적인 권한을 가진 종이품(從二品) 버슬

이후로도 길동은 높은 관리들이 이용하는 쌍가마를 타고 다니며 죄 있는 수령을 엄히 다스리는가 하면, 관아의 창고를 활짝 열어 가난한 백성을 구제하는 일을 계속했다. 죄 있는 사람은 잡아 벌하고 죄 없는 사람은 감옥을 열어 석방시키며 이곳저곳을 종횡무진 다녔다.

각 고을에서는 매번 당하기만 할 뿐 길동이 사라진 후에는 종적을 찾지 못해 전전긍긍이었다. 온 나라가 홍길동의 일로 시끌벅적하니 임금은 크게 노하였다.

"한 놈이 같은 날에 팔도를 다니며 이와 같이 난리를 일으키는데, 나라를 위하여 이놈을 잡을 자는 하나도 없단 말이냐? 한심하기 짝이 없도다."

그러자 한 신하가 나서서 아뢰었다.

"신이 비록 재주는 없사오나 한 무리의 병사를 주시면 홍길동이라 하는 큰 도적을 잡아 전하의 근심을 덜어 드리겠습니다."

조정의 대신들이 눈을 돌려 소리 나는 쪽을 보니 이는 곧 포도대장 이흡18이었다. 답답함에 속을 끓이던 임금은 기특하게 여겨 정예 군사 일천 명을 주고 지휘하게 하였다.

"경의 용맹스러움과 지혜로움을 짐이 익히 알고 있으니 크게 염려하지 않겠다. 아무쪼록 바삐 도적을 잡아 대령하라."

---

18 이흡 : 경판 24장본의 표기이다. 원판 36장본에는 '이업'이라고 되어 있다.

임금의 격려에 이흡은 황공히 하직 인사를 올리고 그날 즉시 출정하였다.

포도대장 이흡이 거느린 관군이 과천에 다다랐다. 이흡은 군사를 몇 무리로 나누어 각각 거쳐 갈 곳을 정해 주고 집결할 날짜와 장소를 약속하였다.

"너희는 각각 내가 정해 준 고을을 지나 약속된 날짜에 문경으로 모여라."

이흡 자신도 관복을 벗고 평범한 백성의 차림으로 변장하여 따로 길을 떠났다. 주위의 시선을 끌지 않도록 관군 세 사람만 포도대장의 뒤를 따랐다.

며칠이 지났다. 이흡은 길을 걷다가 날이 저물어 주막에서 쉬고 있는 참이었다. 어떤 소년이 나귀를 타고 다른 몇몇 소년들을 거느리고 주막으로 들어왔다. 소년은 자리를 잡고 앉은 후에 먼저 와 있던 이흡과 통성명을 하고 이런저런 이야기를 나누었다. 그러던 중 소년은 갑자기 긴 탄식을 하고 말했다.

"넓은 하늘 아래 왕의 땅이 아닌 곳이 없고, 온 땅의 백성 가운데 왕의 신하 아닌 사람이 없다 하였소. 비록 시골의 선비이지만, 소생도 나라를 위해 근심하는 마음이 큽니다."

이흡은 일부러 놀라는 척하며 물었다.

"그게 무슨 말씀이오?"

소년은 주먹을 부르쥐고 대답했다.

"지금 큰 도적 홍길동이 팔도 방방곡곡에서 소란을 일으키니 민심이 흉흉하기 이를 데가 없습니다. 임금께서 크게 노하셔서 팔도에 도적을 잡으라는 지엄한 명령을 내리신 지가 오래인데, 아직도 잡았다는 소식은 들리지 않소. 그러니 분통하기는 우리 백성이라면 모두 한결같을 것이오. 나 같은 이름 없는 사람도 약간이나마 가진 힘을 보태어 도적을 잡고 나라의 근심을 덜었으면 하지만, 혼자만의 노력으로는 부족하고 함께 도울 사람은 없으니 참으로 한스러울 뿐입니다."

이흡은 소년의 모습을 찬찬히 살펴보았다. 얼굴 생김이나 체격이 당당하고 목소리 또한 우렁차서 매우 남자다웠다. 이야기의 내용을 들어 본즉 참으로 의리와 용기를 갖춘 남자였다. 내심 존경하는 마음을 품고 소년의 손을 맞잡으며 이흡은 감격스러운 목소리로 말했다.

"참으로 장한 말씀이오! 그대는 실로 충성과 의리를 겸비한 사람이구려! 내가 비록 변변치 못한 재주를 가졌으나 죽기를 각오하고 그대를 도울 터이니, 우리 함께 힘을 합쳐 도적을 잡는 것이 어떻겠소?"

소년은 감사의 뜻을 나타내며 말했다.

"그대의 뜻이 그러하다면 지금 나와 함께 가서 서로의 재주를 시험하여 함께 일할 만한지 판단해 봅시다. 그런 다음 홍길동이 거처하는 곳을 찾아보아야겠소."

이흡은 흔쾌히 승낙하고 몸을 일으켰다. 뒤를 돌아보니 먼 길을 걷느라 지친 부하 세 명은 모두 곯아떨어져 있었다. 이흡은 굳이 깨우지 않고 혼자 소년의 뒤를 따랐다.

소년은 이흡을 데리고 깊은 산중으로 들어갔다. 이흡은 무엇에 홀린 듯 따라가다가 문득 의심이 들었지만 무예로 단련된 자신이 위험에 빠지리라고는 생각지 않았다. 한참을 걷다 보니 험한 골짜기를 지나 까마득히 높은 절벽이 있는 곳에 이르렀다. 갑자기 소년은 반 발자국만 더 옮기면 천 길 낭떠러지 아래로 떨어질 바위 끝에 걸터앉았다.

"있는 힘을 다하여 나를 걷어차 떨어뜨려 보시오. 그러면 그대가 가진 힘을 짐작할 수 있을 것이오."

소년은 등을 돌리고 태연하게 말했다. 이흡은 그 말에 놀라면서도 한편 가소롭기 그지없었다.

'죽을 위험을 무릅쓰는 용기는 가상하지만 겁도 없이 포도대장의 힘을 시험하려 들다니……. 지금껏 조선 팔도에서 나 이흡의 기운을 당할 자는 없었다. 낭떠러지에서 떨어져 죽는다고 해도 원망하지는 마라. 다 네가 자초한 일이니…….'

이흡은 한 번 숨을 고르고 있는 힘을 다하여 소년의 엉덩이를 걷어찼다. 그런데 웬일인가? 소년은 땅속에 깊게 뿌리가 박힌 바위처럼 꿈쩍도 하지 않았다. 이흡은 놀라고 당황하여 발이 아픈 것도 느끼지 못할 지경이었다. 아무 일도 없었던 것처럼 소년이 돌아앉으며 말했다.

"장사로다! 그동안 여러 사람을 시험해 보았지만 나를 움직이게 한 자가 없었는데, 그대에게 차이니 오장이 울리는 것 같았소. 이만한 기운을 가졌으니 홍길동을 잡는 것은 염려하지 않아도 되겠습니다. 내가 미리 알아본 바로는 그 도적이 지금 이 부근의 산중에 있다 하오. 그러니 내가 먼저 그곳으로 들어가 상황을 살펴보고 오겠소. 그대는 잠깐 이곳에서 내가 돌아오기를 기다리시오."

어안이 벙벙해진 이흡은 별말을 덧붙일 것도 없이 고개를 끄덕여 허락했다.

이흡은 주변의 나무둥치에 등을 대고 앉아 소년이 돌아오기를 기다리고 있었다. 그런데 어디선가 기괴한 모습의 군사 수십 명이 모두 누런 두건을 쓰고 몰려오는 것이 보였다. 이흡은 황급히 몸을 피하려고 했지만, 앞은 낭떠러지요, 뒤에는 수십 명의 군사들이 득달같이 달려오니 이내 붙잡히고 말았다. 군사들 중 하나가 호령했다.

"네가 포도대장 이흡이냐! 우리는 염라대왕의 명을 받아 너를 잡으러 온 저승의 사자들이다."

채 말을 마치기도 전에 군사들은 이흡의 온몸을 쇠사슬로 꽁꽁 묶었다. 이흡은 갑자기 일어난 일에 도무지 정신을 차릴 수가 없었다. 자기가 끌려가는 곳이 지하 세계인지, 인간 세상인지도 모른 채 군사들이 이끄는 대로 발을 옮길 뿐이었다.

이흡은 눈 깜짝할 사이에 어느 낯선 곳에 다다랐다. 눈앞에 어렴풋이 보이는 기와집이 있었는데, 그 규모나 화려함이 마치 궁궐 같았다. 군사들은 이흡을 잡아 마당에 꿇어앉혔다. 이윽고 어디선가 이흡의 죄를 꾸짖는 소리가 들렸다.

"네가 감히 활빈당 장수 홍길동을 우습게 여기고, 보잘것없는 재주로 그를 잡겠다며 스스로 나섰다는 그놈이냐? 홍 장군은 하늘의 명을 받아 세상에 왔다. 팔도를 다니며 부패한 벼슬아치들과 부정한 이익을 취하는 놈들의 재물을 빼앗는 것은 모두 불쌍한 백성을 돕기 위한 것이다. 너와 같은 간사한 놈들이 나라를 속이고 임금에게 거짓으로 고하여 옳은 일 하는 사람을 해치려 하기에, 저승에서 너희 무리를 잡아다가 다른 사람을 경계하고자 하는 것이니 원망하지 말라."

이흡은 용맹한 장수였지만, 가슴이 두근거리는 것을 어쩔 수 없었다. 알 수 없는 목소리는 다시 이어졌다.

"황건 역사는 거기 있느냐? 이놈을 잡아 지옥으로 보내서 다시는 세상 구경을 하지 못하도록 하라."

이흡이 머리를 땅에 처박고 손이 발이 되도록 빌기 시작했다.

"말씀 그대로 홍 장군이 각 고을로 다니니 곳곳에서 소란이 일어났습니다. 민심이 어수선해진 탓에 임금께서 크게 노하셨습니다. 신하 된 도리에 어찌 가만 앉아 구경만 할 수 있겠습니까? 그래서 홍 장군을 체포하겠다고 이렇게 나온 것입니다. 다만 임금의 명을 따른 것뿐이니 목숨만은 살려 주십시오."

이흡이 수없이 애걸하는 통에 주위 사람들은 그 몰골을 보고 크게 소리를 내어 웃었다.

잠시 후 전각에서 호령하던 사람은 주위의 군사를 시켜 이흡을 풀어 주고 전각 위로 올라오게 했다.

"그대는 고개를 들고 나를 보라. 나는 좀 전에 그대와 주막에서 만났던 사람이요, 그 사람이 곧 홍길동이다."

벌벌 떨고 있던 이흡은 비로소 고개를 들고 조심스럽게 앞을 바라보았다. 과연 주막에서 만난 그 소년이 눈앞에 앉아 있는 것이 아닌가? 그렇다면 홍길동은 인간 세상의 사람이 아니라 저승에서 온 사자라는 말인가?

"그대 같은 자들은 수만 명이 힘을 합치더라도 결코 나를 잡지 못할 것이다. 그대를 유인하여 이리로 데려온 것은 우리의 위엄을 보이기 위해서이고, 또 앞으로 그대와 같이 분수에 넘치는 일을 하는 사람이 있을 때 그대가 나서서 말리게끔 하기 위해서이다."

이흡은 두렵고 당황스러운 마음에 어쩔 줄을 몰랐다. 길동은 우물쭈물하는 이흡에게 술까지 한 잔 권했다.

"그대는 부질없이 다니지 말고 빨리 돌아가라. 그리고 나를 만났다는 것이 알려지면 반드시 죄를 추궁당할 것이니 입을 조심하라."

이흡은 곰곰이 생각해 보았다.

'이것이 꿈인가, 생시인가? 여기는 이승인가, 저승인가? 어째서 이곳까지 오게 된 걸까?'

길동은 이어 또 다른 세 사람을 잡아들여 놓고 뜰아래 무릎을 꿇린 채 문초하며 말했다.

"너희들이 벌인 짓을 생각하면 모두 목을 베어야 마땅하겠지만, 내 이미 이흡을 살려서 돌려보내기로 했으니 너희도 함께 살려 주겠다. 돌아가서 앞으로 다시는 꿈에도 홍 장군 잡을 생각을 하지 마라."

이흡이 그제야 자신이 지옥으로 끌려온 것이 아니고, 홍길동 또한 사람인 것을 깨달았다. 하지만 수치스러워 아무 말도 하지 못하고 고개를 숙인 채 잠자코 있을 뿐이었다.

갑자기 졸음이 밀려왔다. 길동이 권한 술 때문인 것 같았다. 이흡은 정신이 혼미하여 앉은 채로 잠깐 졸았다. 그러다 문득 깨어 보니 팔다리를 움직일 수도 없고, 주위는 칠흑같이 어두워 아무것도 보이지 않았다.

이흡은 죽을힘을 다해 몸부림을 쳤다. 그곳은 다름 아닌 가죽 부대 속이었다. 한참을 애쓴 끝에 겨우 빠져나와 보니 주위에 또 다른 가죽 부대 세 개가 굵은 나뭇가지에 매달려 있었다. 부대를 끌러 보니 어젯밤에 함께 잡혀 갔던 세 사람이 나왔다. 그들은 주막에서 자고 있던 군사들이었다. 이흡은 어이가 없어 웃으며 물었다.

"나는 어떤 소년에게 속아 이렇게 되었다. 너희는 어쩌다가 그렇게 되었느냐?"

군사들은 마치 넋이 나간 사람처럼 실없이 서로 마주 보고 웃으며 대답했다.

"소인들은 어느 주막에서 잠을 자고 있었습니다. 갑자기 바람과 구름에 휩싸여 정신을 잃었는데, 어찌하여 이곳에 오게 된 것인지는 꿈에도 알지 못하겠습니다."

이흡은 고개를 들어 사방을 둘러보았다. 그들이 있는 곳은 다름 아닌 서울의 북악산이었다. 이흡은 다시 한 번 놀랐다.

"참으로 믿기 힘든 일이로다! 이 일이 너무도 허무맹랑하니 너희들은 아무에게도 발설하지 마라. 길동의 재주는 헤아리기조차 어려우니 결코 사람의 힘으로는 잡을 수 없을 것이다. 그러나 우리가 이대로 도성으로 들어간다면 큰 벌을 면치 못할 것이니, 몇 달 몸을 숨기고 기다렸다가 돌아가자."

이흡과 군사 세 사람은 축 처진 어깨를 하고 터덜터덜 걸어 산을 내려왔다.

허수아비를 잡아들인 임금님

이후로도 길동은 귀신같은 도술을 부리며 팔도를 누비고 다녔다. 하지만 그의 종적을 알아채는 사람은 아무도 없었다. 암행어사를 가장하여 부패한 지방 관리들을 처벌하기도 하고, 임금께 버젓이 장계를 올리기도 했다.

소신 홍길동은 머리 숙여 아룁니다. 소신이 팔도를 돌아다니다가 이 고을에 이르니 백성을 괴롭히고 제 배만 불리는 탐욕스러운 벼슬아치가 있어 신이 먼저 벌한 다음 이를 전하께 보고합니다.

지방의 고을에서 서울로 올려 보내는 뇌물을 가로채니 서울의 많은 관리들 또한 몹시 궁색해졌다. 심지어 기세가 등등해진 길동은 지위 높은 벼슬아치들이 쓰는 수레를 타고 서울의 큰길을 버젓이 오가기도 했다.

세월은 흘러 조선 팔도에는 늙은이부터 어린아이까지 길동의 이름을 모르는 사람이 없게 되었다. 활빈당의 기세가 좀처럼 수그러들지 않으니 부자들이나 탐욕스러운 벼슬아치들의 두려움은 날로 커져 갔다.

그러나 가난한 백성들 중에는 홍길동과 활빈당을 제 고을의 수령보다 더 믿음직하게 여기는 사람들이 생겨나기 시작했다. 겉으로 드러내지는 못하지만 내심 제 고을에도 홍길동이 나타나 사또를 벌하고 가난을 구제해 주기를 바라는 사람마저 있었다.

민심이 흉흉해질수록 임금의 불안과 분노 또한 점점 커져 갔다.

"이놈이 팔도를 종횡무진하면서 이 난리를 일으키는데도 누구 하나 잡을 사람이 없으니 장차 이를 어찌해야 하는가?"

정승들과 판서들을 모아서 의논하는 와중에도 장계는 계속해서 올라왔다. 모두가 홍길동이 난리를 일으켰다는 내용이었다. 임금은 그것들을 모두 훑어본 후 이마를 찡그리며 신하들에게 물었다.

"이렇게 감쪽같이 속을 썩이는 것을 보면 이놈이 아마 사람이 아니라 귀신인 듯하다. 조정의 관리들 중 이놈의 근본을 짐작하는 자가 없는가?"

모여 앉은 대신들이 서로 눈치를 보느라 좌불안석19인 가운데 우의정이 조심스럽게 입을 열었다.

---

19 **좌불안석(坐不安席)** : 앉아도 자리가 편안하지 않다는 뜻으로, 마음이 불안하거나 걱정스러워 자리에 가만히 앉아 있지 못하고 안절부절못하는 모양을 이르는 말

"신이 듣기로는 도적 홍길동이 이전의 승상 홍문의 서자라고 합니다. 홍문을 하옥시키시고 그 장남 홍인형을 문초하시면 자연히 알게 되실 것입니다."

임금의 목소리는 더욱 높아졌다.

"그 말을 왜 이제야 하는 것인가?"

임금은 즉시 의금부에 명하여 홍문 승상을 하옥시키고, 승지를 시켜 병조 좌랑[20] 홍인형을 불러들였다.

이때 홍 대감은 길동이 떠난 후로 아무 소식이 없어 간 곳도 알지 못한 채 걱정하고 있었다. 그런데 뜻밖에 길동이 유명한 도적이 되어 소란을 일으키니, 놀란 마음에 어찌할 줄을 몰랐다. 길동이 자신의 아들이라는 사실을 조정에 미리 알리기도 어렵고, 그렇다고 모르는 체 앉아 있기도 어려워 오로지 그 생각에만 골몰하는 것이었다. 대감은 늙고 병들어 자리에서 일어나지도 못했다.

홍 대감의 장남 인형은 병조 좌랑으로 있다가 부친의 병세가 위중해지자 휴가를 얻어 간호에 힘쓰고 있었다. 밤낮으로 병수발을 들다가 조정에 나아가지 않은 지 이미 한 달이 넘었다. 그렇게 조정이 돌아가는 형편조차 알지 못하고 있었는데, 뜻밖에 의금부에서 들이닥쳐

---

20 **병조 좌랑** : 경판 24장본의 인형은 병조 좌랑으로 설정되어 있고, 완판 36장본의 길현은 이조 판서로 설정되어 있다.

왕명을 전하니 온 집안이 허둥지둥 경황이 없었다.

어전에 끌려와 머리를 조아린 홍인형을 보고 임금은 책상을 내리치며 성을 냈다.

"길동이라는 도적이 경의 배다른 동생이라고 하는데 사실인가? 어찌 미리 단속하지 않고 그냥 내버려 두어 나라의 큰 재앙이 되게 하였는가? 길동의 노략질이 더 계속된다면 경의 집안 대대로 쌓은 충효를 돌아보지 않고 가족 모두를 처벌해야 할 것이다. 그러나 경에게 한 번 기회를 줄 터이니 빨리 잡아들여 조선에 더 큰 변고가 없도록 하라."

인형은 황공하여 고개를 조아리고 아뢰었다.

"신의 천한 동생이 일찍이 사람을 죽이고 도망친 뒤로 간 곳을 몰랐는데, 이렇듯 큰 죄를 지었습니다. 동생을 제대로 단속하지 못한 신의 죄가 죽어 마땅합니다. 하오나 신의 아비는 늙어 백발이 되었는데, 천한 자식이 나라의 큰 도적이 되었다는 소식을 듣고 병이 나서 사경을 헤매고 있습니다. 엎드려 바라오니 전하께서는 하해와 같은 은덕을 베푸셔서 신이 집으로 돌아가 아비의 병을 치료하게 해 주십시오. 그리하시면 신이 직접 가서 서제 길동을 잡고 저희 부자의 죄를 씻겠습니다."

임금은 인형의 효성에 감동했다. 즉시 홍 대감이 병든 몸을 돌볼 수 있도록 집으로 돌려보내고, 인형에게는 경상도 감사를 제수하였다.

"경에게 감사 정도의 지위와 병력이 없다면 길동을 잡기 어려울 것이다. 일 년의 기한을 줄 테니 하루바삐 잡아들이도록 하라."

"성은이 망극하옵니다."

인형은 임금의 은혜에 감사하며 수없이 절하고, 대궐을 나왔다. 집에 돌아온 인형은 우선 식구들을 안심시키고 곧바로 길 떠날 채비를 했다. 집안의 위기를 막으려면 서두르지 않을 수 없었다. 인형은 길을 재촉하여 열흘 만에 경상도 감영에 이르렀다.

경상도 감사 홍인형은 부임 즉시 각 고을에 공문을 내리고, 방방곡곡에 방을 써 붙이도록 했다. 길동을 찾는 글은 다음과 같았다.

무릇 사람이 하늘과 땅 사이의 세상에 태어나면 다섯 가지 윤리[21]를 지켜야 하는 법이다. 그 중에서도 나라에 충성하고 부모께 효도하는 것이 으뜸이다. 사람으로 태어났더라도 다섯 윤리를 저버리면 사람이라 할 수 없는데, 지금 너는 지혜와 식견이 보통 사람들보다 뛰어난데도 이를 깨닫지 못하니 어찌 안타깝지 않겠는가?

우리 가문이 대를 이어 나라의 녹[22]을 받는 은혜를 입었으니, 지극한 마음으로 충성을 다해 보답하고자 하였다. 그런데 우리 대에 이르러 너로 말미암아 나라의 명을 거역하게 되었으니, 그 해로움이 앞으로 어디

---

21 **다섯 가지 윤리** : 오륜(五倫). 유교에서 사람으로서 지켜야하는 다섯 가지의 윤리. 부자유친(父子有親), 군신유의(君臣有義), 부부유별(夫婦有別), 장유유서(長幼有序), 붕우유신(朋友有信)을 말한다.

22 **녹(祿)** : 나라에서 벼슬아치들에게 벼슬살이에 대한 보수로 주던 곡식이나 베, 돈 따위를 통틀어 이르는 말. 일 년 단위나 계절 단위로 주어졌다.

까지 이를지 알 수 없다. 참으로 한심할 뿐이다.

　나라를 어지럽히는 신하와 반역을 꾀하는 자가 어느 시대인들 없겠느냐. 그러나 그런 자가 우리 가문에서 나올 줄은 참으로 생각지 못한 일이다. 네가 지은 죄 때문에 전하께서 진노하시니 마땅히 그 아비와 형은 극형에 처해질 일이었다. 그러나 망극한 성은을 베푸셔서 네 죄를 아비와 형에게 보태지 않으시고 나에게 너를 직접 잡으라고 명하시니 황공하기 그지없다.

　백발이 성성한 늙은 아버님은 네 생각으로 밤낮을 가리지 않고 걱정하고 계셨다. 그런데 네가 이렇게 난리를 일으켜 나라에 죄를 지으니, 놀라 병이 나서 마침내 드러누우셨기에 앞으로 다시 일어나시게 될지 알 수 없다. 아버님께서 만약 너 때문에 세상을 버리시게 되면 너는 살아서도 반역의 죄를 짓는 것이고, 죽어 지하에 가서도 불충불효한 죄를 만대까지 전하게 될 것이다. 또한 이후로 남아 이어질 우리 가문은 어찌 원통하지 않겠느냐?

　넉넉한 소견을 가진 네가 어찌 이것을 생각하지 못하느냐? 네가 반역이라는 죄명을 가지고 세상을 살아가는 이상, 사람에게는 용서를 받을 수 있을지라도 천벌을 면할 수는 없을 것이다. 그러니 이제 하늘의 명을 받들고 조정의 처분을 기다리는 것만이 마땅할 뿐 달리 무엇을 할 수 있겠느냐?

　천 번 만 번 생각하여 너의 죄를 덜고 우리 가문이 보존되도록 해야 할 것이다. 네가 하루바삐 스스로 나타나 형에게 돌아오기를 바란다.

인형은 감사로 부임한 후에 다른 공무를 돌볼 여유가 없이 초조하게 길동을 기다렸다. 임금의 근심과 아버지의 병세를 생각하느라 수심이 가득한 채로 하루하루를 보냈다.

그러던 어느 날 한 소년이 나귀를 타고 하인을 수십 명 거느린 채 경상도 감영으로 와서 감사를 뵙고자 청하였다. 이를 심상치 않게 여긴 감사가 허락하여 즉시 맞아들이니 소년은 마루 위로 올라가 엎드려 절했다. 인형은 이상하게 생각하고 소년의 얼굴을 살피려 했다. 마침내 소년이 얼굴을 들고 말했다.

"형님께서는 어찌 아우 길동을 몰라보십니까?"

인형은 몹시 놀라는 한편 반가운 마음에 한걸음에 달려가 길동의 손을 잡았다. 길동을 이끌어 방에 들어온 인형은 주위 사람들을 모두 내보냈다. 아우를 눈앞에 둔 형의 입에서 긴 한숨이 터져 나왔다. 온몸은 부들부들 떨리고 그만 목이 메어 왔다.

"이 철없는 아이야. 네가 어려서 집을 떠난 후에 이제야 만나는구나. 반가운 마음이야 오죽하겠느냐마는 그보다 슬프기가 한량없다. 네가 그만한 풍채와 재주를 가졌건만 어찌 이렇게 못된 일을 저질러 아버지의 은혜와 형의 사랑을 끊어 버리려 하느냐?

시골의 어리석은 백성이라도 임금에게 충성하고, 아비에게 효도하는 것이 무엇보다 중한 것을 안다. 너는 어려서부터 총명하고 재주가 뛰어나 세상의 평범한 사람들과 달랐으니 충성하고 효도하는 일에 누구보다 앞장서야 할 사람이 아니냐? 그런데도 제 몸을 옳지 않은 곳에 의탁하고 기대를 저버리니 참으로 딱한 노릇이다. 그처럼 식견이 높고 명석한 아들이요 아우를 두었다 하여 아버지와 형은 속으로 자랑스러워하였는데, 마침내는 도리어 근심거리가 되었구나.

네가 충성과 의리를 택하여 죽음에 이른다 해도 아버지와 형의 마음은 슬프기가 한없을 텐데, 하물며 나라의 명을 어기고 그 죄로 죽게 된다면 그것을 보는 마음이야 오죽하겠느냐? 나라의 법은 지극히 엄하여 인정사정을 보지 않으니 가족이 나서서 아무리 구원하려 해도 어쩔 수 없을 것이다. 너는 아버지와 형의 체면을 보아 기꺼이 죽기를 각오하고 왔겠지만, 나는 두렵고 슬픈 마음이 너를 보지 못하고 있을 때보다 더하구나!

너는 네가 지은 죄 때문에 벌을 받는 것이니 하늘과 사람을 원망치 못하겠지만, 아버지와 나는 생각지도 못하게 아들이요 아우를 잡아 죽이는 천벌을 받게 되니 다만 운명만 탓할 뿐이다. 네 어찌 이만한 일을 깨닫지 못하고 분수에 넘치는 죄를 지었느냐? 천년을 거슬러 올라가 보아도 오늘 밤보다 가혹한 생사의 이별은 없을 것이다!"

인형은 슬픔을 참지 못하고 이야기하는 내내 눈물을 흘렸다. 길동 또한 형의 말을 들으며 길게 눈물을 흘렸다.

"이 못난 동생이 처음부터 아버님과 형님의 가르침을 들으려 하지 않은 것은 아닙니다. 다만 팔자가 사나워서 천하게 태어난 것을 평생의 한으로 생각하고 있었지요. 게다가 집안에 시기하는 사람까지 생기니 그를 피하여 집을 나오게까지 되었습니다. 갈 곳을 몰라 이리저리 방황하다가 뜻하지 않게 도적 소굴을 만나게 되니, 거기에 잠시 몸을 맡겼다가 오늘에까지 이르렀습니다. 지금 이 천한 몸이 여기까지 오게 된 것은 오직 아버님과 형님을 위태로운 상황에서 구하고자 하는 것이니, 달리 무슨 말이 필요하겠습니까? 형님께서는 내일 아침 도적 홍길동을 잡게 된 경위를 보고하고, 저를 포박하여 서울로 압송하십시오."

말을 마친 길동은 입을 굳게 다물었다. 형제의 참담한 얼굴에는 눈물이 하염없이 흘렀다.

인형은 한편으로 슬퍼하면서 한편으로는 임금에게 보고할 장계를 작성했다. 새벽이 되자 인형은 길동을 쇠사슬로 묶었다. 목에는 칼을 채우고 발에는 족쇄를 채웠다. 길동을 실은 수레에는 건장한 장교 수십 명을 붙여 밤낮으로 쉬지 않고 호송하도록 명했다.

그런데 이게 웬일인가? 팔도에서 모두 길동을 잡았다는 장계가 한꺼번에 서울로 올라왔다. 소문은 금세 방방곡곡에 퍼졌다. 사람들은 잔뜩 의심하며 길을 가득 메우고 길동이 압송되는 광경을 지켜보았다. 팔도에서 모두 죄인을 잡아 서울로 보내니 온 나라가 떠들썩하고, 길마다 구경꾼의 수를 헤아리기조차 어려웠다.

조정 또한 사정이 다르지 않았다. 뜻밖의 일을 당한 신하들은 여기저기 모여 술렁거렸다. 이윽고 팔도에서 잡아 올린 길동들이 속속 도착하였다. 여덟 길동은 모두 똑같은 얼굴에 똑같은 옷차림을 하고 있었다.

임금이 친히 나와서 여덟 길동을 심문하기 시작했다.

"너희들 중 누가 진짜 길동이냐?"

여덟 길동이 서로 다투며 정신없이 떠들었다.

"네가 무슨 길동이냐? 내가 진짜 길동이다."

그렇게 제가 진짜 길동이라고 우기는가 하면,

"나는 길동이 아니다. 네가 진짜 길동이 아니냐?"

하면서 서로 떠넘기며 아웅다웅하기도 했다.

조정을 가득 메운 신하들과 주위의 사령들도 모두 의아하기만 할 뿐 진짜와 가짜를 구분할 방법이 없었다. 여러 신하들이 임금에게 아뢰었다.

"자식을 가장 잘 알아보는 것은 아비일 것입니다. 홍문 승상을 불러들여 자신의 서자 길동을 직접 찾아내게 하십시오."

그럴듯한 말이었다. 임금은 지체할 겨를 없이 홍 대감을 불러들였다.

홍 대감은 어명을 받고 조정에 나와 바닥에 엎드렸다. 임금이 말했다.

"경이 일찍이 서자 하나를 두었다고 하더니 그 서자 길동이가 이처럼 여덟이 되었다. 대체 무슨 조화인가? 경이 자세히 살펴보고 진짜를 가려 더 이상 혼란이 없게 하라."

대감은 황공하여 고개를 들지 못하고 아뢰었다.

"신이 행실을 바르게 하지 못하여 천한 여인을 가까이하고 첩으로 삼았습니다. 그로 인하여 천한 자식을 하나 두었는데, 뜻밖에도 전하의 근심이 되고 조정이 시끄러워지니, 신의 죄 만 번을 죽어도 마땅하옵니다."

대감의 하얗게 센 수염을 타고 쉼 없이 눈물이 흘러내렸다. 대감은 여덟 길동을 바라보며 꾸짖었다.

"네가 아무리 불충불효한 놈이라도 위로 임금께서 친히 나와 계시고 아래로는 아비가 있거늘, 바로 그 앞에서 임금과 아비를 속여 농락하는 것이냐? 네 죄가 이루 말할 수 없도록 흉악하구나. 빨리 천명을 받들어 순순히 벌을 받아라. 만일 그러지 않으면 네 눈앞에서 내가 먼저 죽어 전하의 분노를 만분의 일이라도 덜어 드릴 것이다."

대감은 있는 힘껏 호통을 친 후에 임금 쪽으로 몸을 돌려 허리를 굽히고 아뢰었다.

"신의 천한 자식 길동은 왼쪽 다리에 붉은 점 일곱 개가 있습니다. 이를 증거로 하여 진짜 길동을 찾아내십시오."

주위의 사령들이 일제히 달려들어 여덟 길동의 왼쪽 다리를 확인했다. 하지만 모든 길동에게 똑같은 크기와 모양의 붉은 점이 있었다. 홍 대감은 두렵고 근심스러운 마음을 이기지 못하여 그만 기절해 버렸다.

임금은 황급히 주위에 명하여 어의를 부르고 홍 대감을 구하려 했지만 회생시킬 방법이 없었다. 그러자 여덟 길동이 저마다 눈물을 흘리며 주머니 속에서 대추만 한 환약을 꺼냈다. 대감의 입에 환약을 밀어 넣으니 반나절쯤 지난 후에 다시 정신을 차렸다.

여덟 길동이 울면서 한목소리로 임금에게 아뢰었다.

"신의 팔자가 사나워 홍씨 가문 천한 종의 배를 빌려 세상에 태어났습니다. 단지 그 이유로 아버지를 아버지라 부르지 못하고 형을 형이라 부르지 못하니 어릴 적부터 한스러운 마음을 애써 억누르고 있었습니다. 그것도 모자라 집안에는 시기하는 자가 있으니 더 이상 견디지 못하고 깊은 산중에 한 몸을 의지하게 된 것입니다.

그럭저럭 산천초목과 함께 늙고자 하였는데, 하늘이 신을 미워한 탓인지 도적의 무리에 몸을 담게 되었습니다. 그러나 처음부터 백성의 재물은 털끝만큼도 빼앗은 적이 없고, 지방 수령의 뇌물과 의롭지 못한 놈의 재물만을 탈취하였습니다. 간혹 나라의 곡식을 도둑질하기는 했지만, 그 수령의 악행을 경계하고자 한 것입니다. 게다가 임금과 아비는 한 몸이라 하니, 자식이 아비의 것을 좀 먹었다고 도적이라 불러야 하겠습니까? 어린 자식이 어미의 젖을 먹는 것과 마찬가지입니다. 이는 오로지 조정의 소인배가 전하의 슬기로운 눈을 가리고 거짓으로 일러바친 죄일 뿐, 신의 죄는 아닐 것입니다."

임금은 더욱 노하여 꾸짖었다.

"네 이놈, 까닭 없는 재물은 빼앗지 않았다고 하였느냐? 그러면 합천 해인사 중을 속여 그 재물을 도적한 것과 능에 불을 지르고 무기를 도적한 것은 무엇이냐? 그보다 큰 죄가 또 어디 있느냐?"

길동들은 바닥에 엎드린 채로 다시 아뢰었다.

"부처를 따르는 무리라고 하는 것들이 세상을 속이고 백성들을 홀려 어지럽게 합니다. 땀 흘려 논밭을 갈지 않고 백성의 곡식을 빼앗으며, 베도 스스로 짜지 않으면서 백성의 의복을 제 것인 양 받아 입습니다. 부모로부터 물려받은 머리카락과 살갗을 훼손하면서까지 오랑캐의 모양을 받들어 따르는가 하면, 임금과 아비를 버리고 세금조차 내지 않으니 이보다 더 불의한 일이 없습니다. 가난한 백성의 것으로 제 배를 불리는 자들을 어찌 부처의 제자라고 할 수 있겠습니까? 그리고 어찌 그런 놈들을 가만둘 수 있겠습니까?

군대의 병기를 가져간 이유를 아룁니다. 저희들이 산중에 머물며 병법을 익혀 두었다가 만일 전란이 생기면 임금을 도와 나라를 구하고 태평성대를 이루려 한 것입니다. 또 불을 질렀다고 하지만, 능이 있는 곳에는 불길이 가지 않도록 하였습니다.

신의 아비는 대대로 나라의 녹을 받고 충성을 다해 나라에 보답하며 살았습니다. 나라의 은혜를 만분의 일이라도 갚지 못할까 염려하는 아비의 말을 신이 어려서부터 귀에 못이 박히도록 들었는데, 어떻게 감히 분수에 넘치는 마음을 먹겠습니까? 신의 죄를 굳이 따진다고 할지라도 죽음에까지 이르지는 않을 것입니다. 하오나 전하께서는 조정의 신하들이 헐뜯는 소리만 들으시고 이렇듯 크게 노여워하시니,

신이 어떻게 할 수 있겠습니까. 앞으로 십 년만 지나면 조선을 떠나갈 곳이 있으니 너무 근심하지 마시고 길동을 잡으라는 공문을 거두어 주십시오."

말을 마치고 여덟 길동은 한데 어우러져 죽은 듯 쓰러졌다. 사람들이 도무지 믿기지 않아 자세히 살펴보니, 진짜 길동은 사라져 간 곳이 없고 허수아비 일곱 개가 쓰러져 있을 뿐이었다.

임금은 길동에게 감쪽같이 속았다고 생각하여 더욱 노발대발했다. 다시 경상도 감사 홍인형을 비롯하여 팔도의 수령들에게 공문을 내리고, 어서 진짜 길동을 잡아 올리라고 재촉하는 것이었다.

병조 판서가 된 길동

경상도 감사 홍인형은 길동을 잡아 압송하고, 허전한 마음을 견딜 수가 없어서 일이 손에 잡히지 않았다. 서울의 일이 어떻게 되었는지 궁금하여 소식을 기다리고 있었는데, 어명을 전하는 사령이 감영에 당도했다. 인형은 북쪽 궁궐을 향하여 네 번 절하고 교지[23]를 펼쳐 보았다. 교지에는 다음과 같이 적혀 있었다.

경상도 감사가 길동을 체포하지 않고 허수아비를 보내어 형부를 혼란에 빠뜨렸으니, 이는 경거망동으로 임금을 속인 죄에 해당할 것이다. 아직은 죄를 따지지 않을 것이니, 열흘 안에 길동을 체포하여 화를 면하라.

글에 담긴 임금의 뜻은 매우 엄격했다. 인형은 황공하여 어찌할 바를 모르고 있다가, 당장 길동을 잡으라는 명령을 주위에 내렸다.

---

23 교지(敎旨) : 승정원의 담당 승지를 통하여 전달되는 왕의 명령을 적은 문서를 이르는 말이다. 임금이 신하에게 주는 공식적인 임명장 또한 교지라고 한다.

달이 환하게 뜬 어느 밤이었다. 인형은 근심스러운 마음에 잠을 이루지 못하고 난간에 기대어 있었다. 문득 한 소년이 나타났다. 선화당[24] 대들보 위에서 훌쩍 뛰어내려와 넙죽 절하는 소년의 얼굴을 자세히 보니 다름 아닌 길동이었다.

인형은 동생이 반가우면서도 한편으로는 서운한 마음이 드는 것을 어쩔 수 없었다. 그래서 자기도 모르게 길동을 크게 꾸짖었다.

"너는 어째서 갈수록 죄를 키워 기어이 집안에 화를 끼치려 하느냐? 지금 나라에서 내린 명령이 엄중하니, 나를 원망할 필요 없다. 순순히 왕명을 받들어라."

길동은 바닥에 엎드린 채 담담하게 대답했다.

"제게 좋은 생각이 있으니 형님께서는 너무 염려하지 마십시오. 내일 저를 잡아 서울로 보내시면 됩니다. 다만 그때 호송을 담당할 자로는 장교 가운데 부모와 처자식이 없는 자를 가려 뽑으십시오. 그러면 모든 일이 잘 해결될 것입니다."

인형은 길동이 무슨 꿍꿍이를 가지고 있는 것인지 알고 싶었지만, 길동은 끝내 대답하지 않았다. 달리 좋은 방법이 있는 것도 아니어서 길동이 원하는 대로 사람을 뽑았다. 길동을 실은 수레는 다시 서울을 향해 출발했다.

경상도 감사가 올린 장계가 조정에 먼저 도착했다. 길동을 체포하

---

24 선화당(宣化堂) : 각 도의 관찰사가 집무하는 곳

였으며 호송 행렬이 이미 서울로 출발했다는 전갈이었다. 조정은 삽시간에 분주해졌다. 만일을 대비하여 훈련도감의 포수 수백 명이 남대문에 매복하고 길동이 오기를 기다렸다.

"길동이 문안에 들어오면 일시에 총을 쏘아 잡아라."

명령을 받은 군사들은 잔뜩 긴장하고 아래를 노려보고 있었다.

이러한 조정의 움직임을 모를 리가 없는 길동이었다. 주위 사람들에게는 보이지 않았지만, 길동은 비, 바람의 기운과 더불어 움직이고 있었다.

길동은 자신을 실은 수레가 동작리25 근처를 지나고 있을 때, '비 우(雨)' 자를 세 번 써서 공중으로 날려 놓았다. 잠시 후 남대문 하늘 위로 먹구름이 가득 끼고 억수 같은 소나기가 쏟아졌다. 포수들의 총은 모두 물에 젖어 속까지 축축해지고 말았다.

이윽고 길동이 남대문에 다다르자 문안에 들어오기만을 기다려 모든 포수들이 일제히 총을 쏘려 했다. 하지만 길동의 도술 탓에 뜻대로 발사된 탄환은 하나도 없었다.

수레는 아무 일 없었다는 듯이 남대문을 지나 대궐 문 앞까지 나아갔다. 길동은 호송해 온 장교들에게 말했다.

"나를 체포하여 압송하라는 어명을 차질 없이 받들었으니 경상도

---

25 동작리(銅雀里) : 오늘날의 동작동, 노량진동, 흑석동 부근이다. 과천을 지나 서울로 들어오려면 동작리 나루에서 마포로 건너와 남대문으로 향했다.

감사에게는 아무런 죄가 없다. 그리고 너희 또한 나를 호송하여 여기까지 왔으니, 그만하면 나를 놓친 죄를 추궁당하더라도 죽음에 이르지는 않을 것이다."

길동은 순식간에 쇠사슬을 끊고 자신을 가둔 수레를 깨뜨렸다. 그러고는 훌쩍 몸을 날려 땅에 발을 딛고 천천히 걸어가기 시작했다. 잘 훈련된 기병들이 말을 타고 길동의 뒤를 쫓았지만 아무리 힘들여 달려도 거리를 좁힐 수가 없었다. 언뜻 보기에는 느릿느릿 걸어가는 듯했지만, 사실 길동은 축지법을 쓰고 있었던 것이다.

길동의 모습은 금세 작은 점이 되었다가 사라졌다. 성안의 모든 백성들은 길동의 신기한 술법에 혀를 내둘렀다. 소문은 걷잡을 수 없이 퍼져 나가고 여기저기서 길동의 축지법을 보았다는 사람들이 모여 수군거렸다. 이날 서울 동서남북의 사대문에는 다음과 같은 방이 붙었다.

홍길동의 평생소원은 병조 판서가 되는 것입니다. 전하께서 하해와 같은 은혜를 베풀어 소신에게 병조 판서의 직분을 내려 주시면, 즉시 자수하겠습니다.

이 일을 전해 들은 임금은 버럭 성을 내었다. 당장 압송 장교와 군졸들, 포수들을 죽여 버리고 싶었다. 하지만 생각해 보면 그들의 잘못만은 아니었다. 할 수 없이 장교와 군졸들을 귀양 보내는 정도로 책임을 물었다.

조정에서는 병조 판서를 제수하는 일을 놓고 의견이 분분했다.

"길동이 자수하겠다고 하니 차라리 소원을 풀어 주어서 백성들이 더 이상 근심하지 않도록 하는 것이 좋겠소."

누군가 이런 의견을 말하는가 하면 다른 사람은 천만부당하다며 반대했다.

"길동은 흉악무도한 도적일 뿐이오. 나라에 조그만 공로 하나도 세운 것이 없이 백성들을 불안하게 하고 임금께 근심을 끼치는 놈인데, 어찌 한 나라의 병조 판서라는 높은 벼슬을 준다는 말이오?"

그 말을 들은 다른 대신이 거들고 나섰다.

"백 번 옳습니다. 아무리 맑은 물이라도 탁한 물이 흘러들면 함께 더러워지는 법입니다. 천한 서얼26에게 벼슬이라니요? 이제 저 홍길동이라 하는 도적을 잡으려다 허탕만 치고 도리어 벼슬을 내린다면 어찌 나라의 위신이 서고 이웃 나라에 얼굴을 들 수 있겠습니까? 만일 길동을 잡는 자가 있으면 차라리 그자를 병조 판서로 삼는 것이 마땅할 것입니다."

그렇게 서로 싸우기만 할 뿐 시원한 결론을 내지는 못했다.

그렇게 시간은 속절없이 흘렀다. 궁궐 가까이에서 몸을 숨기고 머

---

26 서얼(庶孼) : 양반의 자손 가운데 첩(妾)과의 사이에서 나온 자손을 말하는 것으로, 양인(良人)의 신분에 속하는 첩이 낳은 서자(庶子)와 천민(賤民)에 속하는 첩이 낳은 얼자(孼子)를 함께 이르는 말이다.

물며 동정을 살핀 길동은 더 기다릴 수 없어 계획한 일을 시작하리라 마음먹었다. 길동은 동대문 밖의 인적 드문 곳으로 가서 둔갑술을 부리는 신장을 불러내고 그에게 명령했다.

"진을 치고 전투 준비를 하라."

두 명의 장수가 공중에서 내려와 몸을 굽혀 인사하고 좌우에 섰다. 순식간에 수많은 병사들과 군마들이 구름을 헤치고 나타나 진을 치고 전투태세를 갖추었다. 진 한가운데에는 삼층으로 쌓은 황금단을 놓고 그 위에 길동을 모셨다. 잘 정돈된 군대의 위용은 눈이 부시고 장수의 위엄은 가을 서리와 같았다. 길동은 이어 황건 역사를 불러 명령했다.

"조정에서 홍길동을 헐뜯고 모함하는 자들을 모조리 잡아들여라."

좌우 신장이 명령을 받들어 지체 없이 날아갔다. 잠시 후 십여 명을 쇠사슬로 묶어 끌고 오는데, 그 모양이 마치 솔개가 병아리를 채오는 것 같았다. 길동은 각각 단 아래에 죄인들을 꿇어앉히고 엄하게 꾸짖었다.

"너희는 조정의 위엄을 좀먹는 벌레가 되어 나라님을 속이고 기어코 죄 없는 홍길동을 해치려 하였다. 그 죄를 따지자면 마땅히 목을 베어야 할 것이나 인생이 가련하니 목숨만은 살려 주겠다."

죄인들은 각각 곤장 삼십 대씩을 맞고 겨우 죽기를 면했다. 길동은 다시 한 신장을 불러 명령했다.

"내가 조정에 자리를 잡고 법을 집행하는 임무를 맡았다면 우선 불교를 징계하고 팔도의 사찰을 헐어 버리려 했는데, 이제 머지않아 조선을 떠나야 할 것 같다. 하지만 조선은 부모의 나라이니 만 리 밖 다른 나라에 가더라도 결코 잊지는 못할 것이다. 그러니 지금부터 곳곳의 절로 가서 백성들을 속이고 세상을 어지럽히는 중놈들을 모두 잡아 오너라."

수백 명의 중들이 또한 줄줄이 잡혀 와서 벌을 받고 혼쭐이 나서 달아났다. 길동의 서릿발 같은 명령은 그칠 줄을 몰랐다.

"권세 있는 귀족의 자식이 가문의 힘을 등에 업고 고단한 백성의 재물을 빼앗거나 정의롭지 않은 일을 밥 먹듯이 한다. 놈들의 마음은 교만하기 이를 데 없는데, 백성으로부터 멀리 떨어져 있는 궁궐에서는 이들의 행실을 알지 못하는 데다 임금의 은혜는 구석진 곳까지 미치지 못한다. 나라를 좀먹는 간신들이 임금의 총명을 가리니 한심한 일투성이로구나. 공부를 한답시고 무리를 짓고는 권세만 믿고 방자하게 악행을 저지르는 놈들을 모조리 잡아들여라."

신장이 명을 받들어 공중으로 날아가서는 서울의 청년 십여 명을 잡아들였다.

"너희가 다시는 세상을 보지 못하게 하는 것이 마땅하지만, 내가 나라의 명을 받아 법을 집행하는 처지는 아니므로 잠시 미루어 둘 것이다. 만약 앞으로도 너희들의 행실을 고치지 않으면 수만 리 밖에 있더라도 잡아다가 목을 치리라."

그렇게 도합 수백 명이 곤장을 맞고 진영의 밖으로 내쳐졌다. 모두

가 손이 발이 되도록 빌다가 풀려나와 뒤도 돌아보지 않고 줄행랑을
쳤다.

길동은 소와 양을 잡아 수고한 군사들을 위로했다. 이어 진용을 정
비하고 떠드는 것을 금하여 주위를 조용하게 했다. 멀리 푸른 하늘에
고요하게 걸린 해가 하얗게 빛났다. 진영에서 일어나는 바람과 구름
에도 엄숙한 호령이 깃들었다.

길동은 술에 반쯤 취하여 칼을 잡고 춤을 추기 시작했다. 칼날에서
뛰노는 빛이 번쩍번쩍 햇빛을 희롱하고, 팔을 휘젓고 뻗을 때마다 긴
소매는 펄럭펄럭 바람에 날렸다.

어느새 날이 저물었다. 진영의 사기를 북돋운 후에 길동은 신장을
돌려보내고, 몸을 날려 활빈당 처소로 돌아왔다.

길동을 잡으라는 어명이 다시 내려졌으나 여전히 종적을 찾을 수
없었다. 길동의 활약은 그칠 기미가 보이지 않았다. 서울로 향하는 뇌
물을 탈취하고, 불쌍한 백성이 있으면 관아 창고의 재물을 털어 구제
했다. 길동의 신출귀몰한 재주를 사람의 힘으로는 이루 헤아릴 수 없
었다.

임금이 탄식하며 길동의 일을 근심하던 중 한 신하가 조심스럽게
건의했다.

"길동의 소원이 병조 판서를 한 번 하고 조선을 떠나는 것이라 하

니, 그 소원을 들어 주기만 하면 제 스스로 전하의 은혜에 감사하고 더 욕심을 내지 않을 것입니다. 또 전하께서 병조 판서를 제수하신다 하면 그놈이 제 발로 찾아올 것이 아닙니까? 그때를 기회로 잡는 것이 좋겠습니다."

임금은 고민 끝에 결국 결단을 내렸다.

"아니다. 이놈의 재주는 사람의 힘으로 막을 수 없겠다. 민심이 이렇게 요동치는 것을 그대로 둘 수도 없는 노릇이다. 게다가 그 재주만 놓고 본다면 기특하다고도 할 수 있겠다. 차라리 길동의 재주를 인정하고 조정에 힘을 보태도록 하는 것이 낫지 않겠는가?"

임금은 병조 판서를 제수하기로 약속하고 길동을 조정으로 불렀다. 길동은 푸른 도포를 입고 옥대를 찬 모습으로 준비한 가마에 올랐다. 길동이 탄 가마는 하인 수십 명을 뒤로 거느리고 동대문을 통해 성안으로 들어왔다.

길동이 온다는 소식에 많은 신하들은 그래도 욕심을 버리지 못하고 궁궐 곳곳에 군사를 매복시켜 길동을 죽일 궁리를 했다. 마침내 길동은 병조 관리들의 호위를 받으며 대궐에 이르렀다. 길동은 임금에게 엄숙히 절하고 아뢰었다.

"성은이 망극하여 분수에 넘치는 은혜로 병조 판서에 오르게 되었습니다. 소신의 죄가 깊고도 무거운데, 도리어 망극한 성은을 입었으니 이제 평생의 한을 다 풀고 돌아갑니다. 이제 마지막 인사를 드리니 전하께서는 부디 태평성대를 누리십시오."

말을 마친 길동은 바로 병조 판서를 사직하고 절하며 물러났다. 길동을 해칠 기회만 엿보고 있던 조정 대신들은 입을 다물지 못했다. 손을 쓸 사이도 없이 길동이 구름을 타고 하늘로 올라가니 순식간에 한 점으로 사라져 버린 것이었다.

임금 또한 그 모습을 보고 도리어 탄식하며 말했다.

"길동의 신기한 재주는 예로부터 지금까지 참으로 드문 것이다. 그 재주로 나라를 위해 충성을 다할 수 있었다면 어찌 큰 힘이 되지 않았으랴? 단지 서얼이라는 이유로 그 재주를 썩혀야 하니 실로 안타까운 일이다. 길동이 이제 조선을 떠나겠다고 했으니, 다시는 폐를 끼칠 일이 없을 것이다. 비록 수상하기는 하지만, 길동은 대장부다운 호쾌한 기상을 가졌으니 더는 염려할 필요가 없겠다."

대신들은 서로의 얼굴을 쳐다보기 부끄러워 고개를 숙이고 아무 말도 하지 못했다.

과연 이후로는 홍길동과 활빈당이 다시 소란을 일으키지 않았다. 임금은 각도에 공문을 보내어 길동을 체포하라는 어명을 거두었다.

정든 조선을 떠나며

길동은 산중에서 활빈당 무리들과 함께 조용히 지내고 있었다. 어느 날 부하들을 소집한 길동이 말했다.

"내가 잠시 다녀올 곳이 있다. 너희들은 그동안 좀이 쑤시더라도 아무 데도 드나들지 말고 내가 돌아오기만을 기다리고 있어라."

길동은 말을 마치자 몸을 솟구쳐 중국 남경 쪽으로 향해 가다가 어느 낯선 곳에 이르렀다. 그곳은 '율도국'이라는 곳이었다. 사방을 두루 살펴보니 자연이 깨끗하고 수려하며 사람들의 삶도 풍족하여 살기 좋은 곳이었다.

이어서 길동은 그 나라 수도의 이곳저곳을 구경하고, 또 '제도'라는 섬에 들어가서 자연 경관과 인심을 살폈다. 그곳에서 구경한 오봉산은 가장 마음에 드는 곳이었다. 제도의 둘레는 칠백 리쯤 되고, 기름진 논밭이 가득하여 보면 볼수록 살기에 매우 좋을 것이라 생각되었다.

길동은 마음속으로 헤아려 보았다.

'내가 이미 조선을 떠나기로 마음먹었으니, 이곳으로 와서 당분간 숨어 지내다가 장차 큰일을 도모해야겠다.'

좋은 장소를 물색하는 데 성공한 길동은 가벼운 발걸음으로 활빈당 소굴로 돌아왔다. 그리고 기다리던 도적들에게 경과를 말해 주고 필요한 것들을 준비시켰다.

"너희들은 양천강가에 가서 배를 많이 만들어 두어라. 그리고 정해진 날까지 서울 서강27의 나루에서 기다려야 한다. 내가 임금께 청하여 벼 일천 석을 얻어 올 것이니, 절대 약속을 어겨서는 안 된다."

한편 홍문 대감은 길동이 잠잠히 아무 말썽을 일으키지 않는 것을 알고 앓던 병이 다 나았다. 임금 또한 별 근심 없이 지내고 있었다. 그러는 사이 어느새 삼 년이라는 세월이 흘렀다.

구월 보름께의 어느 날이었다. 임금은 내관들과 함께 달빛을 구경하며 즐기고 있었다. 그런데 갑자기 하늘로부터 한 신선이 오색구름을 타고 나타났다. 내관과 궁녀들이 놀라 웅성거렸다. 수려한 풍채의 신선은 임금 앞에 엎드려 공손히 절했다. 임금은 당황하여 물었다.

"귀인이 어찌 누추한 인간 세상에 내려온 것인가? 무슨 허물이라도 이르려 하는 것인가?"

신선은 엎드린 채 고개를 들지 않고 아뢰었다.

---

27 서강(西江) : 오늘날 서울의 마포 근처

"소신은 전임 병조 판서 홍길동이옵니다."

그제야 길동임을 알아챈 임금은 크게 놀라며 손을 마주 잡고 말했다.

"경은 그동안 어디에 가 있다가 이렇게 깊은 밤에 찾아왔는가?"

길동은 입가에 웃음을 띠며 대답했다.

"전하의 성은을 되새기며 산중에 숨어 지냈습니다. 그런데 이제는 조선을 떠날 때가 된 것 같습니다. 다시 뵈올 날이 없을 것 같아 하직 인사를 드리려 합니다."

임금은 못내 섭섭한 표정으로 말했다.

"경의 그 신기한 재주를 우리 조선을 위해 쓸 생각은 없는가?"

길동은 회한이 어린 목소리로 대답했다.

"신은 일찍부터 전하를 받들어 모시며 나라를 위해 애쓰는 것이 대장부로서 할 일이라 믿어 왔습니다. 그러나 천한 종의 몸에서 태어났다 하여 문관으로도 무관으로도 벼슬길이 막혔으므로 사방을 떠돌아다니는 신세가 되고, 끝내 관청에 폐를 끼치며 조정에 죄를 짓게 된 것입니다. 전하께서 벼슬을 제수하시고 신의 평생 한을 풀어 주신 것만으로도 성은이 망극합니다."

달빛 아래 궁궐의 뜰에서 길동은 한동안 임금과 이야기를 나누었다. 헤어져야 할 때가 가까워지자 길동은 마음속에 품고 있던 말을 꺼냈다.

"마지막으로 한 가지 더 청이 있습니다. 넓으신 아량으로 벼 일천 석만 마련해 주시면 수천 명의 목숨을 살릴 수 있을 것 같습니다. 바라옵건대 자세히 묻지는 마시고 아무쪼록 성은을 바라옵니다."

임금은 쾌히 승낙했다.

"과인이 덕이 없어 그대와 같은 호걸을 도적으로 만들었다. 이제 그대가 떠난다 하니 마지막 부탁을 들어 주지 않을 수 있겠는가? 다만 이전에도 경의 얼굴을 자세히 보지 못하였으니 오늘 달빛 아래에서나마 다시 한 번 보기를 원하노라."

길동은 얼굴을 들었다. 그러나 눈은 감은 채 뜨지 않았다. 임금은 이상히 여겨 물었다.

"어찌 눈을 뜨지 않느냐?"

"아직도 저와 같이 억울하고 서러운 백성이 많사온데 차마 어찌 눈을 똑바로 뜨고 이 나라를 바로 볼 수 있겠습니까? 또 저와 같은 사람이 눈을 뜨고 세상을 보면 나라가 흔들리는 큰일이 생길 것이옵니다."

임금은 다시 한 번 크게 탄식하였다.

길동은 하직 인사를 한 후에 구름을 타고 날아올랐다.

"전하 덕분에 벼 일천 석을 얻으니 성은이 갈수록 망극합니다. 벼는 내일 서강으로 운반하여 주십시오. 아무쪼록 옥체를 보존하십시오."

임금은 공중에 사라지는 길동의 모습을 한참 동안 바라보았다.

"저런 재주를 가지고도 나라를 위해 쓰지 못하니, 어찌 아깝지 않으랴?"

이튿날 임금은 대동미를 담당하는 관리에게 특별히 명하였다.

"벼 일천 석을 서강으로 운반하여라."

조정의 신하들은 아무도 그 까닭을 알지 못하니 다만 어리둥절할 뿐이었다. 길동의 요청을 따라 벼를 서강 나루로 옮겨다 놓으니, 어디선가 배 수십 척이 강 저편에 나타났다. 빠르게 다가온 배들은 벼 일천 석을 순식간에 옮겨 싣고 뱃머리를 돌려서 떠났다. 그 중 한 척의 배 위에서 길동은 궁궐을 향해 네 번 절을 했다.

길동은 삼천 명의 활빈당 무리들을 거느리고 망망대해로 떠났다. 길고 긴 항해 끝에 그들은 어느 낯선 섬에 이르렀다. 그들은 '제도'라는 이름의 그 섬에 상륙한 후, 가장 먼저 섬의 가운데에 창고와 궁궐을 지었다.

새로 건설한 사회를 하루바삐 안정시켜야 했다. 무리들은 모두 농사짓는 일에 힘쓰는 한편 주변 나라를 왕래하며 무역을 활발하게 했다. 무예를 숭상하고 틈틈이 병법을 익혀 군사력을 기르는 데도 노력을 아끼지 않았다.

삼 년이 지나지 않아 제도에는 무기와 곡식이 산더미같이 쌓이게 되었다. 용맹한 군대도 완전히 갖추어지니 누구도 감히 대적할 수 없을 정도였다.

요괴를 물리치고 세 부인을 얻다

어느 날 길동은 부하들에게 말했다.

"화살촉에 바를 약이 필요하다. 오늘 망당산에 들어가 약초를 캐어 오겠다. 내가 없는 동안 성의 질서가 어지러워지지 않도록 잘 관리하라."

길동은 임시 지휘 체계를 정리해 주고 홀로 길을 떠났다. 며칠이 지나 낙천현이라는 고을에 이르렀는데, 그곳에 '백룡'이라는 이름을 가진 만석꾼 부자가 있었다. 백룡에게는 아들 없이 딸 하나가 있었는데, 품성과 용모가 빼어나기로 유명했다. 그의 아름다운 모습에 물고기는 물속으로 잠기고 기러기는 땅에 내려앉으며, 달이 얼굴을 숨기고 꽃도 수줍어한다는 말이 있을 정도였다.

그뿐 아니었다. 고전을 두루 읽고 이해하여 이백28과 두보29 못지

---

28 이백(李伯) : 중국 당나라 때의 천재 시인이다. '태백(太白)'이라는 자로 유명하며 시선(詩仙)이라고 추앙받는다.

29 두보(杜甫) : 중국 당나라 때의 시인이며 시성(詩聖)이라고 추앙받는 존재이다. 이백과 함께 중국 최고의 시인으로 일컬어진다.

않은 글솜씨를 가졌으며, 장강30을 뺨칠 만한 미모는 물론 태사31를 본받은 예의범절까지 갖추었다. 백룡 부부는 외동딸을 지극히 사랑하여 훌륭한 사윗감을 구하는 일에 골몰하였다.

백룡의 딸이 열여덟 살이 되었을 때의 일이다. 비바람이 거세게 불고 천둥과 번개가 진동하는 날이었다. 한 치 앞도 분간하기 어려운 폭풍우 속에서 백룡의 딸이 갑자기 사라져 버렸다. 백룡 부부는 거금을 들여 사방으로 딸을 찾았지만 도무지 종적을 알 수 없었다. 백룡은 실성한 사람처럼 거리를 헤매 다니면서 여기저기 방을 붙였다.

누구든 내 딸의 거처를 알려 주면 사위를 삼고 재산의 반을 나눠 주겠다.

낙천현을 지나던 길동은 백룡의 안타까운 사연을 듣게 되었다. 하지만 당장 도울 방법이 막연하기도 하고, 어서 약을 구해 돌아가야 하리라는 생각에 지나쳐 버리고 말았다. 길동은 바로 망당산에 들어갔다.

길동은 바쁜 마음에 정신없이 약초를 캐고 있었는데, 그만 날이 저

---

30 **장강(莊姜)** : 중국 춘추 시대 위장공(衛莊公)의 부인이다. 이름난 미인으로 많이 거론된다.
31 **태사(太姒)** : 중국 주(周)나라 문왕(文王)의 부인이며, 무왕(武王)의 어머니이다. 어질고 덕망이 높았다고 전한다.

물고 말았다. 깊은 산중에 어둠이 내리니 어디로 가야 할지 알 수 없었다. 이리저리 쉴 만한 곳을 찾던 길동은 멀리서 비치는 불빛을 발견했다. 여러 사람이 떠드는 소리도 들려왔다. 반가운 마음에 그곳으로 가 보니 수백 명의 무리가 웃고 떠들며 즐기고 있었다.

길동은 몸을 숨기고 자세히 살펴보았다. 그것들은 분명 사람이 아니었다. 그러나 짐승은 짐승이되 사람의 모양을 하고 있었다. 아무래도 미심쩍은 마음에 길동은 계속해서 그들의 거동을 살피고 있었다.

이 짐승들은 다름 아닌 '울동'³²이라고 부르는 요괴였다. 사람의 발길이 닿지 않는 깊은 산중에 숨어 천년을 묵은 요괴들이므로, 제 모습을 마음대로 바꾸는 능력을 가지고 있었다.

'내가 여러 곳을 돌아다녔지만, 일찍이 저런 짐승은 보지 못했다. 행여 저놈들이 죄 없는 사람을 해치지 못하도록 이 기회에 없애 버려야겠다.'

정체를 짐작한 길동은 가만히 활을 잡아 우두머리로 보이는 요괴의 가슴을 겨누었다. 길동의 화살은 밤의 적막을 가르고 날아가 요괴의 가슴을 정확히 맞혔다. 울동은 크게 놀라 울부짖으며 화살을 가슴에 꽂은 채 길길이 뛰었다. 나머지 요괴들도 우르르 따라 달아났다. 길동은 바로 뒤를 쫓아 잡을까도 생각해 보았지만 밤이 이미 깊었고 길이 험하므로 그만두었다. 그리고 소나무 둥치에 기대어 밤을 지냈다.

---

32 **울동** : 경판 24장본의 표기이다. 완판 36장본에는 '을동'이라고 표기되어 있다.

요괴를 물리치고 세 부인을 얻다

이튿날 새벽이었다. 길동은 잠을 깨자마자 전날 밤 울동을 쏘아 맞힌 자리로 가서 부근을 살펴보았다. 주변에는 짐승이 피를 흘린 자국이 선명히 남아 있었다. 길동은 피의 흔적을 따라가 보았다. 그렇게 몇 리를 더 험한 산중으로 들어가니 크고 웅장한 집이 나타났다.

길동은 큰 소리로 누구 없느냐 물으며 문을 두드렸다. 곧 군사 복장을 한 요괴 하나가 나와 길동을 보고 말했다.

"그대는 누구인데 이곳에 왔는가?"

길동이 대답하였다.

"나는 조선국 사람이오. 이 산에 좋은 약초가 많다기에 구하러 왔다가 그만 길을 잃고 여기까지 오게 되었소."

요괴는 경계를 풀지 않고 물었다.

"약초를 구하러 왔다니, 그대는 의술에 대해 잘 아는가?"

길동은 의미심장한 미소를 지으며 대답했다.

"내게 비록 편작33의 재주는 없지만 웬만한 병은 고칠 수 있소."

그제야 요괴의 얼굴에 반가운 표정이 나타났다. 요괴는 먼저 말투부터 공손하게 바꾸었다.

"우리 대왕께서 이름난 미녀를 새 부인으로 맞이하고 어제 잔치를 벌여 즐기다가 난데없이 날아온 화살을 맞았소. 화살에 독이 묻어 있었는지 지금 거의 죽을 지경에 이르렀구려. 그대가 우연히 이리로 오

---

33 편작(扁鵲) : 중국 주(周)나라 때의 명의(名醫)

게 된 것이 천만다행이오. 만일 의술을 알거든 우리 대왕의 상처를 살피고 부디 회복시켜 주시오."

요괴는 매우 기뻐하면서 안으로 들어갔다. 잠시 후 다시 나와 함께 가기를 청하므로 길동은 안으로 따라 들어갔다. 화살을 맞은 우두머리 요괴는 신음하며 자리에 누워 있었다.

"나의 목숨이 하루를 이어 가기도 힘들 지경이었는데, 하늘과 신령님의 도움으로 선생을 만났소. 좋은 약이 있으면 가르쳐 주어 목숨을 이어 가게 하여 주시오."

길동은 요괴의 가슴에 난 상처를 들여다보고 대수롭지 않은 듯 말했다.

"크게 어렵지는 않은 병이오. 내게 알맞은 약이 있으니 그것을 한 번 먹기만 하면 상처가 나을 뿐만 아니라 온갖 병이 깨끗이 없어지고 영원히 죽지 않을 것이오."

요괴는 눈을 크게 뜨고 반기며 말했다.

"내가 방심하여 몸을 삼가지 못한 탓에 이렇게 병을 얻고 그만 황천으로 갈 줄 알았는데, 하늘이 도와 당신 같은 명의를 만났습니다. 선생은 지체하지 말고 그 신령한 약을 내게 시험해 주십시오."

길동은 느긋하게 비단 주머니를 열고 그 속에 든 약을 한 봉지 꺼냈다. 주위에 술을 한 잔 달라고 하여 거기에 약을 타서 주니 우두머리 요괴는 허겁지겁 받아 마셨다.

잠시 후 요괴는 갑자기 안색이 변하더니 배를 움켜쥐고 눈을 부릅

뜨며 고래고래 소리를 지르기 시작했다. 몸을 뒤틀며 괴로워하던 요괴는 원망이 가득 서린 눈으로 길동을 쳐다보며 큰 소리로 외쳤다.

"이것은 약이 아니라 독이로다. 내가 너에게 무슨 원수질 일을 했다고 이렇게 나를 해치려 하느냐?"

그러면서 자기 동생들을 급히 불러 말했다.

"뜻하지 않게 흉한 도적을 만나 그만 원통하게도 목숨이 끊어지게 되었구나. 너희들은 이놈을 놓치지 말고 잡아 죽여 나의 원수를 갚아야 한다."

몇 차례 가쁜 숨을 헐떡이고 나서 요괴는 축 늘어져 버렸다.

당황하여 우두머리를 붙잡고 흔들던 모든 울동은 고개를 돌려 길동을 노려보았다. 분노한 울동들은 일제히 칼을 뽑아 들고 길동에게 달려들었다.

"우리 형이 무슨 죄가 있다고 죽였느냐? 용서할 수 없으니 내 칼을 받아라."

길동은 비웃으며 말했다.

"제 수명이 그것밖에 되지 않으니 죽은 것이다. 무슨 이유로 내가 죽였겠느냐?"

울동들은 누가 먼저랄 것 없이 달려들어 칼로 길동을 치려하였다. 길동은 마침 수중에 작은 칼 하나도 없었으므로 여러 요괴들을 맨손으로 대적할 수는 없는 노릇이었다. 그래서 급하게 몸을 날려 공중으로 몸을 피했다.

그러나 울동은 만만한 상대가 아니었다. 그들은 원래 수천 년 묵은 요괴이다 보니 바람과 구름을 마음대로 부릴 수 있을 만큼 요술에 능했다.

어디서 나타났는지 무수히 많은 요괴들이 바람을 타고 몰려들었다. 길동은 하는 수 없이 주문을 외워 육정육갑34을 불러냈다.

하늘로부터 수많은 신장들이 비 오듯 쏟아져 내려왔다. 신장들은 삽시간에 모든 울동을 묶어 땅에 꿇려 놓았다. 길동은 울동의 칼을 빼앗아 한 놈도 빠짐없이 베어 버렸다.

울동의 대궐에는 피비린내가 진동했다. 혹시 남은 요괴가 있을까 하여 길동은 대궐의 모든 건물을 수색했다. 우두머리 울동이 누워 있던 안채의 내실 문을 열어젖히자 그 안에 여자 두 명35이 있었다.

한 여자는 목을 매려 하고 있고, 다른 여자가 말리고 있는 모양이었다. 길동은 그들 또한 요괴의 잔당이라 생각하고 바로 들어가 칼로 베려 했다. 그 순간 두 여자는 한목소리로 울며 말했다.

"저희들은 요괴가 아닙니다. 불행하게도 요괴에게 잡혀 온 것입니다. 수치스러운 마음에 스스로 목숨을 끊으려 했지만 그럴 틈을 얻지

---

34 **육정육갑(六丁六甲)** : 둔갑술을 할 때 부르는 신장(神將)의 이름이다.

35 **여자 두 명** : 완판 36장본에는 세 여자가 있었던 것으로 서술된다. 그들은 백씨와 정씨, 통씨이다.

못해 이렇게 살아 있었던 것입니다. 그러니 저희를 죽이려 하지 마시고 부디 고향으로 돌려보내 주십시오."

길동은 칼을 거두고 여자들을 살펴보았다. 모두 용모가 수려하고 몸가짐이 단정한 양가집 규수들로 보였다. 길동은 한 사람씩 여자들의 이름을 물었다. 그 중 목을 매어 죽으려던 여자는 다름 아닌 낙천현 백룡의 딸이었다. 그리고 말리던 여자는 조철[36]이라는 부자의 딸이었다.

마침 낙천 고을에서 백룡의 딸 이야기를 들었던 길동은 참으로 희한한 인연이라고 여겼다. 그리하여 두 여자를 요괴의 소굴에서 건져 밖으로 나왔다.

길동은 산중에서 두 여자를 구해 사람들의 마을로 데리고 내려왔다. 딸이 무사히 살아 돌아왔다는 소식에 백룡은 버선발로 뛰어나왔다. 길동은 백룡에게 그간의 사정을 두루 설명했다. 뒤이어 조철의 집안에서도 온 가족이 딸을 찾으러 뛰어나왔다. 죽은 줄로만 알았던 딸을 부둥켜안고 기쁨의 눈물을 흘리느라 백룡의 집 마당은 온통 시끌벅적했다.

낙천현에 큰 잔치가 벌어졌다. 마을의 큰 부자인 백룡이 거금을 들

---

36 **조철** : 완판 36장본에는 조철이라는 이름의 인물이나 그의 딸이 등장하지 않는다. 대신 백룡의 딸과 정씨, 통씨의 딸들이 홍길동의 세 부인이 된다.

여 베푼 잔치였다. 잔치의 흥이 고조되어 갈 즈음 백룡은 마을 사람들 앞에 나서서 약속대로 홍길동을 사위로 삼겠다고 선언했다. 길동의 장한 행동을 입이 마르도록 칭찬하던 마을 사람들은 소리를 높여 환호하며 축하했다.

그러자 조철도 앞으로 나왔다. 그는 고개를 숙인 채 손을 모으고 길동에게 조심스럽게 청했다.

"크나큰 은혜를 도무지 갚을 길이 없습니다. 그러니 장군께서 거리 끼지 않으신다면 제 딸도 시첩37으로 삼아 주십시오."

길동은 스무 살을 먹도록 부부 생활의 즐거움을 모르고 살았다. 그런데 하루아침에 부인을 둘이나 얻으니 어리둥절할 노릇이었다. 첫째 부인이 백씨였고, 둘째 부인이 조씨였다.

길동은 낙천현에 며칠 머물면서 두 부인과 함께 즐거운 시간을 보냈다. 그들의 사랑이 어찌나 두터운지 비할 데가 없을 지경이었다. 백룡 부부와 조철 부부 또한 길동 내외의 굳은 사랑을 흐뭇하게 지켜보고 있었다.

하지만 그렇게 마음 놓고 세월을 흘려보낼 수만은 없는 일이었다. 제도에는 수많은 활빈당 무리들이 길동을 기다리고 있었다. 길동은 백룡과 조철에게 함께 제도로 향할 것을 넌지시 제의했다. 백룡은 난처한 얼굴을 하고 한참을 망설였다. 그도 그럴 것이 고향 땅을 떠나 낯선

---

37 **시첩(侍妾)** : 귀족이나 벼슬아치가 데리고 사는 시중드는 첩

곳으로 가기를 결심하는 것은 쉬운 일이 아니었다. 게다가 낙천현에는 대대로 이룩한 토지와 재물이 고스란히 남아 있는 것이 아닌가?

이윽고 백용과 조철은 큰 결심을 했다. 길동을 따르기로 한 것이다. 뿐만 아니라 일가친척을 모두 데려가기로 했다. 길동은 두 부인과 백룡, 조철 일가를 모두 거느리고 부하들이 기다리는 제도로 향하였다.

제도의 군사들은 모두 길동의 귀환을 반겨 맞았다. 생각지 않았던 길동의 결혼 소식에 반가움과 기쁨은 더욱 커졌다. 제도에서도 여러 날 동안 큰 잔치가 베풀어졌다.

홍 대감의 죽음

세월은 강물처럼 흘렀다. 어느덧 제도로 들어온 지도 거의 삼 년이 다 되었다. 어느 날 길동은 달빛을 즐기며 뜰을 서성거리고 있었다. 그러다가 문득 별자리를 살피니 아버지 홍 대감이 곧 돌아가실 징조가 보였다.

길동은 어쩔 수 없는 슬픔에 하늘을 우러러 길게 통곡했다. 그 모습을 보고 부인 백씨와 조씨는 매우 놀랐다. 백씨가 조심스럽게 길동의 기분을 살피며 물었다.

"지금까지 함께 살면서 당신이 슬퍼하는 모습을 한 번도 보지 못했습니다. 그런데 오늘은 무슨 일로 이렇게 눈물을 흘리십니까?"

길동은 탄식하며 대답했다.

"나는 하늘 아래 둘도 없는 불효자요. 나는 원래 이곳 사람이 아니라 조선국에서 나고 자랐소. 나의 아버지는 승상 벼슬을 지닌 홍 대감이시오. 그러나 나는 천한 노비의 몸에서 태어난 서자라오. 그러니 집안의 천대가 견디기 어려울 만큼 심하였소. 게다가 신분 때문에 과거에 급제하여 벼슬자리를 얻거나 조정의 일에 참여할 수도 없으니 어찌 원통하지 않을 수 있었겠소. 부모님을 하직하고 떠돌다 보니 이곳에까지 와서 은신하게 된 것이오."

길동은 다시 별자리를 확인하며 말을 이어 갔다.

"고향 땅을 떠나 장부로서 할 수 있는 일을 한다고는 하지만 늘 부모님의 안부를 걱정하며 지냈소. 그런데 오늘 별자리를 살피니 아버님의 수명이 다하였음을 알겠구려. 조만간 세상을 떠나실 것 같소. 그런데 내 몸이 만 리 밖에 떨어져 있으니 돌아가시기 전에 그곳에 다다르지는 못하겠습니다. 생전에 아버지를 다시 뵐 수 없다고 생각하니 그것을 슬퍼하는 것이오."

길동의 말을 들은 두 부인은 속으로 감탄했다.

'고향의 부모를 생각하는 마음이 지극한 효자로다!'

'그 근본을 감추지 않는 모습이 과연 대장부답구나!'

백씨와 조씨는 밤새 길동의 곁을 떠나지 않고 따뜻하게 마음의 위로를 건넸다.

길동은 마음이 바빠졌다. 날이 밝자마자 부하들을 거느리고 일봉산에 들어가 산의 형세를 살피고 명당자리를 골랐다. 날을 택해 공사를 시작하니 여러 날 지나지 않아 곧 좌우의 산골짜기와 어울린 커다란 묘가 마치 왕릉과 같은 규모를 갖추었다.

길동은 산에서 돌아와 모든 군사들을 소집해 놓고 명령했다.

"나는 지금 조선으로 갈 것이다. 너희들은 큰 배 한 척을 준비하여 내가 정해 주는 날짜에 조선 서강으로 와서 기다려라."

군사들은 길동의 안색이 어두운 것을 보고 언행을 극히 삼가며 명령을 받들었다. 그 모습을 본 길동은 조선으로 가는 이유를 덧붙여 설명해 주었다.

"이번에 조선으로 가는 것은 내 부모님을 모셔 오려 하는 것이다. 그러니 알아서 준비해 두어라."

군사들은 일사불란하게 흩어져 일을 시작했다. 길동은 백씨와 조씨 두 부인에게 인사하고 작은 배 한 척에 몸을 실었다. 그렇게 한 걸음 먼저 조선으로 향하는 급한 발길을 재촉하는 것이었다.

홍 대감은 나이 구십이 가까워 갑자기 병을 얻었다. 온갖 약을 써 보아도 별 효험이 없더니 구월 보름날 즈음 병세가 위중해짐을 스스로 깨닫게 되었다. 홍 대감은 마음을 정돈하고 부인과 장남 인형을 불렀다.

"내 나이 구십이니 당장 죽는다고 해도 무슨 한이 남겠는가? 다만 길동이를 생각하면 마음이 무겁구나. 길동이가 비록 천한 몸종의 자식이라 하지만 또한 나의 피붙이다. 그 아이가 한 번 집을 나간 후로 살았는지 죽었는지도 알지 못하고 지냈는데, 이제 내가 세상을 떠나는 순간까지도 서로 만나지 못하니 어찌 슬프지 않으랴?"

홍 대감은 시선을 멀리 두고 긴 한숨을 쉰 뒤에 인형에게 당부했다.

"내가 죽은 후에라도 길동의 어미를 후하게 대접하여 불편함이 없도록 해 주어라. 지난날 네가 길동이에게 저지른 잘못을 잊지 말고 만일 길동이가 돌아오면 한 어머니로부터 난 형제와 다름없이 대하여라. 그 아이가 떠나던 날, 내가 이미 아버지라고 부르는 것을 허락했으니 너 또한 길동이를 천한 몸종의 소생이라 여겨서는 안 된다. 부디 아비의 유언을 새겨서 결코 잊지 마라."

이어서 홍 대감은 길동의 어머니 춘섬을 불렀다. 대감의 병이 위중함을 미리부터 짐작한 춘섬은 방에 들어서자마자 쏟아져 내리는 눈물을 참지 못하고 고개를 푹 숙였다.

"이리 가까이 와서 앉아라."

홍 대감은 춘섬의 손을 잡고 함께 눈물을 흘리며 말했다.

"우리 길동이가 집을 떠난 후에 그만 소식이 끊어져 살았는지 죽었는지도 알 수 없구나. 내 마음에도 이렇게 그리움이 사무치는데 하물며 네 마음은 오죽하랴? 그러나 길동이는 평범한 사람과는 다르니, 만일 살아만 있다면 결코 제 어미를 저버리지 않을 것이다. 부디 몸을 잘 보살피면서 길동이를 기다려라. 너희 모자가 만나 기쁨의 눈물을 흘릴 때까지는 내 황천에 가서도 눈을 감지 못하리라."

말을 겨우 마친 홍 대감은 곧 숨을 거두었다.

부인은 그만 까무러치고 여기저기서 곡소리가 터져 나왔다. 인형은 슬픈 마음을 애써 억누르며 눈물을 비 오듯 흘리면서도, 한편으로는 어머니를 붙잡고 위로하여 겨우 진정시켰다. 인형은 상주가 되어 장례 절차를 극진히 차렸다. 특히 길동의 어머니 춘섬이 목 놓아 우는 모습은 딱하고 불쌍하여 차마 눈 뜨고 볼 수가 없을 정도였다.

인형은 부친을 안장할 묏자리를 찾아 주변의 이름난 산을 둘러보기 시작했다. 곳곳에 사람을 보내기도 하고 직접 지관[38]과 함께 사방으로 다녀 보기도 했지만 마땅한 자리를 구할 수 없었다. 인형은 그만 근심에 빠지고 말았다.

그때 길동은 서강에 다다라 배에서 내렸다. 삿갓을 쓰고 스님의 옷차림을 한 길동은 지체하지 않고 홍 대감의 집에 가서 대감의 신위 앞에 엎드렸다. 낯선 중이 찾아와 절하고 통곡하는 모습을 본 집안사람들은 수군거리며 의아해했다. 상주 인형이 나서서 물었다.

"아버님께서 생전에 가까이 지낸 스님이 없었는데, 대체 어떤 분이기에 이토록 애통해하십니까?"

그제야 길동은 삿갓을 벗고 얼굴을 드러냈다.

"형님께서는 어찌 아우를 알아보지 못하십니까?"

인형은 크게 놀라 반기며 길동을 얼싸안고 눈물을 흘렸다. 부랴부랴 길동을 데리고 안채로 들어가 부인에게 알리니 부인 또한 무척 반가워하며 밖으로 나왔다. 부인은 길동의 손을 잡고 눈물을 흘리며 말했다.

---

38 지관(地官) : 묘지나 택지를 선정할 때 지질과 길흉을 판단하는 사람

"네가 어려서 집을 떠났다가 이제야 돌아왔구나. 지난 일을 생각하면 부끄럽기 그지없다. 그건 그렇고 너는 그사이 종적을 아주 끊고 어디로 갔던 것이냐? 대감께서 돌아가실 때까지 너를 그리워하며 여러 말씀을 남기셨다. 끝내 너를 만나 보지 못하고 가셨으니 어찌 원통치 않겠느냐?"

부인이 길동과 이야기하는 동안 인형은 길동의 어머니 춘섬을 데려왔다. 춘섬은 길동이 왔다는 말을 듣고 헐레벌떡 안채로 달려갔다. 어미와 아들이 긴 이별 끝에 비로소 얼굴을 마주하니 누가 먼저랄 것 없이 흐르는 눈물을 금할 수 없었다. 길동은 부인과 춘섬을 위로한 후 고개를 돌려 형을 보고 말했다.

"제가 산중에 숨어 지내는 동안 풍수지리를 공부했습니다. 아버님의 묏자리로 알맞은 곳을 찾아 두었는데, 혹시 형님께서 이미 정해 둔 자리가 있습니까?"

인형은 동생의 말을 반기며 아직 묏자리를 정하지 못했다고 대답했다. 날이 새면 함께 길동이 정한 곳을 찾아가 보기로 하고 온 가족이 한데 모여 밤이 새도록 묵은 회포를 풀었다.

이튿날 아침이 밝았다. 길동은 인형과 함께 길을 나서서 자신이 보아 둔 곳으로 향했다. 산세가 험해 인형은 길동을 따라가기에 힘이 부쳤다. 이윽고 길동은 한곳에 머물러 인형을 보고 말했다.

"이곳이 바로 제가 고른 땅입니다."

인형은 길동이 가리키는 곳에 서서 사방을 살펴보았다. 바위가 겹겹이 쌓여 있고, 잇따라 늘어선 옛 무덤이 수없이 많았다. 인형은 속으로 불만스러워하며 말했다.

"너에게 어떤 깊은 뜻이 있는지는 헤아리지 못하겠지만 내 마음에는 들지 않는구나. 이곳에 아버님을 모시기에는 적당치 않은 듯하니 다른 땅을 알아보는 것이 어떻겠느냐?"

길동은 인형이 그렇게 생각할 줄 미리 짐작하고 있었다. 그래서 일부러 눈을 찌푸리고 탄식하는 척하며 말했다.

"이 땅이 비록 보기에는 이렇지만 여러 대에 걸쳐 장수와 재상을 낼 만한 곳입니다. 형님 마음에 들지 않는다니 안타까울 뿐입니다."

길동은 가져온 도끼를 들어 발아래의 바위를 쳐서 깨뜨렸다. 갑자기 오색구름이 피어나더니 푸른 학 한 쌍이 나타나 공중으로 날아갔다. 그 모습을 본 인형은 크게 뉘우치며 길동의 손을 잡고 말했다.

"어리석은 형의 생각 때문에 이루 말할 수 없이 좋은 묏자리를 잃었구나. 어찌 아깝지 않겠느냐? 이제 이 땅은 품고 있던 기운을 잃었을 테니 묏자리로 쓰기 어려울 것이다. 길동아, 내 다시는 반대하지 않을 터이다. 이곳 말고 미리 보아 둔 다른 땅은 없느냐?"

길동이 천연덕스럽게 대답했다.

"이곳 말고 한곳 더 좋은 땅이 더 있긴 합니다. 그러나 그곳까지 이르는 거리가 수천 리나 됩니다. 단지 그것이 염려될 뿐입니다."

인형이 말했다.

"이제 와서 너의 말을 조금이라도 의심하겠느냐? 수천 리가 아니라 수만 리라도 어버이의 백골이 평안히 안장될 곳이 있다면 멀든 가깝든 상관하지 않겠다."

"그러면 상여를 모시고 길을 떠날 준비를 해야겠습니다. 형님께서도 서둘러 채비를 하십시오. 제가 미리 좋은 날을 택하여 두었으니 형님께서는 염려하지 않으셔도 됩니다."

길동은 인형과 함께 집으로 돌아왔다. 부인을 모시고 경위를 이야기하니 부인은 몹시 안타까워했다. 그리고 대감의 시신을 길동이 원하는 곳에 안장하는 데 동의했다.

부하들과 약속한 날짜가 다가왔다. 길동은 대감의 시신과 신위를 모시고 길 떠날 준비를 마친 후에 부인에게 조심스럽게 여쭈었다.

"소자가 오랜만에 돌아왔으나 짧은 시간에 모자지간의 정을 다 펴지 못하였으니 안타까울 뿐입니다. 더구나 당분간은 아버님의 영전에 아침저녁으로 음식을 올려야 할 텐데, 이참에 제 어머니를 모시고 함께 가면 좋겠습니다."

부인은 못내 아쉬웠지만 길동을 믿고 허락했다.

길동은 모친을 모시고 인형과 함께 집을 나섰다. 행차가 서강에 다다르니 여러 군사들이 큰 배 한 척을 대기시켜 놓고 미리 기다리고 있는 모습이 보였다. 배에 상여를 모셔 놓고 홍 대감 댁의 종들은 모두 돌려보냈다. 배는 끝이 보이지 않는 먼 바다를 향해 나아가기 시작했다.

며칠의 항해 끝에 일행은 제도에 이르렀다. 배가 가까이 다가가자 수십 척의 배가 마중을 나와 섬까지 길동의 배를 호위했다. 부두에 배가 닿자마자 이번에는 수많은 군사들이 나와 상여를 뭍으로 끌어올렸다.

인형과 춘섬은 뜻밖의 광경에 적잖이 놀랐다. 그것을 본 길동은 대수롭지 않게 말했다.

"이곳은 기름진 땅이라 곳간마다 곡식이 가득합니다. 게다가 제 두 부인도 만석꾼의 딸이랍니다. 이만한 일로 놀라실 필요는 없습니다."

우선 상여를 대궐의 대청마루 위에 모셨다. 길동의 두 부인이 나와 일행을 맞이했다. 길동은 그동안의 일을 자세히 말해 주었다. 춘섬과 인형은 길동의 말을 듣고 고개를 끄덕이며 연신 신기해하였다.

며칠 후 길한 날을 택하여 일봉산에 올라 장례를 치르는데, 묏자리를 단장하는 모습이 마치 능묘를 꾸미는 듯했다. 인형은 그 모습을 보고 너무 분에 넘치는 것이 아닌가 걱정이 들었다. 형의 눈치를 짐작한 길동은 넌지시 말했다.

"형님, 너무 걱정하실 필요 없습니다. 이곳은 조선 사람이 드나드는 곳이 아닙니다. 게다가 자식이 부모를 후하게 장사지내려는 것인데, 죄가 될 까닭이 있겠습니까?"

부친을 안장한 후 형제는 섬 가운데의 대궐로 돌아왔다. 이후로 인형과 길동 형제는 길동의 모친 춘섬과 함께 하루도 거르지 않고 묘를 돌보며 홍 대감의 넋을 기렸다.

그렇게 몇 개월이 흘러갔다. 인형은 그만 고향으로 돌아가고자 했다.

"아버님 묘를 여기 두고 어찌 발걸음이 떨어지겠느냐? 하지만 어머님이 간절히 기다리시며 궁금해하실 것이니 돌아가지 않을 수 없구나."

인형은 잠시 입을 다물었다가 속에 담아 두었던 말을 꺼냈다.

"지난날 우리 집에 화가 미칠 것만 염려하여 너에게 매정했던 것을 용서해 다오."

길동은 말없이 형의 손을 잡았다. 그동안 내내 서먹하고 섭섭했던 마음이 눈 녹듯 사라졌다.

길동은 형의 귀국길이 순탄하도록 만반의 준비를 해 두고 마침내 이별을 고하며 말했다.

"형님을 언제 다시 볼 수 있을지 그저 막막합니다. 제 어머니는 이미 이곳에 모셔 왔으니 모자지간에 차마 다시 헤어지지는 못하겠습니다. 형님께서는 아버님을 생전에 모셨으니 지금 아버님 계신 곳을 떠나게 된다고 너무 한스러워하지 마십시오. 아버님 제사는 제가 극진히 모셔서 그간 불효한 죄를 만분의 일이라도 덜어 볼까 합니다."

형제는 함께 산소에 올라 부친께 인사하고 내려왔다. 인형은 길동의 어머니와 백씨, 조씨 부인들과도 작별의 인사를 나누었다. 서로 다시 만날 것을 약속하였으나 그것이 언제일지 모르니 못내 애틋하게 여길 뿐이었다. 인형은 준비된 작은 배에 오르기 전에 마지막으로 길동의 손을 잡고 당부했다.

"슬프다! 이 이별이 언제까지일지 모르겠구나. 너는 나의 마음을 헤아려 내 생전에 아버님의 산소를 다시 볼 수 있도록 해 다오."

인형이 하염없이 눈물을 흘리니 옷깃이 다 젖었다. 마주 선 길동 또한 눈물 흘리며 대답했다.

"형님, 고국에 돌아가 어머님을 모시고 만수무강하십시오. 다시 만날 기약을 당장 할 수는 없으니 안타까운 마음뿐입니다. 우리 형제가 타고난 운명은 어찌 이리 험한 것입니까? 남북으로 수천 리 떨어진 곳에 각각 나뉘어 있으니, 어려서 한 이불을 덮고 다정하게 지내던 기억도, 서로 위해 주며 어려움을 나누어 겪던 우애도 희미해져만 갈 것입니다."

길동은 형이 떠나갈 북쪽의 하늘을 바라보며 말을 이었다.

"이제 형님이 떠나시면 이곳에 남은 아우는 속절없이 북으로 가는 기러기를 보고 한숨을 쉬거나, 동쪽으로 흐르는 물을 하염없이 바라볼 따름이겠지요. 살아서도 내내 떨어져 있었는데 죽어 서도 만날 기약을 할 수 없게 되었으니, 그 심정이야 형님과 제가 다르지 않을 것입니다. 아무리 굳은 의지를 가졌다 해도 차마 견딜 수 있겠습니까?"

길동이 흘린 두 줄 눈물이 말소리를 따라 떨어지니, 진실로 상심이 가득한 한마디였다. 형제의 마음을 아는지 강물은 잠잠히 소리를 그치고, 떠가던 구름도 멈춰 선 듯했다. 차마 헤어질 용기를 내지 못하여 망설이던 두 사람은 마침내 서로를 위로하며 돌아섰다.

조선으로 떠나는 배가 잔잔한 바다를 향해 움직이기 시작했다. 길동은 바닷가에 서서 인형의 뒷모습을 오랫동안 지켜보았다.

고국에 돌아온 인형은 어머니께 문안하고 산소를 단장한 사연과 그동안 있었던 일들을 하나하나 이야기했다. 부인은 한편으로 감탄하고 한편으로 애달파하면서 인형의 이야기에 귀를 기울였다.

율도국 정벌

길동은 형과 이별한 후에 부친의 삼년상을 극진히 치렀다. 더불어 제도의 사람들을 다스리는 일에도 최선을 다했다. 휘하의 군사들에게 군법을 엄히 지키도록 하는 한편 농업에 힘쓰기를 권하였다. 그러다 보니 양식은 전에 없이 넉넉하고, 수만에 이르는 군사들은 무예와 말 타기, 고된 행군에 고루 능하여 천하에 최강이라 이를 만했다.

제도와 남쪽으로 멀리 떨어져 있지 않은 곳에 '율도국'이라는 나라가 있었다. 율도국은 중국을 섬기지 않고 수십 대에 걸쳐 덕으로 다스리는, 백성의 삶이 풍족하고 태평한 나라였다. 기름진 들판이 수천 리에 이를 정도로 자연 환경도 뛰어나 실로 하늘이 낸 나라라고 할 만했다.

하지만 그 즈음 율도국왕이 나랏일에 힘쓰지 않고 사치와 유흥에 빠져 있다는 소문이 파다했다. 조정에는 간신들이 들끓고 백성들은 도탄에 빠져 있다는 것이다.

어느 날 길동은 부하들과 율도국을 어떻게 할 것인지 의논하고 있었다. 일찍부터 이곳을 눈여겨보고 있었던 데다 무고한 백성들이 고통받고 있는 것을 모른 체할 수도 없다고 생각한 것이었다.

"우리가 제도에 와서 이처럼 풍족하고도 강성한 사회를 건설한 것은 실로 자랑스러운 일이다. 그러나 이 좁은 곳에 우물 안 개구리처럼 갇혀 세월을 보낸다면 어찌 만족스럽겠는가? 지금 이웃 나라 율도국의 조정이 어지럽고 민심이 흉흉하다고 한다. 이참에 율도국을 쳐서 항복을 받아 내는 것이 좋을 듯한데 각자의 의견을 말해 보라."

길동의 말을 들은 군사들은 저마다 피가 끓는 듯했다. 원래부터 용맹한 장수였던 그들이 이곳에 와서 무술을 더욱 연마하고 병법을 새로 익혔는데, 모처럼 기운을 쓸 상대를 만난 것이나 다름없었다. 모두가 길동의 계획에 찬성하고 사기충천하여 각자의 자리로 돌아갔다.

길동은 즉시 날을 잡아 군사를 이끌고 전장으로 나아갔다. 무통 장군으로 선봉을 세우고, 마숙 장군에게 후군을 맡겼다. 길동은 스스로 대원수가 되어 전군을 지휘하는데, 말 탄 기병이 오천 명, 보병이 이만 명에 이르렀다.[39]

제도의 군사들은 율도국에 상륙했다. 징소리, 북소리에 군사들의

---

39 **길동은 즉시 ~ 명에 이르렀다** : 이본에 따라 가장 많은 차이가 나는 부분이다. 경판 24장본에는 길동 스스로 선본장이 되고 마숙이 후군장을 맡았다. 완판 36장본에는 세 명의 호걸이 선봉에 서고 김인수가 후군장이 되었다. 세 명의 호걸 중 좌선봉의 이름이 맹춘이다.

함성이 강산을 뒤흔들고, 높이 치켜든 깃발이며 칼과 창은 해와 달을 가렸다. 군사들은 가까운 성부터 하나하나 함락시켜 나갔다.

오랫동안 전쟁을 치러 본 일이 없는 율도국의 군사들은 뜻밖에 제도의 군사들이 쳐들어오자 허둥지둥할 수밖에 없었다. 제도의 용맹한 군사들을 보고 기가 꺾인 율도국의 성주들은 제풀에 성문을 활짝 열고 도리어 환영의 뜻을 보이며 항복했다.

그렇게 수개월 동안 칠십여 개의 성을 평정했다. 길동과 그 군사들은 거침없이 내달려 율도국 철봉산 아래에 이르렀다. 그러나 철봉 태수 김현충[40]은 용맹스러운 장수였다. 김현충은 급히 전령을 보내 율도 왕에게 전황을 알리는 한편 직접 군사를 거느리고 제도 군사들에게 맞섰다.

제도 군의 선봉장 무통이 말을 몰고 나가 김현충과 겨루었다. 두 장수의 칼이 한데 부딪쳐 불똥이 튀고 말발굽이 뽀얀 흙먼지를 일으켰다. 그러나 반나절이 지나도록 승부가 나지 않았다.

무통이 본진으로 돌아와 거친 숨을 몰아쉬면서 말했다.

"율도국에는 허수아비 같은 장수들만 있는 줄 알았더니 모처럼 장수다운 장수를 만났소."

그러자 길동은 장수들을 모아 놓고 자신의 의견을 말했다.

---

40 **김현충** : 경판 24장본에서 철봉 태수 김현충은 길동과 단 한 번 맞서 겨룬 끝에 바로 죽는다.

"우리가 율도국에 들어와 여러 성과 많은 군사들 그리고 말을 얻었지만, 곧 군량이 떨어질까 걱정스럽다. 시간을 오래 끌수록 우리에게 불리할 것이다. 게다가 철봉의 태수가 저렇게 용맹하니 이렇게 맞서서 싸우기보다는 꾀를 내어 사로잡아야겠다. 그런 다음 성을 차지하고 군량을 보충하여 도성으로 진군할 것이다."

그날 밤 길동은 동서남북으로 군사들을 보내 매복시켰다.

날이 밝자 무통은 다시 기마병 오천을 거느리고 나가 싸움을 걸었다. 철봉 태수 김현충도 지지 않고 맞섰다.

두 장수가 다시 자웅을 겨루는데, 이번에는 무통이 몇 번 부딪쳐보지도 못하고 말 머리를 돌려 꽁무니를 뺐다. 김현충이 무통의 뒤를 바짝 따랐다.

바로 그때였다. 상황을 지켜보던 길동이 군사들에게 신호를 보냈다.

"북을 울려라."

제도 군의 진영에서 북소리가 울리자 사방에서 매복하고 있던 군사들이 구름처럼 몰려나왔다. 제도 군사들은 순식간에 김현충을 포위했다. 김현충이 말을 멈추고 돌아보니 동쪽에는 푸른 갑옷, 남쪽에는 붉은 갑옷, 서쪽에는 흰 갑옷, 북쪽에는 검은 갑옷을 입은 장수가 버티고 서 있었다.

그 가운데 뽀얀 흙먼지를 일으키며 백마 한 마리가 달려 나왔다. 그 위에 앉아 큰 칼을 휘두르는 황금 투구의 장수는 다름 아닌 길동이었다.

길동과 김현충의 말이 번개처럼 엇갈리는가 하는 그때 길동은 슬쩍 김현충의 말을 걸려차갔다. 김현충이 말에서 굴러떨어지자 곧바로 제도 군사들이 달려들어 김현충을 사로잡았다. 철봉성의 군사들은 장수가 사로잡히는 모습을 목격하고 금세 사기가 땅에 떨어졌다.

길동은 김현충의 투구를 벗기고 호령했다.

"목숨이 아깝다면 하늘의 명을 따라 항복하라."

김현충은 눈을 지그시 감고 처연한 목소리로 답했다.

"전투에서 패한 장수가 무슨 할 말이 있겠는가? 구차히 목숨을 구걸할 생각이 없으니 뜻대로 하라."

길동은 김현충의 의기에 감탄했다.

"비록 적장이지만 용맹하고 의로운 장수로다. 그대를 풀어 주고 철봉성을 다시 맡길 터이니 어진 마음으로 백성들을 다스리라."

그제야 김현충은 길동에게 무릎을 꿇고 항복의 뜻을 표하였다.

대장군 홍길동의 위용은 율도국 방방곡곡에 파다하게 퍼졌다. 이제 율도국 왕이 있는 도성만이 남아 있었다. 철봉성에서 군량과 말을 보충한 길동은 군사들을 수습하여 다시 진군했다. 그리고 도성의 오십 리 밖에 진을 친 후 율도국 왕에게 격문41을 보냈다.

---

41 **격문(檄文)** : 사람들을 선동하거나 의분을 고취하려고 쓴 글. 격서(檄書)라고도 한다. 적군을 설복하거나 힐책하는 글과 급히 여러 사람들에게 알리려고 각 곳에 보내는 글도 이에 포함된다.

의병장 홍길동은 이 글을 율도 왕에게 전하노라. 무릇 임금은 한 사람의 임금이 아니라 천하 백성의 임금이며, 나라는 한 사람이 오래 지키지 못하는 것이다. 이런 까닭으로 은나라의 시조 탕왕은 하나라의 걸왕을 물리쳤고, 주나라의 시조 무왕은 은나라의 주왕을 쫓아내고 천하를 통일하였다. 이는 모두 백성을 위하여 어지러운 시대를 평정한 것이다.

　나 홍길동은 하늘의 명을 따라 군사를 일으키고 율도의 칠십여 성을 항복시킨 끝에 여기 이르렀다. 마지막으로 항거한 철봉성마저 함락되어 지나는 길마다 순순히 따르지 않는 백성이 없다. 왕은 스스로 생각하기에 능히 감당할 만하면 나와 겨루어 보고, 힘에 부친다고 판단한다면 일찍 항복하여 천명을 순순히 받들라.

그리고 격문의 끝에 한마디를 덧붙여 두었다.

　백성들을 생각하여 애꿎은 희생이 생기지 않도록 순순히 항복한다면, 한 지방의 벼슬을 주어 그대의 왕조를 아주 망하게 하지는 않으리라.

　율도국 왕은 기가 막힐 지경이었다. 천만 뜻밖에 이름도 들어 보지 못한 도적이 나타나 칠십여 개의 성을 함락시켰는데, 그가 향해 가는 곳마다 별다른 대적도 한 번 못 해 보고 도성까지 침범당하기에 이른 것이다.

　지혜롭다고 믿던 신하들도 아무 대책을 내놓지 못하고 쩔쩔맸다.

게다가 홍길동의 격문까지 받아 보게 되니, 조정의 모든 신하들은 우왕좌왕 정신을 차리지 못했다. 소문을 들은 장안의 백성들도 온통 술렁거렸다. 여러 신하가 모여 의논한 끝에 왕에게 아뢰었다.

"이제 도적의 기세를 감당하기 어렵게 되었습니다. 맞서 싸우지 말고 도성을 굳게 지키는 한편 기병을 보내어 군수품과 군량을 나르는 길목을 막아야 합니다. 후군으로부터 군수품과 군량을 조달받지 못하면 적병은 나서서 싸울 수도, 물러갈 수도 없을 것입니다. 그러면 몇 달 안에 적장의 머리를 얻어 성문에 높이 달아맬 수 있을 것입니다."

그 말을 두고 다시 옳으니 그르니 의논이 분분한 중에 성문을 지키는 장수가 급히 들어와 고하였다.

"적병이 벌써 도성 십 리 밖까지 이르러 진을 쳤습니다."

율도 왕은 크게 분노하여 신하들을 꾸짖었다.

"도적들이 코앞에 이르렀는데 나서서 물리칠 생각은 하지 않고 한가로이 성안에서 기다리라는 말이냐? 짐이 친히 군사를 이끌고 맞서리라."

왕은 주위의 만류를 뿌리치고 성문을 활짝 열었다. 정예 군사 십만을 뽑아 친히 대장이 되고 호수를 막아 진을 쳤다.

그날 밤 길동은 전장의 지형을 살핀 후에 여러 장수들을 모아 놓고 말했다.

"내일 정오 즈음에 율도 왕을 사로잡을 것이니 군령을 어기지 말라."

길동은 무통과 마숙에게 명하여 군사 오천씩을 거느리고 양관 골짜기 좌우에 매복하라 일렀다. 또 맹춘을 불러 대장의 깃발과 은빛 창, 황금빛 도끼를 주며 다음 날 전투의 선봉에 설 것을 명했다.

 이튿날 새벽 맹춘은 병영의 문을 활짝 열고 대장 깃발을 앞에 세우며 외쳤다.

 "어리석은 율도 왕이 감히 하늘의 명을 거스르려 하는구나. 감히 내게 대적할 재주가 있거든 빨리 나와서 자웅을 겨루자."

 맹춘이 적진을 향해 맹렬히 달려들며 힘과 재주를 뽐내니, 율도군 진영의 선봉인 한석이 말을 달려 나오며 마주 외쳤다.

 "너희는 어떠한 도적이기에 임금의 위엄을 보지 못하고 태평한 나라에 분란을 일으키느냐? 오늘 너희를 사로잡아 민심을 평안케 하리라."

 두 장수가 맞서서 싸우기 시작했다. 하지만 몇 합을 겨루지도 않았는데, 맹춘의 칼이 번쩍 빛나며 한석의 머리를 베었다. 맹춘은 한석의 머리를 들고 이리저리 말을 몰며 의기양양하게 말했다.

 "율도 왕은 죄 없는 장수를 더 이상 희생시키지 말고 어서 앞으로 나와 항복하라. 그러면 남은 목숨은 구할 수 있으리라."

 녹색 도포와 구름무늬 갑옷을 입은 율도 왕은 구리로 만든 투구를 쓰고 천리마에 올라 양군 선봉장들의 전투를 바라보고 있었다. 왕은 선봉장이 패하는 것을 보고 머리끝까지 화가 치밀어 올라 진영의 앞으로 나서며 외쳤다.

"적장은 잔말 말고 나의 창을 받아라."

율도 왕은 맹춘을 향하여 바람처럼 말을 달렸다. 두 사람의 칼끝에서 불꽃이 튀기 시작하여 십여 합을 겨룬 끝에 맹춘은 갑자기 말머리를 돌려 후퇴하기 시작했다. 율도 왕은 자신의 솜씨에 우쭐한 나머지 맹춘을 뒤쫓으며 꾸짖었다.

"적장은 달아나지 말고 말에서 내려 항복하라."

맹춘은 계속 말을 재촉하여 양관 쪽으로 달아났다. 물론 이것은 길동의 명령에 따른 것이었다. 아무것도 모르는 왕이 맹춘을 뒤쫓아 가면서 바라보니 적장이 골짜기 어귀로 들어가며 무기마저 버리고 도주하는 것이 아닌가? 무슨 나쁜 계략이 있지는 않은가 의심이 들기도 했지만, 도무지 이 전투에서 질 것 같지 않았다.

'네가 비록 간사한 꾀를 부린들 내가 어찌 겁내겠는가?'

왕은 다급한 마음에 모든 군사들에게 진군 명령을 내리고 일제히 적을 뒤쫓기 시작했다.

율도 왕이 군사들을 거느리고 양관 골짜기에 들어서자마자 기다리고 있던 무통과 마숙의 군사들이 일제히 소리를 지르며 달려 나왔다. 길동은 수많은 신장들을 불러내어 팔진을 치고 왕이 돌아갈 길을 막았다.

제도의 정예 군사들이 포성을 울리며 폭풍우처럼 몰아치니 율도 왕은 당황하지 않을 수 없었다. 왕이 그제야 꾀에 빠진 줄 알고 군사를 되돌려 후퇴하려 했지만, 양관 어귀에는 길동이 부리는 신장의 부대가 진을 쳐 길목을 막고 있었다.

항복하라 외치는 소리가 천지를 진동시켰다. 율도 왕이 있는 힘을 다하여 적진을 헤치고 빠져나가려는데, 갑자기 비바람이 세차게 불고 천둥과 번개가 일어났다. 율도 군사들은 눈앞도 분간하지 못하고 우왕좌왕할 뿐이었다.

길동은 신장들을 호령하여 적의 장수들과 군졸들을 모조리 결박했다. 율도 왕은 어쩔 줄 몰라 다급하게 탈출하려 했지만, 사람의 힘으로 어떻게 팔진을 벗어날 수 있겠는가? 말 한 필, 창 한 자루만을 의지하여 동쪽인지 서쪽인지도 모르고 이리저리 달리다가 보니 사방에 따르는 군사가 하나도 없었다.

율도 왕은 참담한 마음을 가눌 수 없었다. 귀에는 제도 군사들의 외침과 북소리만이 점점 다가올 뿐이었다. 제 힘만으로는 탈출이 불가능함을 깨달은 왕은 하늘을 우러러 탄식한 후 스스로 목숨을 끊고 말았다.[42]

제도의 군사들은 무주공산이 된 율도국의 도성을 에워쌌다. 율도 왕의 장남인 세자는 왕이 패하여 자결했다는 소식을 듣고 부왕을 따라 목숨을 끊었다. 조정의 모든 신하들이 어쩔 수 없이 율도국의

---

42 **율도 왕은 ~ 끊고 말았다** : 경판 24장본에서 율도 왕은 철봉이 함락되자 바로 항복한다. 이후 율도 왕은 길동에 의해 의령군에 봉해진다.

옥새43를 받들어 항복했다. 전쟁은 끝났다.

길동은 군사들을 거느리고 승전고를 울리며 본진으로 돌아왔다. 고생한 장졸들에게 음식을 베풀어 위로한 후에, 모든 군사들 앞에서 말했다.

"우리가 비록 율도국의 여러 성을 점령하였지만, 민심을 얻지 못하면 나라를 얻었다고 할 수 없다. 이제 율도 왕과 세자의 장례를 치르되 국왕의 예를 갖추어 거행하라."

이튿날 길동은 대군을 거느리고 율도국 도성으로 들어갔다. 가장 먼저 할 일은 백성들을 안심시키는 일이었다. 마숙이 백성을 달래고 위로하기 위해 전국을 돌아다니며 홍길동의 이름과 덕망을 알렸다.

길동은 각 고을의 감옥을 열어 죄인들을 모두 석방하고, 관아의 창고를 개방하여 굶주린 백성들을 먹였다. 온 나라에 길동의 덕을 칭송하는 소리가 날로 높아갔다.

---

43 옥새(玉璽) : 제왕의 인장

장부의 꿈으로 이룩한 새 세상

 그해 십이월 길동은 마침내 왕위에 올랐다. 율도
국을 멸하고 세운 새 나라를 '안남국'이라고 칭하
니, 평안한 남쪽 나라라는 뜻이었다.44 아버지 홍문 대감을 추존45하
여 태조 대왕이라 하고, 능 이름을 현덕릉이라고 정했다. 모친 춘섬은
왕대비에 봉했다.

장인 백룡은 부원군에 봉하고, 백씨는 중전에 봉하고, 조씨는 정숙
비에 봉하였다. 수고한 장수들에게는 각각 공훈에 걸맞은 벼슬을 내
려 억울함이 없도록 했다.

곧이어 잔치를 벌이느라 모두가 즐겁고 떠들썩한데 길동은 문득
지난날을 떠올리며 어머니에게 말했다.

"예전에 소자가 집에 있을 때 만일 자객의 손에 목숨을 잃었던들

---

44 그해 십이월 ~ 나라라는 뜻이었다 : 경판 24장본이나 완판 36장본에는 길동이 율도
　국을 정벌한 후 율도국의 왕이 되는 것으로 설정되어 있다.
45 추존(追尊) : 추숭(追崇)을 일컫는 말로써, 왕위에 오르지 못하고 죽은 이에게 왕의
　칭호를 올리는 것을 말한다.

어찌 오늘 같은 날을 볼 수 있었겠습니까? 제가 조선을 떠나온 것은 억울하고 서러운 일이 많아서였습니다. 또한 저를 따르던 활빈당 무리들도 본래는 다 선량한 백성이었는데, 탐관오리들의 횡포에 헐벗고 굶주리는 것을 견디다 못해 도적이 된 것입니다. 이제 저희가 과분하게도 나라를 얻었으나, 이 나라에서 또다시 억울하고 서러운 백성들이 생긴다면 어찌 얼굴을 들 수 있겠습니까?"

길동의 표정이 숙연해짐을 따라 대비와 두 왕비도 함께 눈물을 흘렸다.

길동이 왕위에 오른 후에 시절은 태평하여 풍년이 들고, 나라와 백성은 편안하여 별 탈이 없었다. 임금이 베푼 덕이 온 나라에 퍼져 혹 길거리에 떨어진 물건이 있어도 주워 가는 이가 없을 정도였다.

안남국 도성 삼십 리 밖에 있는 월령산은 예로부터 신선이 놀던 신령스러운 산이라고 전해지는 곳이었다. 겹겹이 쌓인 봉우리에는 늘 신비로운 구름이 머물고, 사람의 발길이 드문 깊은 골짜기에는 인간 세상에서 좀처럼 보기 힘든 온갖 진귀한 꽃들이 만발했다. 길동은 월령산의 경치를 사랑하여 왕이 된 후 자주 이곳을 찾았다.

어느 날 길동은 장인 백룡을 불러 당부의 말을 전했다.

"과인의 아버님은 조선의 재상이셨소. 그리고 과인도 한때 잠시나마 조선의 병조 판서 벼슬을 받은 일이 있소. 과인이 조선을 떠나올 때 임금께서 벼 일천 석을 내어 준 덕택에 제도로 들어와 살 수 있었소. 게다가 이제는 어엿한 나라까지 얻었으니 어찌 그 은혜를 잊을 수 있겠소. 조선 국 임금의 은혜를 갚고 형님을 모셔 와 함께 아버님 산소에 제사를 올리고자 하오. 그러니 수고롭겠지만 경이 먼 길을 다녀와 주시오."

길동은 백룡을 사신으로 임명하고 조선 임금에게 전할 표문46과 인형에게 보내는 편지를 건네 주었다.

백룡은 벼 일천 석과 함께 금은보화와 비단을 배에 가득 싣고 조선으로 향했다. 며칠 후 무사히 조선에 다다라 임금에게 안남국 왕 홍길동의 표문을 전해 올렸다.

전임 병조 판서 홍길동은 머리를 숙여 이 글을 올립니다. 신이 본디 미천한 신분으로 태어나 외람되게도 한 나라를 얻게 되었으니, 전하의 덕이 큽니다. 지난날을 돌아보며 사는 동안 늘 성은을 잊지 않고 고마워하다가 이제야 벼 일천 석을 돌려보냅니다. 늦었다 꾸짖지 마시고 만세를 누리며 태평하소서.

조선 임금은 길동의 글을 읽고 너무나 놀랍고 반가워 당장 이조 판서를 들라 명하였다. 급히 들어와 황공히 머리를 조아리는 이조 판서

---

46 **표문(表文)** : 임금에게 예의를 갖추어 올리는 글

는 바로 홍인형이었다.

"경의 아우가 조선을 떠난 뒤 아무런 소식이 없어 궁금하였는데, 이렇게 반가운 글을 전하고 귀한 선물까지 보내왔소. 짐도 안남국에 사신을 보내 답례하려 하는데, 그 일은 경이 맡아 하는 것이 적당하다고 생각하오. 안남국으로 가서 짐의 각별한 마음을 전해 주고 오시오."

인형은 느닷없는 어명에 잠시 어리둥절했다. 임금에게 하직 인사를 올리고 집으로 돌아오자 마침 안남국 사신 백룡이 찾아와 길동의 편지를 건네주었다.

인형은 늙은 어머니에게 길동의 소식을 들은 대로 전하고, 사신으로 안남국에 가게 된 것을 말했다. 인형의 어머니는 길동을 만나러 간다는 말을 듣고 다짜고짜 따라나섰다.

"내 죽기 전에 네 아버지의 산소를 꼭 보고 싶었더니, 이번 말고는 달리 기회가 없을 것 같구나."

인형은 늙은 어머니의 간청을 차마 뿌리칠 수 없었다. 어머니의 건강이 염려되었지만, 함께 가기로 하고 배에 몸을 실었다. 서강을 출발한 배는 남쪽으로, 남쪽으로 긴 항해를 한 끝에 마침내 안남국에 닿았다.

안남국 왕 길동과 대비가 된 춘섬, 두 왕비까지 모두 항구로 나와 조선에서 온 반가운 손님을 맞이했다. 인형은 조선 임금의 표문을 안남국 왕 길동에게 전해 올렸다.

과인이 덕이 없어 그대와 같은 영웅을 가까이 두지 못하였다. 이 어찌 안타깝지 않으랴? 그대가 만 리 바닷길을 멀다 하지 않고 소식을 전하니 반갑다. 스스로 이렇듯 귀하게 된 후에도 과인을 잊지 않고 있었다니, 그 마음을 고마워하노라.

이튿날, 인형은 늙은 어머니를 모시고 홍 대감의 산소를 찾아 제사를 올렸다. 인형을 통해 듣기는 했지만, 홍 대감의 산소가 마치 왕릉처럼 화려하고 웅장한 것을 보고 부인은 몹시 놀랐다. 돌아가신 후에라도 아버지를 극진하게 모신 길동에게 고마움을 느끼는 한편, 미안한 마음이 함께 교차하기도 했다.

그날 밤 인형의 어머니는 먼 길의 여독이 풀리지 않았던지, 밤새 신음하며 앓았다. 몹시 잠꼬대를 하는데, 홍 대감의 꿈을 꾸고 있는 것 같았다. 결국 부인은 병을 얻어 몸져눕고 말았다. 인형이 곁을 떠나지 않고 극진히 간호해 보았지만, 며칠을 더 버티지 못하고 부인은 눈을 감고 말았다.

안남국의 궁중이 모두 부인의 죽음을 안타깝게 여겨 슬퍼했다. 형제는 정성을 다하여 장례를 치르고, 부인을 홍 대감의 한쪽 곁에 묻었다.

조선의 사신 인형이 본국으로 돌아갈 날에 이르렀다. 길동은 잔치를 베풀어 형을 위로했다.

"형님이 이 먼 곳까지 찾아와 늙은 어머니를 여의시고, 또한 우리가 다시 기약 없이 헤어져야 하니 어찌 슬프지 않겠습니까?"

인형은 조선의 재상이요, 안남국에 귀한 손님으로 찾아온 사신이었지만, 길동은 한 나라의 어엿한 임금이었다. 아무리 동생이라고는 하지만, 인형은 예를 갖추어 길동에게 말을 높였다.

"고국에 계신 상감께서 소식을 기다리실 터이니 돌아가지 않을 수 없습니다. 비록 이 먼 타국에서 어머니를 여의었지만, 아버님과 함께 평안히 잠드신 것을 두 눈으로 보았으니 적잖이 마음이 놓입니다."

인형은 다시 한 번 형제간 아쉬운 작별을 하고 바다를 건너 조선으로 돌아왔다. 인형은 대궐에 들어가 그동안의 일들을 상세히 고하였다. 임금은 인형의 노고를 치하하는 한편 어머니를 여의었다는 소식에는 안타까운 표정을 지으며 삼년상을 마친 다음 다시 조정에 들어오라 명하였다.

세월은 강물처럼 흘렀다. 길동의 어머니 춘섬 또한 나이 칠십이 넘어 세상을 뜨고 말았다. 대비의 승하에 태평세월을 보내던 안남국 궁중은 오랜만에 고요한 슬픔에 잠겼다. 길동은 예를 갖추어 장례를 치르고 어머니를 아버지가 계신 현덕릉에 안장하였다.

길동은 다시 어진 마음으로 백성들을 다스렸다. 그 이름처럼 평안한 시절이 몇 십 년 동안 계속 이어졌다.

길동은 두 부인과의 사이에서 아들 셋, 딸 둘을 두었다. 그 중 장남인 항이 아버지의 풍채와 태도를 꼭 닮아 신하와 백성들로부터 신

망이 두터웠다. 길동은 항을 태자에 봉하고 왕위를 계승할 준비를
했다.

때가 무르익어 안남국의 왕 길동은 태자 항에게 왕위를 계승하기
로 마음먹었다. 그동안 함께 고생한 신하들을 위로하며 후한 상을 내
리고, 여러 고을에 큰 사면을 내린 후 잔치를 베풀어 즐겼다. 왕은 기
분 좋게 술을 마시고 반쯤 취하자 문득 자리에서 일어나 칼춤을 추며
노래했다.

칼을 잡고 오른쪽에 비스듬히 기대니
남쪽 큰 바다는 몇 만 리 밖인가.
대붕[47]이 날아가니
회오리바람이 이는구나.
춤추는 소매는 바람을 따라 휘날리니
해 돋는 동쪽이요, 해 지는 서쪽이로다.
어지러운 세상을 평정하고 태평세월을 이루었으니
상서로운 구름이 일어나고 상서로운 별이 비친다.
용맹한 장수가 사방을 지키고 있으니
어떤 도적도 국경을 엿볼 수 없도다.

---

47 대붕(大鵬) : 한 번에 구만 리를 날아간다는 전설 속의 큰 새

잔치가 끝나자 길동은 태자에게 왕위를 물려주었다. 그런 다음 허름한 옷으로 갈아입고 두 부인과 함께 평소에 사랑하던 월령산으로 떠났다.

길동은 산속에 작은 초가를 짓고 두 부인과 더불어 밭을 일구고 약초를 캐며 지냈다. 왕위에 오른 장남 항은 한 달에 세 번씩 부왕에게 문안 인사를 하러 월령산으로 행차했다.

하루는 임금이 부왕에게 문안하러 가는데, 천둥 번개가 요란하게 천지를 뒤흔들고 오색구름이 월령산을 둘러쌌다. 안개가 짙게 드리워진 골짜기는 한 치 앞도 가늠할 수 없었다. 이윽고 천둥이 그치자 주위가 환하게 밝아지며 선학 우짖는 소리가 자자하게 들려왔다.

왕은 부왕이 머물던 초가에서 눈부시게 흰 세 마리의 학이 너울너울 날아오르는 것을 보았다. 학들은 까마득히 솟아올라 먼 하늘로 사라져 가는 것이었다. 왕이 서둘러 초가 안으로 들어가 보니 방 안의 물건들은 모두 그대로인데, 부왕과 두 대비는 온데간데없이 사라져 있었다.

왕은 허둥지둥 온 산을 다 뒤져 부모의 자취를 찾았다. 하지만 소용없음을 알고 슬픈 마음을 이기지 못하여 하늘을 향해 목 놓아 울었다.

왕은 산을 내려와 부왕과 두 대비의 신위를 모시고 현릉에 빈 무덤을 만들어 장사 지냈다. 이것을 본 안남국 백성들은 모두 입을 모아 말했다.

"우리 대왕께서는 신선의 도를 닦아 하늘로 올라가셨다."

그 후 새 왕은 부왕 길동의 뜻을 잘 이어받아 나라를 어질게 다스렸다. 백성을 사랑하고 덕을 베풀기에 힘쓰니 온 나라가 태평하고 해마다 풍년이 들었다. 그러니 백성들이 태평한 세월을 즐기는 노래가 곳곳에서 울려 퍼지고, 전쟁 한 번 없이 대를 이어 태평성대를 누렸다고 한다.

아름답구나, 길동이 행한 일들이여!
스스로 원한 것을 모두 이룬 대장부로다.

비록 천한 어미의 몸에서 태어났으나 가슴에 쌓인 원한을 풀어 버리고, 효성과 우애를 온전히 갖추어 하늘이 정한 운수를 당당히 이루어 냈으니, 참으로 드문 일이기에 후세의 사람들에게 전하고자 하는 것이다.

허균의 논설문

유재론(遺才論)

　나라를 다스리는 사람은 하늘이 준 직분을 임금과 더불어 행하는 것이니, 재능이 없으면 안 된다. 재능을 가진 사람을 하늘이 내는 것은 본디 한 시대의 소임을 맡아 행하게 하기 위해서이다.

　하늘이 사람을 낼 때에는 귀한 집 자식이라고 하여 재주를 넉넉하게 주고, 천한 집 자식이라고 하여 재주를 인색하게 주는 것이 아니다. 그래서 옛날의 어진 임금은 이런 것을 알고 더러는 인재를 초야에서 뽑았으며, 더러는 낮은 병졸 가운데서도 뽑았다. 더러는 싸움에 패하여 항복해 온 오랑캐 장수 가운데서도 인재를 발탁했으며, 도둑 가운데서 끌어올리거나 창고지기를 등용하기도 한 것이다.

　인재를 기용하는 일에 목적도 적절했고, 기용된 인재도 자기의 재주를 목적에 맞게 펼칠 수 있었다. 나라가 복을 받고 임금의 치적이 날로 융성하게 된 것은 이치에 맞도록 인재를 기용했기 때문이다.

　중국같이 큰 나라도 숨은 인재를 발견하지 못할까 봐 오히려 염려하였다. 그러한 염려와 근심 때문에 옆으로 앉아 생각하고, 밥 먹을 때도 탄식할 정도였다.

그런데 지금 우리나라는 어찌하여 숲속이나 연못가에 살면서 보배를 품고도 팔지 못하는 사람이 그토록 많은가? 또 영민한 지혜와 호방한 기개를 가진 인걸이지만 하찮은 벼슬아치들 속에 파묻혀서 끝내 그 포부를 펴지 못하는 사람이 어찌 그토록 많은가? 인재를 모두 얻는 일도 참으로 어렵지만, 그들을 다 활용하는 것도 어려운 일이다.

우리나라는 땅덩이가 좁고 인재가 드물게 나서, 예로부터 그것을 걱정하였다. 우리 왕조에 들어와서는 인재 등용의 길이 더욱 좁아졌다.

대대로 명망 있는 재상가의 자식이 아니면 높은 벼슬자리에 오를 수 없었고, 암자에 머물거나 초가집에 사는 선비는 비록 뛰어난 재주가 있다 하더라도 억울하게 등용되지 못했다. 애초에 과거에 응시할 자격을 가지지 못하거나 혹 응시하더라도 미천한 가문의 자제라는 이유로 급제하지 못하면 높은 자리에 오르지 못한다. 그러니 비록 덕망이 있는 훌륭한 사람이라도 끝내 재상 자리에는 오를 수 없었다.

하늘이 재주를 고르게 주었는데 이것을 문벌과 과거로써 제한하고 차별하니, 인재가 모자라다고 늘 걱정하는 것은 당연한 일이다. 예로부터 지금까지 이 넓은 세상에서, 첩이 낳은 아들이라고 해서 어진 사람을 버리고, 어미가 다시 시집갔다고 해서 그 아들의 재주를 쓰지 않는다는 말을 다른 곳에서는 들어 본 일이 없다. 오직 우리나라만이 그런 차별을 두어서, 어미가 천하거나 다시 시집갔으면 그 자손은 모두 벼슬길에 끼지 못하였다.

우리나라는 국력이 변변치 않은 데다 양쪽 오랑캐의 사이에 끼어 있는 상황이다. 인재들이 우리나라를 위해 쓰이지 못할까 두려워하고 차별 없이 등용한다 하더라도 나라 일이 제대로 될 것이라 장담하지 못할 형편인 것이다. 그런데 도리어 그 길을 막아 놓고는, '인재가 없다, 인재가 없다.' 하고 탄식만 한다. 이것은 남쪽으로 가려 하면서 수레의 머리를 북쪽으로 돌리는 것과 무엇이 다르겠는가. 이웃 나라가 알아챌까 봐 두려운 일이다.

어느 시골의 이름 없는 아낙네라도 원한을 품으면 하늘이 슬퍼해 주는 것을 알아야 한다. 하물며 원망을 가득 품은 사내와 홀어미가 부지기수라 나라의 반을 차지할 정도라면 어떻겠는가? 그러고도 태평성대를 이루기란 참으로 어려운 일이다.

옛날의 어진 인재는 보잘것없는 집안에서 많이 배출되었다. 지금 우리나라와 같은 법을 그때 썼다면 범중엄[1] 같은 사람이 정승으로서의 업적을 내지 못했을 것이요, 진관이나 반양귀[2] 같은 이들도 충직

---

1 범중엄(范仲淹) : 북송(北宋) 때의 정치가이자 문학가이다. 교육과 관료 개혁에 힘썼다. 전국에 서당을 대대적으로 세우고 나라에서 요구하는 인재를 육성하였다. 범중엄은 두 살 때 고아가 되었다. 어머니가 주씨에게 새로 시집갔으므로, 그 성을 따르고 이름을 열(說)이라 하였다. 어려서부터 지조가 있었으며, 자라서 자신의 내력을 알게 되자 어머니에게 하직하고 집을 나갔다. 나중에 벼슬을 하자 자신의 어머니를 모시고 봉양하였다. 그 후에 벼슬이 오르자 비로소 성을 되찾아 자신의 이름을 고치었다고 한다.

2 진관(陳瓘)이나 반양귀(潘良貴) : 두 사람 모두 다 송(宋)나라의 곧은 관리이다. 둘의 어머니는 같고 아버지는 달랐다. 어머니는 계집종(婢)이었다.

한 신하가 될 수 없었을 것이다. 사마양저3, 위청4 같은 뛰어난 장수나 왕부5 같은 문장가도 끝내 세상에서 쓰이지 못했을 것이다.

하늘이 낳아 준 것을 사람이 버리니, 이는 하늘을 거스르는 것이다. 하늘을 거스르면서도 하늘에 기도하여 명을 길게 누린 자는 아직까지 없었다. 나라를 다스리는 자는 하늘의 순리를 받들어 행할 때라야만 막중한 천명 또한 감당할 수 있을 것이다.

---

3 **사마양저(司馬穰苴)** : 중국 제(齊)나라 때의 장군이다. 전씨 집안의 서자로 태어났으나 안영(晏嬰)의 천거로 장군이 되고 큰 전공을 세웠다.

4 **위청(衛靑)** : 중국 한(漢)나라 때의 대장군이다. 아버지는 하급 관리였으며 어머니는 노비였다고 한다. 그의 성 또한 아버지의 것이 아닌 어머니의 성을 따른 것이다.

5 **왕부(王符)** : 중국 후한(後漢) 때의 학자이다. 일생 동안 은거한 채 글쓰기 전념하면서 당시의 정치를 풍자하고 지주의 탐욕을 폭로했다.

호민론(豪民論)

하늘 아래 두려워해야 할 존재는 오직 백성뿐이다. 홍수나 화재보다, 호랑이나 표범보다도 백성을 더 두려워해야 한다. 그런데도 높은 자리를 차지한 사람들은 백성들을 업신여기면서 가혹하게 부려먹기를 일삼는다. 어째서 그러한가?

이미 이루어진 것을 여럿이 함께 즐기고, 늘 보아 오던 것에 익숙한 사람들이 있다. 그들은 순순하게 법을 받들면서 윗사람에게 부림을 당하는 것을 당연히 여긴다. 이들을 항민(恒民)이라고 한다. 이러한 항민을 두려워할 필요는 없다. 모질게 착취당하여 살가죽이 벗겨지고 뼈가 부서지는 것을, 애써 모은 재산을 한없이 갈취당하는 것을 원통하게 여겨 탄식하고 우는 백성들이 있다. 이들은 윗사람을 원망하는 자, 즉 원민(怨民)이다. 이 원민들도 별로 두려운 존재는 아니다.

그런가 하면 자신의 자취를 푸줏간 속과 같은 은밀한 곳에 숨기고 몰래 딴마음을 품은 사람들이 있다. 숨어서 세상이 돌아가는 모습을 엿보다가 마침 그때에 어떤 큰일이라도 일어나면 자기가 품은 뜻을 실행해 옮기려는 사람들을 호민(豪民)이라고 한다. 이 호민이야말로 몹시 두려워해야 할 존재이다.

호민이 나라의 허술한 틈을 엿보고 기회를 노리다가 마침내 때가 이르렀다고 판단하여 떨쳐 일어났다고 가정해 보자. 밭두렁 위에서 팔뚝을 떨치며 크게 한 번 소리를 질러 보는 것이다. 그때 아무 말 없이 이를 갈던 원민들이 그 소리를 듣고 가만히 있을 리가 없다. 따로 모의하거나 작당하지 않았으면서도 합세하여 함께 소리를 지르게 될 것이다.

그렇게 되면 별생각 없이 순응하던 항민마저 제 살길을 찾겠다는 마음이 생겨 호미든 고무래든 창과 창자루든 잡히는 대로 들고 뒤를 따를 것이다. 백성들이 자신의 힘으로 무도한 벼슬아치들의 목을 베고도 남음이 있는 것은 이러한 까닭이다.

중국의 진나라가 망한 것은 진승과 오광 때문이었고,6 한나라가 어

---

6 **진승(陳勝)·오광(吳廣)의 난** : "왕후와 장상의 씨가 어찌 따로 있다는 말인가!" 하는 말은 왕권에 도전하는 반란 지도자들이 무리를 선동할 때 가장 많이 언급하는 말이다. 이 말의 주인공은 진나라 시대의 농민 진승이다. 진승과 오광의 난은 중국 역사에서 처음으로 일어난 대규모 농민 반란으로 진나라가 멸망하고 한(漢)나라가 건국되는 계기를 마련했다. 진승과 오광은 하남성의 가난한 농민 집안에서 태어났다. 기원전 210년 시황제가 죽은 후 시황제의 막내아들 호해가 황위를 계승해 이세황제로 즉위했다. 이세황제는 사치와 향락에 빠져 민생을 살피지 않았다. 백성들의 조세와 부역에 대한 부담이 가중되었고, 민심은 극도로 황폐해졌다. 진승은 기원전 209년 변방 수비군 동원령에 하급 장교로 징발되었는데 그의 부하 오광이 있었다. 부당한 징발령과 모순된 법에 항거하여 봉기를 결심한 두 사람은 징발 인솔자를 죽이고 무리를 선동했다. 중국 역사상 최초의 농민 반란의 시작이었다. 미천한 농민에 불과했던 진승은 스스로 장군이 되었고, 오광은 도위가 되었다. 그들은 몽둥이와 농기구를 무기 삼고 진나라의 폭정에 시달리던 농민들을 규합하여 막강한 군대를 조직했다. 마침내 진승은 봉기 1개월 만에 스스로 왕이 되어 진지(陳地)를 수도로 하고 나라 이름을 '초나라를 넓힌다'는 의미의 '장초(張楚)'로 지었다. 장초는 중국 역사상 농민 반란으로 건국된 최초의 국가였다.

지러워진 것은 황건적 때문이었다.7 당나라가 쇠퇴하자 왕선지8와 황소9가 그 틈을 타고 일어났는데, 마침내 백성과 나라를 망하게 한 뒤에야 그쳤다. 이러한 일들은 모두 백성들에게 모질게 굴면서 저만 잘 살려고 한 죄의 대가이며, 호민들이 그러한 틈을 이용한 것이다.

하늘이 임금을 세우는 것은 백성을 돌보게 하기 위해서이다. 한 사람이 위에서 방자하게 눈을 부릅뜨고 제 욕심만 부리라고 한 것이 아니다. 진나라, 한나라 이후의 환란은 불행한 사태가 아니라 오히려 당연한 결과이다.

우리나라의 사정은 중국과 다르다. 국토는 비좁고 험하며 백성의 수도 많지 않다. 백성 또한 나태하고 좀스러운 구석이 있어서 뛰어난 절개나 넓고 큰 기상을 찾아보기 어렵다. 그런 까닭에 평상시에 위대

---

7 황건적(黃巾賊) : 후한 말에 장각을 중심으로 한 신앙 단체 태평도가 봉기하여 이루어진 군사들. 항상 머리에 노란 두건을 하고 다니면서 각지를 공격해서 황건적이라 불렸다고 하며, 중국 역사상 종교 집단이 최초로 일으킨 봉기이자 역성혁명인 황건적의 난의 주인공들이다. 이 난으로 인해 후한의 세력은 크게 위축되었다.

8 왕선지(王仙芝) : 당(唐)나라 말에 일어난 황소(黃巢)의 난 초기 지도자이며 소금 밀매상이었다. 기근과 수탈이 심해지자 천하 인민의 평등을 기치로 내걸고 반란을 일으켰다. 얼마 뒤 황소와 병사를 합쳐 세력을 키웠다. 조정에서 벼슬을 주며 회유하자 한때 요구를 받아들여 항복하기도 했는데, 곧 배반하고 다시 반란을 일으켰다.

9 황소(黃巢) : 황소는 재주가 출중했음에도 불구하고 과거 시험에 낙방하자, 정부의 소금 전매 제도를 무시한 채 소금 밀매업으로 직업을 바꾸었다. 수천 명의 추종자들을 모아 여러 차례 반란을 일으켜 중국 전체를 휩쓸었다. 그는 결국 체포되어 처형되었으나, 10년간의 반란으로 정부의 지배력은 파괴되었으며 국력은 급격하게 쇠퇴했다. 당을 최종적으로 전복했던 주전충은 황소의 부하 장군이었다.

호민론(豪民論)

한 인물이나 뛰어난 재주를 가진 사람이 나타나 세상에 쓰이는 일도 드물었고, 난리를 당해도 또한 호민이나 사나운 병졸들이 반란을 일으켜 나라의 걱정거리가 되었던 적도 없었다. 그러나 이는 당연한 일이 아니라 다행한 일이다.

비록 그렇긴 하지만 오늘날 조선의 사정은 고려 때 이전과 같지 않다. 고려 때에는 백성들로부터 세금을 받아들이는 데 한도가 있었고, 자연에서 얻는 이익도 백성들과 함께 나누었다. 장사할 사람에게 그 길을 열어 주고, 물건을 만드는 기술자에게 혜택이 돌아가게 하였다. 또 수입을 잘 헤아려 지출을 하였기에 나라 살림에 넉넉한 저축이 있었다. 그리하여 갑작스러운 큰 전쟁이나 국상10이 있어도 세금을 따로 거두지 않았다. 그렇게 했는데도 말기에 이르러서는 삼공11을 염려할 정도였다.

그런데 우리 조정은 딴판이다. 얼마 안 되는 백성을 다스리면서도 신을 섬기거나 윗사람을 받드는 범절은 중국과 맞먹도록 한다. 백성들이 내는 세금이 다섯 푼이라면 조정에 돌아오는 이익은 겨우 한 푼이고 그 나머지는 간사한 자들에게 어지럽게 흩어져 버린다. 또 관청에서는 비축한 물자가 없어 무슨 일만 있으면 그때마다 세금을 따로

---

10 **국상(國喪)** : 예전에, 국민 전체가 복상을 하는 왕실의 초상을 이르던 말
11 **삼공(三空)** : 흉년이 들면 세 가지가 비게 된다. 즉 제사를 못 지내니 사당이 비고 학생이 없으니 서당이 비며, 개가 없으니 뜰이 빈다는 뜻이다.

거둬들인다. 지방의 수령들은 그것을 빙자하여 가혹한 수탈을 일삼으니 그 또한 끝이 없다. 그런 까닭에 백성들의 시름과 원망은 고려 말보다 극심하다.

그런데도 윗사람들이 태평스레 두려워할 줄 모르고, 우리나라에는 호민이 없다고 생각한다. 불행하게도 견훤12이나 궁예13 같은 자가 나와서 몽둥이를 휘두른다면 근심하고 원망하던 백성들이 가서 따르지 않으리라고 어떻게 보장하겠는가? 중국의 기주와 양주 땅에서 일어난 황소의 난과 같은 일은 언제든 일어날 수 있다.

백성을 다스리는 사람은 이처럼 두려워해야 할 사태를 명확하게 알고서 느슨한 활시위를 바로잡는 한편 어지러운 수레바퀴를 고쳐야 한다. 그래야만 나라의 꼴을 어느 정도는 유지할 수 있을 것이다.

---

12 **견훤(甄萱)** : 후백제를 세워 통일 신라, 후고구려와 함께 후삼국 시대를 열었던 무장이다. 그는 원래 신라 사람이다. 농민의 아들로 본래 성은 이씨인데 15세 때 스스로 견씨로 고쳤다고 한다.

13 **궁예(弓裔)** : 후고구려의 시조. 신라 사람으로 성은 김씨이다. 왕가의 서자로 태어나, 일찍이 버림받고 승려가 되었다. 신라 왕조의 질서가 무너지고 백성이 도탄에 빠진 틈을 타서 세력을 키운 끝에 후고구려를 세우고 왕위에 올랐다.

호민론(豪民論)

허균의 한문 소설

엄처사전(嚴處士傳)

엄 처사의 이름은 충정이다. 강릉 사람이었다.

그는 아버지를 일찍 여의었다. 집안이 무척 가난하여 몸소 땔감을 얻기 위해 나무를 했다. 물을 길어 오는 일이나 먹을 것을 마련하는 일도 그의 몫이었다.

그러면서도 효성이 지극한 충정은 어머니를 봉양하는 데 게으름이 없었다. 새벽이나 저녁이나 어머니의 곁을 떠나지 않을 정도였다. 어머니가 조금이라도 편찮으시면 마음 편하게 잠자리에 들지 않았으며, 자기 손으로 반찬을 장만하여 어머니께 올렸다.

어느 날 충정은 어머니가 산비둘기 고기를 즐겨 드시는 것을 알았다. 새를 잡을 도구나 장비가 없으니 그는 그물을 짜고 그것을 대나무로 만든 긴 장대에 아교로 붙였다. 그러고는 기필코 비둘기를 잡아다가 상에 올렸다.

충정의 어머니는 아들이 먹고사는 일에만 골몰하는 것을 보고 매우 안타까웠다. 그래서 아들을 불러 조용히 타일렀다.

"애야, 네가 어미를 생각하는 마음은 잘 알겠다. 그러나 이제부터는 글공부에 힘써 훌륭한 선비가 되어야 하지 않겠느냐? 과거를 착실히 준비하여 급제하게 되면 돌아가신 아버지도 기뻐하실 것이다."

충정은 어머니의 마음을 읽고 그날부터 쉼 없이 공부하기 시작했다. 원체 성실한 사람인 데다가 타고난 재주가 있으니 금방 눈에 띄게 솜씨가 늘었다. 그가 지은 시와 문장은 매우 아름답고 격조가 있어서 지방의 시험에 여러 번 뽑혔고, 사마시¹에 합격하여 진사가 되었다. 어머니는 아들이 자신의 뜻을 잘 받들어 준 것을 기뻐하고 매우 자랑스러워했다.

읽는 책마다 그 뜻을 깨달아 통하지 않은 것이 없었으나, 유독『주역』과『중용』에 조예가 깊었다. 그것들의 이치를 깊게 파고들어 그로부터 높고 먼 경지에까지 나아갔으니 충정이 저술한 글들은 '하도'와 '낙서'²의 뜻에 꼭 들어맞았다.

그러던 중 충정의 어머니는 병이 들었다. 병세가 조금씩 위독하여지자 충정은 하늘을 우러러 기도했다.

'하늘이시여, 데려가시려거든 제 몸으로 어머니의 목숨을 대신해 주십시오.'

---

1 사마시(司馬試) : 조선 시대에 생원과 진사를 뽑던 과거. 소과(小科)라고도 함.
2 하도(河圖) 낙서(洛書) : '하도(河圖)'는 복희(伏羲)씨가 황하(黃河)에서 얻은 그림이다. 이것으로 복희씨는『주역』의 팔괘(八卦)를 만들었다고 한다. '낙서(洛書)'는 우(夏)임금이 낙수(洛水)에서 얻은 글이다. 이것으로 우임금은 천하를 다스리는 큰 법으로써의『홍범구주(洪範九疇)』를 만들었다고 한다.

그렇게 눈물을 흘리며 정성을 다했지만 어머니는 끝내 회생하지 못했다. 어머니를 간호하는 수십 일 동안 충정은 물도 입에 대지 않았다. 그러니 기력이 쇠하여 지팡이를 짚고서야 겨우 일어날 정도였다.

충정은 묏자리 가까이에 초막을 짓고 삼 년간 돌아가신 어머니를 정성껏 돌보았다. 그사이에도 묽은 죽만 마시며 지냈다.

삼년상을 마치자 벗들은 충정을 위로하는 한편 그 재주를 아까워하여 과거에 응시하기를 권했다. 그러나 충정은 고개를 저으며 말했다.

"내가 과거를 보려 했던 것은 늙은 어머니를 기쁘게 하기 위해서였네. 이제 내가 과거를 보아 급제한다면 내 몸만 영화롭게 할 수 있을 뿐 어머니는 아무것도 누리지 못하시겠지. 그러니 무슨 의미가 있겠나? 차마 그럴 수는 없네."

말을 마치기도 전에 눈물을 흘리기 시작한 충정은 목이 메어 좀처럼 울음을 그치지 않았다. 벗들은 두 번 다시 그런 권유를 하지 못하였다.

충정은 나이가 들어 강릉 부근의 우계현3으로 이사했다. 사람의 발길이 드문 깊은 산속에 초가집을 짓고 거기서 처사4로서 일생을 마치기로 결심한 것이었다. 살림은 견디기 힘들 정도로 가난했지만, 마음

---

3 **우계현** : 옛날 강릉 남쪽 오십 리부터 구십 리까지 있던 고을
4 **처사(處士)** : 벼슬을 하지 아니하고 초야에 묻혀 사는 선비

만은 편안하게 살고자 했다.

엄 처사는 사람됨이 화평하고 순수했으며, 속이 넓게 트인 사람이었기 때문에 남들과 거슬리거나 다투는 일이 없었다. 늘 공손하고 사람을 대하는 태도가 정성스러웠다.

그러나 고을에서 일어난 일들을 평가하고 사람들의 잘잘못을 논해야 할 때는 확고부동한 기준에 따라 말하고 행동했다. 남이 주는 물건을 사양해야 할 때와 받아야 할 때를 가리는 데에도 칼로 끊은 듯한 절도가 있었다.

모든 일을 정의로운 기준으로 판단하고 행하였으므로 고을 사람들은 엄 처사를 존경하며 따랐다. 그렇다고 마냥 두렵기만 한 선생님 같은 존재는 아니었으므로 엄 처사는 모든 사람들의 사랑을 받았다.

엄 처사에게는 가르침을 청하기 위해 찾아온 많은 제자들이 있었다. 그들을 교육시킬 때 가장 먼저 강조한 것은 충과 효의 덕목이었다. 스스로 관심 밖의 일인 화려한 명예나 이익 따위는 제자들 앞에서 입에 올리지도 않았다.

역사책을 강론할 때에는 종종 비분강개하여 목소리를 높였다. 군자와 소인, 왕조와 정치의 성공과 실패, 안정된 사회와 혼란한 사회를 판별하는 일에는 명확한 기준이 있었고, 논리의 전개에 물 흐르듯 막힘이 없었다. 무목5이나 문산6이 죽어간 대목에 이르러서는 별안간 책을 덮고 눈물을 흘리기도 하였다.

엄 처사의 문장은 간결하면서도 절실하여 운치가 있었다. 그의 시 역시 장엄하거나 화려하여 모범이 될 만했다. 그래서 백여 편이 넘게 전해지고 후세대에 의해 암송되었다. 그것들은 모두 시 쓰기의 규범에 부합하는 것이었다. 그런데 정작 엄 처사는 자신의 글에 만족하지 않았고 탐탁지 못하게 여겼다.

엄 처사는 초야에 묻혀 조용히 살기를 바랐지만 그 출중한 재주가 세상 사람들에게 알려지지 않을 수 없었다. 조정에서도 엄 처사의 존재와 그 솜씨를 전해 듣게 되었다. 임금은 엄 처사의 덕과 지혜를 가상히 여겨 두 번이나 참봉 벼슬을 내렸다. 그러나 엄 처사는 끝내 사양하고 나아가지 않았다.

세월은 흘러 엄 처사의 나이 78세가 되었다. 엄 처사는 자신의 삶이 얼마 남지 않았다는 것을 알았다. 어느 날 오래 전부터 알고 지내던 몇 사람과 이제는 어엿한 학자로 성장한 제자들 10여 명을 초대하였다. 검소하나마 주안상을 정성껏 차려 그들을 대접하면서 엄 처사는 말했다.

"내가 이제 죽을 날이 머지않았소. 바라건대 내 죽은 뒤에 선산에 장사 지내 주시오. 그리고 내 손자가 아직 어리니 잘 보살펴 주기를 바라오."

---

5 무목(武穆) : 송나라 충신 악비(岳飛)의 시호
6 문산(文山) : 송나라 충신 문천상(文天祥)의 시호

주위는 조용한 침묵에 빠졌다. 그렇게 숙연한 분위기에서 엄 처사의 유언을 새겨들었다. 엄 처사는 뒤이어 제자들을 향해 미소를 띠고 말했다.

"이것들은 내가 공부하던 책들이다. 이제 너희들이 가져가도록 해라."

그렇게 자신이 아끼던 책들을 나누어 주고는 단정한 자세로 앉아 숨을 거두었다.

엄 처사가 세상을 떠났다는 소식을 듣고 마을 사람들이 몰려왔다. 마을 전체가 큰 슬픔에 빠졌다. 평소에 그와 친분이 없던 선비들도 많이 찾아와 엄 처사의 죽음을 추모했다.

그가 남긴 글들은 모두 흩어지고 잃어버려 모아 놓지를 못했으니 안타까운 일이다.

엄 처사는 가정에서 효도를 다했고 고을에서는 청렴했다. 그의 학식과 절도 있는 행실로 보면 분명히 높은 지위에 오를 만했다. 그러나 어머니가 돌아가셨다는 이유 때문에 벼슬길에 나아가지 않았고, 마지막까지 가난하게 살다가 세상을 떠났다. 그의 훌륭한 재능이 조금도 쓰이지 못한 것은 못내 애석한 일이다.

바위틈이나 굴속에 몸을 숨기고 살다가 그 이름마저 잊혀 전해지지 않는 선비들은 비단 엄 처사 한 사람뿐만이 아니다. 그래서 더욱 슬퍼지는 것이다.

손곡산인전(蓀谷山人傳)

손곡산인 이달의 자는 익지이다. 고려 말, 조선 초의 문장가인 쌍매당 이첨의 후손이다.[7] 그러나 이달은 그의 어머니가 미천한 기생이었으므로 세상에 쓰이지 못했다. 그는 원주의 손곡에 살았는데, 그곳의 지명을 자신의 호로 삼았다.

이달은 젊은 시절에 이미 읽지 않은 것이 없다고 할 정도로 많은 책을 읽었고, 지은 글도 무척 많았다. 한때 한리학관[8]이 되었지만 마음에 맞지 않는 일이 있어 벼슬을 버리고 떠나 버렸다.

고죽 최경창, 옥봉 백광훈 등과 마음이 맞아 사귀며 자주 모임을 갖고 함께 한시를 지었다.[9] 이달은 그 무렵 소동파의 시를 본받아서

---

7 손곡산인 이달의 ~ 이첨의 후손이다 : 이첨은 신평 이씨이고, 이달은 홍주 이씨이므로 이달이 이첨의 후손이라는 허균의 말은 잘못되었다고 여겨지기도 한다.

8 한리학관(漢吏學官) : 조선 시대, 사역원 소속으로 중국어와 이문에 관한 일을 맡아보던 벼슬

9 고죽 최경창 ~ 한시를 지었다 : 최경창, 백광훈은 이달과 함께 삼당시인(三唐詩人)으로 불리었으며, 모두 사암 박순 문하의 문인들이었다.

그 핵심을 터득했다. 한 번 붓을 잡으면 순식간에 수백 편의 시를 적어 냈는데, 모두가 풍부하고 아름다우며 소리 내어 읊기에도 좋은 시들이었다.

그러던 어느 날 사암 박순[10] 대감이 이달에게 충고하여 말했다.

"시의 도는 마땅히 당나라 때의 시를 모범으로 삼는 것이 바른길일세. 소동파[11]의 시가 호방하다고는 하나 이미 당나라 때의 시에 비하면 이류로 떨어진 것이네."

박순은 자신의 서가에서 이태백의 고풍스러운 시들과 왕유[12], 맹호연[13]의 근체시를 가려내어 보여 주었다. 이달은 깜짝 놀라서 시의 바른길이 거기에 있음을 그제야 알게 되었다. 그때부터 이달은 이전까지 배우고 익혔던 기법을 완전히 버리고 새로운 마음으로 공부를 시작하기 위해 예전에 숨어 살던 손곡 땅의 집으로 돌아왔다.

『문선』[14]과 이태백을 비롯한 당나라 때 열두 시인의 작품집, 『당

---

10 박순(朴淳) : 서경덕 문하의 학자요 문인이었으며, 대제학을 거쳐 영의정까지 올랐다.

11 소동파(蘇東坡) : 중국 송나라 때의 시인. 이지적이면서도 낙천적이고 호방한 시 세계로 송시(宋詩)의 작품을 확립했다고 평가된다.

12 왕유(王維) : 중국 당나라 때의 시인. "시 속에 그림이 들어 있다"는 평가를 받으며, '시불(詩佛)'이라는 칭호를 얻은 자연 시인이다.

13 맹호연(孟浩然) : 중국 당나라 때의 시인. 전원의 경치와 떠돌아다니는 나그네의 심정을 묘사한 작품을 주로 썼다.

14 문선(文選) : 중국 양나라 소명 태자 소통이 엮은 책으로, 현존하는 가장 오래된 한시 선집이다. 주나라에서 양나라까지 1000년에 걸친 대표적 문인의 시를 골라 모았다.

음』15 등을 옆에 두고 방문을 걸어 잠근 채 바깥출입을 하지 않고 밤낮으로 외웠다. 온종일 자리에서 무릎을 떼지 않는 날이 부지기수였고, 밤을 새우는 날도 흔했다.

그렇게 5년이 지난 어느 날 이달은 자신의 마음이 문득 밝아지는 느낌을 받았다. 마치 무엇을 깨달은 것 같았다. 그래서 읽던 책을 옆으로 치우고 먹을 간 후 시험 삼아 시를 지어 보았다. 스스로 보기에도 시어가 매우 맑고 적절한 것이 옛날의 번잡한 수법을 깨끗하게 씻어 버렸다는 것을 알았다.

이달은 흥분된 마음을 가다듬고 한 편 한 편 시를 지었다. 당나라 여러 시인들의 시를 본받아 긴 것과 짧은 것, 여덟 구절 시와 네 구절 시를 지어 냈다.

한 구절 한 글자도 마음에 들지 않는 것이 없을 때까지 다듬었고, 소리와 운율에 거슬리는 것이 없도록 깎고 또 깎았다. 시를 짓는 법도에 맞지 않는 것이 있으면 달이 넘고 해가 갈지언정 만족하지 않고 고쳐 쓰기를 거듭하였다.

그러한 노력을 기울여 쓴 시가 10여 편에 이르렀을 때 비로소 세상에 내놓을 마음이 생겼다. 이달은 벗들을 불러 자신의 시를 읊었다. 사람들은 모두 깜짝 놀랐다. 그리고 감탄해 마지않으며 이달의

---

15 당음(唐音) : 원나라 때의 문인 양사굉(楊士宏)이 당나라 때의 시 작품을 선별하여 엮은 책이다. 조선 시대에 한시 교재로 사용되었다.

시를 칭찬했다.

최경창, 백광훈 등 당대의 이름난 시인들이 입을 모아 자신들은 따라갈 수 없는 경지라고 말했다. 제봉16이나 하곡17 같은 대가들도 모두 한시의 전성기인 당나라 때의 시를 방불케 한다고 하며 치켜세웠다.

이달의 시는 맑고 새로웠으며, 아담하면서도 고왔다. 그의 시들 중 수준이 높은 것은 왕유나 맹호연, 고적18과 잠삼19에 버금갔다. 그 중 수준이 낮은 것이라고 해도 유장경20, 전기21의 시풍과 운율에 비해 뒤떨어지지는 않았다.

신라와 고려 때 이래로 우리나라에서 당나라 풍의 시를 짓는다고 하는 사람 중 아무도 그를 따를 사람이 없었다 해도 지나친 말이 아니다. 그것은 그의 스승인 사암 박순 선생의 충고와 격려에 힘입은

---

16 제봉(霽峰) 고경명(高敬命) : 임진왜란 때 6,000여 명의 의병을 이끌고 금산에서 왜적과 싸우다 전사했다. 시와 그림, 글씨에 모두 능했다고 한다.

17 하곡(荷谷) 허봉(許) : 조선 중기의 문인. 허균의 작은형이다.

18 고적(高適) : 중국 당나라 때의 시인. 칠언고시에 능했고, 불우한 심정을 표현하거나 백성들의 한을 슬퍼한 작품 등을 남겼다.

19 잠삼(岑參) : 중국 당나라 때의 시인. 어법과 운율을 혁신함으로써 '율시(律詩)'에 새로운 활력을 불어넣었다고 평가된다.

20 유장경(劉長卿) : 중국 당나라 때의 시인. '오언시(五言詩)'에 능했다. 정제된 격률과 세련된 표현, 강직하고도 다정다감한 감성을 특징으로 한다.

21 전기(錢起) : 중국 당나라 때의 시인. 친구들과 주고받은 이야기와 자연을 제재로 삼은 온화한 시를 많이 지었다. '오언율시(五言律詩)'에 뛰어났다고 한다.

허균의 한문 소설

것이었으니, 진승[22]이 한나라 고조 유방의 창업에 촉매가 된 것과 견줄 만하다.

이때부터 이달의 명성은 우리나라 곳곳에 널리 퍼졌다. 그러나 많은 사람들은 그의 재주만을 귀하게 여길 뿐 그 사람은 버리고 쓰지 않았다. 그를 칭찬한 이들은 시와 문장에 뛰어난 서너 명의 대가들뿐이었다. 물론 이달의 신분 때문이었다.

세속의 사람들 중에는 오히려 이달을 증오하고 질투하는 자들이 허다했다. 그 때문에 이달은 여러 번 더러운 누명을 뒤집어썼으며, 형벌의 덫과 그물에 사로잡혔다. 하지만 끝내 그를 죽이고 그 명성을 빼앗을 수는 없었다.

이달은 얼굴이 단아하지 못한 데다가 성품이 호탕하여 행동을 절제하지 않았다. 더구나 세상을 등지고 살며 사람들의 예법을 익히지 않았으므로 많은 이들에게 미움을 받았다.

이달은 이야기하기를 좋아했고, 자연이 아름다운 곳에서 술 마시기를 좋아했다. 진나라 사람 왕희지의 솜씨에 가깝도록 글씨도 잘 썼다. 그의 마음은 속이 텅 빈 것처럼 아무런 한계가 없었으며, 먹고 사는 일에 신경을 쓰지 않았다. 더러는 이달의 이런 모습 때문에 좋아하는 이도 있었다.

---

22 **진승(陳勝)** : 중국 진나라의 반란 주모자. 중국 최초의 농민 반란인 진승·오광의 난을 일으켜 진나라에 맞서 장초국을 세웠다. 이후 진나라의 토벌군에 패해서 죽었으나 진나라의 멸망과 한나라의 건국에 큰 영향을 주었다. 한 고조 유방이 '은왕(隱王)'이라는 시호를 내렸다.

손곡산인전(蓀谷山人傳)

하지만 대부분은 이달을 천하게 여겼다. 평생 동안 몸을 붙일 곳도 없이 이곳저곳 떠돌며 구걸로 끼니를 때우다시피 했기 때문이다. 그가 그토록 궁색했던 것은 시 짓는 일에 몰두했던 탓임에 틀림없다. 몸은 비록 곤궁했으나 그는 불후의 명시를 남겼다. 어찌 한때의 부귀로써 그와 같은 명예를 대신할 수 있을 것인가!

그가 이미 세상을 떠났으므로 이대로 내버려 둔다면 손곡산인 이달이 지은 글들은 거의 다 없어질 것이다. 그러니 내가 애써 모은 작품들로 네 권의 책을 엮어 후세에 전하려는 것이다.

태사 주지번23이 일찍이 이달의 시들을 읽었다. 그 중 「만랑무가」라는 시를 보고 무릎을 치며 말했다.

"이 작품이야말로 이태백의 시와 무슨 차이가 있겠는가!"

석주 권필24도 이달의 「반죽원」이라는 시를 보고 놀라 말했다.

"이태백이 지은 시집 속에 이것을 끼워 넣으면, 아무리 안목이 높은 사람이라도 쉽게 가려낼 수 없을 것이다."

태사와 석주가 설마 망령된 말을 할 사람이겠는가? 아아, 이달의 시는 그만큼 뛰어났으며 진실로 특별했다.

---

23 태사(太史) 주지번(朱之蕃) : 중국 명나라 말 조선에 사신으로 왔던 관료. 뛰어난 외교관이었으며 글씨와 그림에 능했다.

24 석주(石洲) 권필(權韠) : 조선 중기의 시인. 성격이 자유분방하고 구속받기 싫어하여 벼슬하지 않은 채 야인으로 일생을 마쳤다.

장산인전(張山人傳)

    장산인의 이름은 한웅이다. 그가 어떤 내력을 가진 사람인지는 자세히 알 수 없다. 그의 할아버지로부터 3대에 걸쳐 외과 의사를 가업으로 삼았다.

    그의 아버지는 젊었을 때 상륙이라는 한약재를 먹고 귀신을 볼 수도 있고, 부릴 수도 있는 능력을 얻었다고 한다. 그런데 어느 날 집을 떠나간 이후로 어떻게 되었는지 가족들도 알지 못했다.

    한웅과 헤어질 때 아버지의 나이가 98세였는데, 마흔 살 정도로밖에 보이지 않았다고 한다. 아버지는 길을 떠나면서 두 권의 책을 아들에게 주었다. 도교의 경전인 『옥추경』과 『운화천추』였다.

    한웅은 아버지가 물려준 책을 천 번이고 만 번이고 읽었다. 그러자 학질과 같이 어려운 병도 낫게 할 수 있었고, 귀신도 능히 부릴 수 있게 되었다.

    한웅의 나이 마흔 살이었다. 그는 갑자기 하던 일을 그만두고 집을 떠나 지리산으로 들어갔다. 그리고 그곳에서 낯선 도인을 만나 귀신을 다스리고 부리는 법을 더 공부했다. 더불어 도교의 진리에 관한 책 열 권을 열심히 읽었다. 그러고는 빈 암자에 앉아 먹는 것도 거의 없이 3년을 보냈다.

하루는 한웅이 산골짜기를 지나가고 있었다. 낯선 두 사람의 중이 그를 따라왔다. 우거진 숲 사이로 걸어가는데 어디선가 두 마리의 호랑이가 나타나서 한웅을 맞이하는 것이었다. 중들은 집채만 한 호랑이를 보고 겁에 질려 떨었다. 그러나 한웅은 태연하게 호랑이를 꾸짖듯 하는 것이 아닌가? 더 놀라운 일은 호랑이들이 강아지처럼 귀를 내리고 꼬리를 흔들며 한웅에게 아양을 떠는 것이었다.

한웅은 스스로 한 호랑이의 등에 올라타고 두 중에게는 다른 호랑이에 타도록 일렀다. 호랑이들은 쏜살같이 달려 산속의 절에 한웅 일행을 데려갔다. 절 문 앞에 이르자 호랑이들은 사람을 내려놓고 사라졌다.

한웅은 산에서 머문 지 18년 만에 서울로 돌아와 흥인문 밖에서 살았다. 나이가 60세였으나 용모는 청년처럼 정정하였다.

그의 이웃에 비워 둔 집이 있었는데, 흉가라 하여 버려진 지 오래되었다. 그 집의 주인이 찾아와 귀신을 물리쳐 달라고 한웅에게 부탁했다. 한웅은 밤에 그 집으로 가 보았다. 과연 기다렸다는 듯이 두 명의 귀신이 나타나서 무릎을 꿇고 말했다.

"저희는 이 집의 대문 귀신과 부엌 귀신입니다. 이 집 안에 요사스러운 뱀이 살면서 사악한 짓을 저지르고 있습니다. 제발 그것을 찾아 죽여주십시오."

귀신들은 말을 마치면서 뜰 가운데의 큰 홰나무 뿌리를 가리켰다.

한웅은 그곳에 가서 주문을 외우며 물을 뿜었다. 그러자 조금 뒤에 사람의 얼굴 모습을 한 큰 뱀이 눈을 번쩍거리며 나타났다. 괴롭게 꿈틀거리며 기어 나오던 뱀은 제 모습을 채 반도 드러내지 못하고 죽어 버렸다. 한웅은 집 주인을 불러 뱀의 시체를 태워 버리라 하였다. 마침내 뱀이 사라지자 집은 거짓말처럼 깨끗해졌다.

하루는 사람들과 함께 어울려 놀면서 살곶이 다리에서 물고기를 잡았다. 한웅은 사람들이 잡아 놓은 물고기 가운데 죽은 놈들을 골라서 따로 물 항아리 속에 넣었다. 그리고 약 한 숟가락을 물에 타니 죽었던 고기들이 다시 살아나 유유히 헤엄쳤다.

사람들은 놀라 입을 다물지 못했다. 그 중 한 사람이 급히 어디론가 갔다가 죽은 꿩 한 마리를 들고 왔다.

"장산인 어른, 이것도 살려 낼 수가 있겠습니까?"

한웅은 빙그레 웃으며 또 약 한 숟갈을 떠서 꿩의 부리 속에 넣었다. 잠시 후 꿩은 날개를 푸드덕거리며 살아났다. 사람들이 모두 놀라 감탄하면서 한편으로는 두려움을 느꼈다.

"죽은 사람도 다시 살려 낼 수 있습니까?"

누군가가 물었다. 한웅은 그를 돌아보며 설명해 주었다.

"모름지기 사람들이란 태어나면서 그 정(情)이 방자하여 삼혼25과 칠백26 등 혼백이 그 집에서 떠났더라도 3년이 지난 뒤에야 완전히 사라지는 법이오. 그렇게 된 이후에는 어떤 신묘한 약을 써도 다시 살려 낼 수 없소."

한웅은 글을 모르는 체하며 살았지만, 사실인즉 매우 아름다운 글을 잘만 지어 냈다. 또 새처럼 밤눈이 어둡다고 둘러대곤 하면서 밤에 바깥출입을 좀처럼 하지 않았지만, 어두운 밤에도 자잘한 글씨를 읽을 만큼 눈이 밝았다.

그 이외에도 잡기와 요술에 능했다. 베로 만든 병에 술을 담아도 새지 않았고, 종이로 만든 그릇에 불을 피우기도 했다. 그렇게 세상 사람의 눈을 휘둥그레지게 한 것들이 모두 기록할 수 없을 정도로 많았다.

그 당시 이화라는 이름의 점쟁이가 점 잘 치기로 한창 유명했다. 하지만 장한웅은 이화를 자기보다 아랫수로 여겼다. 그가 사주를 헤아리는 것을 보고 있다가 그릇된 곳이 있으면 한웅이 곧 고쳐 주었다.

---

25 **삼혼(三魂)** : 도교에서 사람의 몸 가운데 있다고 여기는 세 가지 정혼. 곧 태광(台光), 상령(爽靈), 유정(幽精)을 말한다.

26 **칠백(七魄)** : 도교에서 사람의 몸 가운데 있다고 여기는 일곱 가지 넋. 몸 안에 있는 탁한 영혼으로, 시구(尸狗), 복시(伏矢), 작음(雀陰), 탄적(呑賊), 비독(非毒), 제예(除穢), 취폐(臭肺)를 가리킨다.

결국은 한웅의 말이 모두 맞았으므로 이화는 감히 한마디도 덧붙이지 못했다.

이화는 주위 사람들에게 늘 말했다.

"장산인의 주위에는 늘 삼백 명의 신장들이 호위하고 있으니 참으로 신이한 인물이다."

임진왜란이 일어났다. 장한웅의 나이 74세 되던 해였다. 한웅은 집과 재산을 처분하여 여러 조카들에게 고루 나누어 주었다. 그리고 자신은 중의 옷을 입고 지팡이를 끌면서 5월에 소요산으로 들어갔다.

그곳의 중들에게 한웅이 부탁했다.

"올해에 내 목숨이 다할 것이오. 그러니 내가 죽거든 부디 화장해 주시오."

오래지 않아 한웅이 머무는 절에 왜군이 들이닥쳤다. 한웅은 앉은 채로 적군의 칼을 받았다. 그의 피는 마치 하얀 기름 같았으며, 시신이 꼿꼿한 채로 넘어지지 않았다. 잠시 후에 무섭게 천둥이 치고 억수같이 비가 쏟아졌다. 왜놈들은 두려움에 떨며 달아났다.

산사의 중들이 장산인의 다비식을 거행하였다. 홀연히 비친 상서로운 빛이 3일 동안 밤낮으로 하늘에 서려 있었다. 그의 몸에서 사리 72개를 얻었는데, 그 중에서 큰 것은 가시연 열매만큼 크고 검푸른 빛을 띠었다. 중들은 수습한 사리들을 모두 탑 속에 간직해 두었다.

그해 9월에 장한웅이 강화도에 있는 정붕의 집에 찾아왔다. 정붕은 한웅이 죽었다는 것을 모르고 있었다. 한웅은 정붕의 집에 3일을 머무르다가 헤어지면서 금강산으로 간다는 말을 남겼다고 한다.

정붕은 장한웅이 죽었다는 사실을 그 이듬해에야 비로소 알게 되었다. 사람들은 장산인이 죽은 뒤에 신선이 되었다고 여겼다.

정붕이라는 사람 또한 일찍이 도인을 만나서 점치는 법과 관상을 보는 법을 배웠다. 그가 하는 말마다 대부분 기이하게 적중하였으며, 나라에서 참봉 벼슬을 제수하였으나 받지 않았다. 사람들은 그가 능히 귀신을 부릴 줄 안다고 말했다. 그도 젊은 나이에 세상을 떠났다.

남궁 선생전(南宮先生傳)

선생의 이름은 남궁 두이다. 선생의 집안은 대대로 임피27에서 살았다. 예전부터 살림살이가 넉넉하여 고을에서 알아주는 집안이었다.

그의 할아버지와 아버지는 과거에 뜻이 없었고, 벼슬을 하려고 들지 않아 아전28으로만 늙었다. 그러나 두는 과거 공부에 몰두하여 집안을 일으켰다.

을묘년(1555년) 그의 나이 서른에 사마시에 합격하여 진사가 되었다. 이어 성균관 시험에서 '큰 믿음을 가진 사람들은 서로 굳이 약속할 필요가 없다'는 뜻의 글을 지어 장원으로 합격하니, 사람들은 모두 그의 글을 외워 가며 전했다.

남궁 두는 거만하고 고집이 세었다. 늘 자존심을 세우고 남의 말을 귀 기울여 듣지 않았다. 자기의 재주만 믿고 이웃에게 제멋대로 행동

---

27 **임피** : 오늘날의 행정 구역으로는 전라북도 군산시의 임피면이다.
28 **아전(衙前)** : 조선 시대 중앙과 지방의 각 관청에 근무하던 하급 관리. 중인 계급이 주로 담당했다.

하였으며, 고을의 벼슬아치들에게도 예의를 차리지 않았다. 그래서 관가의 윗사람, 아랫사람들이 모두 그에게 눈살을 찌푸렸지만 감히 겉으로 드러내지는 않았다.

　남궁 두는 서울로 이사하여 벼슬길에 오를 계획을 세웠다. 시골집에는 첩 한 사람만 남아 있게 했다. 농장이 잘 관리되고 있는지 점검할 필요가 있었으므로 해마다 가을이 되면 반드시 내려가 추수를 살피고 일 년간의 일을 정리하곤 했다.

　남궁 두의 첩은 병졸의 딸이었다. 얼굴이 매우 예쁘고 영특하여 글 읽고 쓰는 법, 셈하는 법을 가르쳤더니 금세 이치를 깨달았다. 남궁 두가 그녀를 가장 사랑하는 것도 무리가 아니었다. 그런데 남편이 서울에 살게 되면서 매해 여러 달 동안 빈방에서 외롭게 지내야 했으므로 그만 바람이 나고 말았다. 첩이 남편 몰래 만난 사람은 다름 아닌 남궁 두의 오촌 조카였다.

　무오년(1558년) 가을 남궁 두는 급한 일이 있어 예고 없이 고향으로 향해 갔다. 바삐 걸음을 재촉해 보았지만 집에서 채 30리가 남지 않았을 때 날이 저물고 말았다. 남궁 두는 하인들에게 숙소를 정해 주어 쉬게 하고는 혼자서 말 한 필을 타고 시골집으로 달렸다.

　집에 도착했을 때는 이미 등불이 밝혀진 깊은 밤이었다. 집안의 하인들은 모두 잠자리에 들어 아무도 나와 보는 사람이 없었다. 그런데 이상하게도 중문이 활짝 열려 있었다. 남궁 두는 이상하게 생각하며 숨을 죽이고 안을 들여다보았다.

중문 안쪽으로 남궁 두가 사랑하는 첩의 모습이 눈에 띄었다. 곱게 화장하고 화려한 옷을 입고 섬돌에 서 있는 것이었다. 하지만 첩이 마중하려 기다리고 있는 것은 남편이 아니었다. 남궁 두가 오리라고 는 생각지도 못했음에 틀림없었다.

이어서 오촌 조카가 동쪽의 담을 넘어 들어오는 것이 보였다. 담을 넘기는 했는데, 안쪽으로 내려오노라니 발이 땅에 닿지 않아 허둥거리고 있었다. 첩이 그쪽으로 급히 달려가 사내를 안아 내려 주는 것이 보였다.

남궁 두는 기가 막혔다. 믿는 도끼에 발등이 찍힌다더니, 그토록 사랑하던 첩이 바람난 것도 믿기지 않는데 그 상대가 조카라는 사실은 더욱 뜻밖이었다. 화가 머리끝까지 치밀어 올랐지만 일단은 노여움을 참으며 지켜보기로 했다. 말을 대문 바깥쪽 기둥에 매어 두고 몸을 숨긴 채 안쪽을 엿보고 있었다.

방으로 들어간 두 사람은 음탕한 농지거리를 하고 온갖 추잡스러운 짓을 하더니 옷을 벗고 마침내 함께 잠자리에 들려 하였다. 남궁 두는 일이 갈 데까지 간 것을 알고 발소리를 죽여 가까이 다가갔다. 어둠 속에서 조심조심 벽을 더듬으니 걸려 있는 활집 속에 활 하나와 화살 두 대가 들어 있었다.

남궁 두는 떨리는 가슴을 진정하며 활을 겨누었다. 시위를 떠난 화살이 먼저 첩의 가슴을 꿰뚫었다. 여자가 풀썩 쓰러지니 놀란 사내가 황급히 북쪽 창문을 넘어 달아나려 했다. 남궁 두는 다시 남은 하나의 화살로 사내의 늑골을 명중시켰다. 순식간에 두 사람을 죽인 것이었다.

'이 일을 관가에 고발하여야 할까?'

남궁 두는 잠시 망설였다. 우선은 불미스러운 일로 가문의 명예를 더럽힐까 걱정이 되었기 때문이다. 게다가 고을 사또가 어떻게 생각하는지 도무지 알 수 없었다. 지난날 고을의 벼슬아치들에게 무례하게 군 것 때문에 미운 털이 박힌 것은 아닐까 생각되는 것이었다.

남궁 두는 고민 끝에 두 사람의 주검을 몰래 치우기로 마음먹었다. 서둘러 시체들을 끌고 가서 논도랑 속에다 묻어 버렸다. 그러고는 사람들이 잠에서 깨어 알아채기 전에 곧바로 말을 몰아 서울로 돌아왔다.

이튿날 날이 밝았다. 해가 중천에 이른 후에야 집안의 하인들은 남궁 두의 첩이 보이지 않는 것을 알아차렸다.

"그렇게 서로 좋다고 난리더니 주인 나리의 조카와 함께 달아난 것이겠지."

하인들은 눈치를 채고 있었다는 듯이 얼굴을 찡그리며 서로 수군댔다. 하인들은 남궁 두의 조카 집에 가 보았다. 그런데 그 집에서도 두 사람이 간 곳을 도무지 알지 못하는 것이었다.

아무튼 시골집과 농장의 하인들은 당장 어떻게 해야 할지 몰라 당황했다. 주인이 없는 집에서 안채를 지키고 있던 첩마저 실종되었으니 여기저기서 모여 허둥대며 이야기만 나눌 뿐 좋은 방법이 있을 리가 없었다.

이때 농장에서 일하는 한 하인만이 눈을 데굴데굴 굴리며 혼자 속으로 무언가 계산하느라 바빴다. 그 하인은 얼마 전에 남궁 두의 곡식 백여 석을 도둑질했었다. 그러고는 주인이 돌아왔을 때 자신의 범행이 발각될까 봐 노심초사하고 있는 처지였다.

남궁 두가 오기만 하면 곡식이 비는 것을 발견하게 될 테고 제 죄가 밝혀지는 것은 시간문제이니 마침내 죽고 말리라 걱정하고 있었던 것이다. 그는 남궁 두의 조카와 첩이 함께 실종된 것을 보고 속으로 쾌재를 불렀다.

'필시 남궁 두가 이 둘을 죽였을 것이다. 그렇게 귀여워하던 첩이 조카와 바람난 것을 알고 가만히 있을 남궁 두가 아니지. 설사 남궁 두의 소행이 아니면 어떠랴. 사또가 남궁 두를 곱게 보지 않는 것은 세상이 다 아는 일인데. 없는 죄를 갖다 붙여서라도 잡아들일 판이 아닌가? 두 사람의 시체만 찾아낸다면 내 도둑질은 감쪽같이 숨길 수 있으리라. 이제 살았다.'

농장 하인은 아무에게도 의논하지 않고 혼자 시체를 찾아 나섰다. 이곳저곳을 뒤지던 그는 논도랑 위에 기름 같은 것이 떠 있는 것을 발견했다.

'여기로구나!'

농장 하인은 떨리는 가슴을 애써 억누르며 삽으로 땅을 팠다. 얼마

지나지 않아 하나는 엎어지고 하나는 뒤집어진 사람의 시체 두 구가 드러났다. 그것이 밤새 사라진 남녀임을 확인한 그는 곧바로 첩의 집을 향해 달렸다.

첩의 아비인 늙은 병졸은 농장 하인의 말을 듣고 펄쩍 뛰어 일어났다. 딸의 시체를 확인하자마자 곧 관가로 달려갔다. 병졸은 사또에게 딸의 죽음이 남궁 두의 소행이라 주장하고, 남궁 두 집안의 복잡한 관계를 이리저리 끌어대면서 그들 사이에 원한이 있었음을 증명하려 했다.

따지고 보면 첩의 아비가 그렇게 애쓸 필요가 없었는지도 모른다. 고을의 사또나 여러 아전들은 진작부터 남궁 두를 불쾌히 여겼으므로 그에게 혐의가 있다는 것만으로도 기뻐하며 서두르는 꼴이었다. 그들은 '이놈 잘 걸렸다.' 하며 즉시 문서를 꾸미기 시작했다.

조카에 대한 사사로운 원한으로 살인을 꾀했다.

죄목이 어떻게 되었든 남궁 두는 수배되었고 곧 서울에서 붙잡혔다.

체포된 남궁 두는 참혹한 형벌을 당하고 형틀에 묶인 채 죄인을 이송하는 수레에 올랐다. 남궁 두를 태운 수레가 이산29 고을에 이르렀

---

29 이산 : 당시 충청도 공주에 속해 있던 고을. 신라 때부터 이산이라고 불렸는데, 현재의 행정 구역으로는 논산과 부여 근처이다.

을 때였다. 남궁 두의 아내가 어린 딸을 업고 그곳까지 뒤를 따라왔다.

남궁 두의 아내는 범인을 이송하는 간수에게 술을 권했다. 간수는 남궁 두의 아내가 주는 술을 받아 마시다가 그만 취해 곯아떨어지고 말았다. 밤이 되자 남궁 두는 아내의 도움으로 형틀을 풀고 수레에서 탈출하는 데 성공했다.

날이 밝아서야 간수는 죄인이 없어진 것을 발견했다. 간수는 남궁 두의 아내에게 속은 것을 뒤늦게 깨달았지만, 사라진 죄인을 찾을 길이 막막했다. 화가 난 간수는 남궁 두 대신 그의 아내를 읍내의 관가에 끌고 갔다. 남궁 두의 아내는 딸과 함께 옥중에서 굶어 죽고 말았다.

임피에 있는 남궁 두의 토지와 재산은 모조리 몰수되었다. 관가에서는 하인들과 살림살이 모두를 남궁 두에 의해 죽임을 당한 두 사람의 집안에 나누어 주었다. 남궁 두와 두 집안은 철천지원수 간이 되고만 것이었다.

아내의 도움으로 도망한 남궁 두는 곧바로 금대산30으로 들어가 머리를 깎고 중이 되었다. '총지'31라는 법명도 얻었다. 그는 계율을 지키고 수행하는 데 전념하며 스스로를 엄격하게 다스렸다. 그렇게 1년이라는 시간이 속절없이 흘렀다.

---

30 금대산 : 경기도 양주군 남쪽에 있는 산
31 **총지(摠持)** : 진언(眞言)을 외어서 모든 법을 가진다는 뜻. 다라니(陀羅尼)의 역어

남궁 두의 행적을 쫓던 원수 집안에서 그의 거처를 알아냈다. 신고를 받은 관가에서는 즉시 아전들과 병졸들을 풀어 남궁 두를 붙잡으러 오는 중이었다. 그날 새벽 남궁 두의 꿈에 산신이 나타났다.

"원수놈들이 곧 닥칠 것이니 어서 이곳을 떠나라."

놀라 잠에서 깬 남궁 두는 급히 산을 내려갔다. 곧바로 들이닥친 포졸들은 범인을 잡는 데 실패하고 아무 소득 없이 돌아갈 수밖에 없었다.

천만다행으로 목숨을 건진 남궁 두는 두류산[32]으로 향해 가다가 쌍계사에서 한 달 정도 기거하였다. 그런데 쌍계사는 이름난 절이었으므로 중들은 물론 세속의 사람들이 많이 모여드는 곳이었다. 남궁 두는 그곳이 머물기에 적당하지 않다고 생각한 끝에 이번에는 태백산 쪽을 향했다.

태백산 가는 길에 남궁 두는 의령에 있는 벌판의 암자에서 잠시 머물러 쉬고 있었다. 어디서 왔는지 모를 중 한 사람이 그곳에 이르렀다. 얼굴 생김이 준수하고 나이도 젊은 중이었다. 그는 삿갓을 벗고 마루에 걸터앉더니 남궁 두의 얼굴을 물끄러미 들여다보았다.

"보아하니 그대는 양반이군요. 무슨 일이 있어서 늦은 나이에 중이 되었습니까?"

---

32 **두류산** : 지리산의 다른 이름

낯선 중의 물음에 남궁 두는 아무 대꾸도 하지 않았다. 중은 혼잣말을 계속했다.

"참을성이 있는 분이군요."

그래도 남궁 두는 듣고만 있었다.

"유학을 공부해서 잘만 하면 큰 벼슬을 하셨을 텐데."

얼마 후에 중은 껄껄 웃으며 또 말했다.

"두 사람의 목숨을 죽이고 달아난 게로군."

남궁 두는 속이 뜨끔했다. 단 몇 마디밖에 하지 않았는데, 모두가 꼭 들어맞는 말이었다. 허둥지둥 어찌할 바를 모르던 남궁 두는 밤이 이슥해진 후에 젊은 중의 침소로 찾아갔다.

"밤늦게 어쩐 일이오?"

젊은 중이 몸을 일으키며 물었다. 남궁 두는 머리를 조아리며 말했다.

"저는 속세에서 남궁 두라는 이름으로 살았습니다. 아까 낮에 하신 말씀이 모두 맞습니다. 사마시에 합격하여 진사가 되었고, 서울에서 벼슬살이를 하려고 준비하던 중 뜻하지 않은 일로 두 사람을 죽였습니다. 그리고 달아나 이처럼 머리를 깎게 된 것입니다."

남궁 두는 젊은 중에게 지난날의 일을 소상히 이야기하고 나서 다시 한 번 고개를 조아리며 간곡히 청했다.

"부디 저의 스승이 되어 주십시오."

중은 고개를 저으며 사양했다.

남궁 선생전(南宮先生傳)

"나는 겨우 관상만을 조금 이해하고 있을 뿐이오. 우리 스승께서는 온갖 도술과 주술을 깨우치신 분입니다. 어떤 사람의 상을 보게 되면 그에게 맞는 술법을 전수해 주시지요. 어떤 사람에게는 부주[33]를, 어떤 사람에게는 상위[34]를, 또 어떤 사람에게는 감여[35]를, 누군가에게는 점치는 법을 가르치셨습니다. 모두 그 그릇에 따라 알맞은 것을 배우도록 하시더군요. 저는 그 중 관상법을 전수하였으나 아직 높은 경지에 이르지도 못했습니다. 그런데 어떻게 감히 남의 스승 노릇을 하겠습니까?"

남궁 두는 중에게 지금 스승이 어디에 계시냐고 다그쳐 물었다. 중은 선선히 대답해 주었다.

"무주의 치상산에 계시오. 그곳으로 가면 만나 뵐 수 있을 겁니다."

남궁 두는 감사의 절을 하고 물러났다.

이튿날 새벽 무주로 떠나기 전에 남궁 두가 중에게 안부를 물으러 갔더니 이미 떠나 버리고 없었다. 남궁 두는 지팡이를 짚고 치상산을 향해 길을 떠났다.

치상산에 이르러 살펴보니 온 산에 절이 거의 수십 곳은 되는 것

---

33 **부주(符呪)** : 주문을 외우며 귀신에게 빌어서 재앙을 내리게 하거나 혹은 재앙을 면하게 하는 것

34 **상위(象緯)** : 일월(日月)과 오성(五星)을 말함. 더 넓혀서 하늘의 여러 현상까지를 포괄적으로 말하기도 함.

35 **감여(堪輿)** : 만물을 포용하며 싣고 있는 물건이란 뜻으로 곧 하늘과 땅을 뜻함. 여기서는 풍수지리를 말함.

같았다. 하지만 가는 곳마다 특별한 중은 보이지 않았다. 남궁 두는 스승을 찾아 거의 일 년을 헤매었다. 온갖 고생을 마다하지 않고 돌이 구르는 층암절벽이며 험한 산봉우리도 가리지 않고 나는 새도 이르지 못할 것 같은 곳까지 서너 차례씩 찾아다녔다. 하지만 그가 찾는 사람은 어디에도 없었다.

'그 젊은 중놈이 나를 속인 게로구나.'

남궁 두는 섭섭하게 여기며 발길을 돌리려 했다. 그러다가 우연히 낯선 골짜기를 발견했다. 숲 사이로 흘러내려 오는 시내가 있는데, 물 위에 큰 복숭아씨가 떠서 흐르고 있었다. 남궁 두의 얼굴이 환하게 펴졌다.

'이 계곡 한가운데 스승이 계시는가 보다.'

그는 걸음을 재촉하여 물줄기를 따라 몇 리 정도를 걸어 들어갔다. 처음 보는 듯한 우뚝 솟은 봉우리가 눈앞에 나타났다. 소나무와 삼나무가 울창하여 햇빛을 가리고 있는 곳에 허름한 집 한 채가 보였다. 낭떠러지에 기댄 듯 세워진 집은 그 주변이 매우 맑고 밝았다. 옷자락을 걷어잡고 길을 따라 올라가니 한 동자가 마중을 나왔다.

"어디서 오시는 분입니까?"

남궁 두는 두 손을 맞잡고 허리를 굽혀 공손히 인사했다.

"저는 총지라는 중입니다. 선사36를 찾아뵈러 왔습니다."

---

36 선사(仙師) : 신선이 되기 위한 도를 성취한 스승

동자는 동편의 왼쪽 문을 열어 남궁 두를 이끌고 갔다. 과연 그곳에 늙은 중 한 사람이 있었다. 그는 마른나무처럼 앙상한 모습이었고, 다 해진 옷을 입고 있었다.

"체격이 우람하여 보통 사람처럼 보이지 않는 수행자로군. 여기는 무엇 때문에 오셨는가?"

남궁 두는 덮어놓고 꿇어앉았다.

"저는 어리석고 둔하여 아무런 재주가 없습니다. 스승님께서는 여러 가지 기예와 도술을 지니셨다고 들었습니다. 그 중 한 가지만이라도 배워서 세상에 써먹고 싶어 천 리를 멀다 생각지 않고 찾아온 것입니다. 저를 제자로 삼아 주십시오. 배우고자 하는 마음이 간절하니 부디 가르쳐 주시기를 청합니다."

그러나 늙은 중은 시큰둥하게 대답했다.

"궁벽한 시골의 산과 들에서 늙어 죽음이 가까운 사람일 뿐이오. 내게 무슨 비범한 재주가 있겠소?"

남궁 두는 백 번이고 머리를 조아려 절하며 간절하게 빌었으나, 늙은 중은 단호했다. 한 번 거절하고 들어가 버린 중은 다시 문밖을 내다보지도 않았다.

남궁 두는 스승의 방 바깥 처마 아래에서 엎드린 채 새벽이 되도록 애걸하기를 그치지 않았다. 아침이 밝아 올 때까지 자리를 떠나지 않았으나 스승은 마치 주위에 보이는 사람이 아무도 없는 것처럼 행동했다.

가부좌를 하고 눈을 감은 스승은 그렇게 사흘이나 남궁 두를 거들떠보지도 않았다. 그럴수록 남궁 두는 더욱더 정성을 다해 빌었다. 스승은 그제야 마음이 조금 풀리는 것 같았다.

"그대의 정성이 참으로 지극하구만. 그만 자리에서 일어나 이리로 들어오게."

스승은 방문을 열어 주며 안으로 들어오도록 허락해 주었다.

방은 좁았다. 사방이 겨우 한 길 정도밖에 되지 않았다. 세간이라고는 아무것도 없이 목침 하나가 놓여 있었을 뿐이고, 북쪽 벽을 뚫어 감실37 여섯을 만들어 둔 것이 눈에 띄었다. 거기에는 자물쇠를 걸어 두었는데, 열쇠 하나가 감실 기둥에 걸려 있었다. 남쪽 창문 위에는 선반을 가로질러 놓았는데, 그 위에 책 대여섯 권이 놓여 있었다.

스승은 오래도록 아무 말 없이 남궁두의 얼굴을 물끄러미 바라보았다. 그러더니 마침내 빙그레 미소를 지으면서 말했다.

"그대는 정말 참을성이 많은 사람이구나. 투박한 성품을 지녔으니 다른 재주를 가르쳐 주기는 적당치 않고, 다만 죽지 않는 방도는 전수해 줄 수 있겠네."

남궁 두는 자리에서 일어나 다시 엎드리며 공손히 절했다.

"그것이면 만족합니다. 제가 어찌 과한 욕심을 내겠습니까? 그 외에 다른 무엇도 필요하지 않습니다."

---

37 **감실(龕室)** : 불상이나 신주를 모셔 두는 벽장

스승이 말했다.

"무릇 모든 도술은 먼저 정신을 집중하여 한곳에 모은 후에야 이룰 수 있는 것이라네. 하물며 혼백을 단련하고 정신을 가볍게 하여 티끌과 같은 세상의 껍질을 벗고 신선으로 탈바꿈하려는 사람에게 있어서는 더 말할 것이 없지. 정신을 한곳에 집중하는 일은 졸음을 쫓는 연습으로부터 비롯되는 것이니 그대는 우선 잠을 자지 않는 것부터 시작하게."

남궁 두가 그곳에 도착한 지 벌써 나흘째였다. 그동안 남궁 두는 스승의 일거수일투족을 관심 있게 지켜보았다. 우선 눈에 띄는 것은 스승이 거의 먹지 않고 지낸다는 점이었다. 마치 어린아이처럼 하루에 한 차례 검은콩 가루를 한 줌 먹는데, 전혀 배고프거나 피로한 기색을 보이지 않았다. 신기하기도 하고 부럽기도 한 일이었다.

그러던 중 스승이 처음 가르침을 주겠다는 말을 했으니 남궁 두의 가슴은 한껏 설다. 스승처럼 몸과 마음이 자유로워질 수 있다면 얼마나 좋을까? 남궁 두는 온 정성을 다하여 큰 소원에 이르게 해 달라고 빌고 또 빌었다.

수련을 시작한 첫 번째 날 밤이었다. 밤이 깊어 새벽 두 시가 지나자 눈이 저절로 감겨 왔다. 하지만 남궁 두는 있는 힘을 다하여 잠을 쫓았다. 그러다 보니 곧 새벽하늘이 밝아 오기 시작했다.

두 번째 날에도 정신이 가물거리고 지쳐서 만사가 귀찮을 정도였다. 하지만 있는 애를 다 써 가면서 참아 냈다. 세 번째, 네 번째 날의 밤에는 온몸이 노곤해서 제대로 앉아 있지도 못했다. 더러는 머리가 벽이나 문설주에 부딪히기도 했다.

그렇게 일곱 번째 밤을 지내자 별안간 깨달음이 있더니, 정신이 밝아지고 상쾌함을 느끼게 되었다. 이를 본 스승은 자기 일처럼 기뻐했다.

"잘 견뎌 내었네. 그대가 이처럼 큰 인내력을 지녔으니, 무슨 일인들 못하겠나?"

스승은 남궁 두에게 경전 두 권을 건네주었다.

"이것은 위백양38의 『참동계』39라는 책이네. 수련하는 사람에게는 으뜸가는 비결이며 신선의 도를 공부하는 사람들의 가장 높은 교리라고 할 수 있지. 또 이것은 『황정경』40이라는 책이네. 기운을 이끌고 오장을 단련하는 데 지극히 중요한 것으로 역시 도교의 신묘한 이치 그 자체라고 할 수 있다네. 이 두 권의 책을 만 번 정도 읽으면 저절로 깨닫고 이해할 수 있을 터이니 매일 열 번씩 읽도록 하게."

남궁 두는 황공히 허리를 굽히고 두 권의 책을 받아 들었다. 스승의 가르침은 계속되었다.

---

38 위백양(魏伯陽) : 중국 후한 때의 철학자. 학설은 『주역』과 유사하여, 『주역』에 나오는 효상(爻象)의 원리를 그대로 빌려와 신단(神丹)을 만드는 방법과 과정을 논하였다. 신비주의 색채가 강하면서도 당시로서는 과학적인 방식을 도입하였다는 점에서 중국 과학기술사의 한 부분을 차지한다.

39 참동계(參同契) : 위백양이 지은 도교의 경전

40 황정경(黃庭經) : 도가의 경서로 양생(養生)과 수련(修練)의 원리를 담고 있어 선도(仙道) 수련의 주요 경전으로 여겨진다.

"공중에 날아오르는 것을 배우려는 사람은 속세의 생각을 끊어 버리고 편안히 앉아서 세 가지 보배41를 단련하여야 하네. 귀와 눈과 입을 닫고 물과 불, 용과 범이 서로 섞이듯 단전으로 호흡하는 것이 가장 빠른 지름길이지. 그러나 매우 슬기롭고 성품이 뛰어나지 않으면 갑자기 다다를 수 없는 경지라네.

자네 성품은 질박하고 강인하니 높은 교리를 바로 배우기는 어렵네. 먼저 곡식으로 식사하는 것부터 끊어 보게나. 그렇게 낮은 단계로부터 높은 경지까지 차근차근 이르는 계획을 세워야겠네.

대개 사람의 목숨이란 물, 나무, 불, 흙, 쇠, 즉 오행42으로부터 정기를 타고난 것이네. 그래서 사람의 다섯 장기는 각각 오행이 주관하는 것이라네. 사람이 먹고 마시는 것은 모두 위장으로 들어가지? 그런데 위장은 오행 가운데 흙의 기운을 받는 것이네. 비록 곡식의 정기가 사람을 건강하게 하고 병을 없앤다고 할 수 있지만, 그 기운이 흙에 이끌리는 만큼 마침내는 그 찌꺼기가 땅으로 돌아가고 마는 법일세. 옛날부터 곡식을 먹지 않고 수련하던 사람들은 모두 이것을 이유로 그랬던 것이라네. 그러니 자네도 먼저 곡식을 끊는 것을 시험해 보도록 하게."

---

41 세 가지 보배 : 정(精)과 기(氣)와 신(神), 즉 도교의 삼보(三寶)
42 오행(五行) : 중국 고대의 철학 개념으로 '오(五)'는 수(水), 화(火), 목(木), 금(金), 토(土)를 말하고 '행(行)'은 순환을 의미한다.

그날 이후 7일 동안 스승은 남궁 두에게 하루에 밥 세 끼 먹던 것을 두 끼씩만 먹도록 했다. 다음 7일 동안은 하루에 밥 한 끼, 죽 한 끼를 먹게 했다. 세 번째 7일간은 밥만 한 끼 먹도록 했고, 네 번째 7일간은 죽만 한 끼를 먹어야 했다. 그렇게 28일이 지났다.

이후에는 밥이건 죽이건 절대 먹지 못하도록 했다. 스승은 열쇠로 감실 하나의 문을 열어 옻칠한 그릇 두 개를 꺼냈다. 그릇 하나에는 검은콩 가루가 들어 있었고, 다른 하나에는 둥굴레 가루가 들어 있었다.

"이제부터는 이것을 각각 한 숟가락씩 물에 타서 하루에 두 차례 먹게나."

스승의 말에 남궁 두는 하늘이 노래지는 것 같았다. 그는 본래 먹성이 좋은 대식가였으므로 다른 무엇보다도 배고픔을 참지 못했다. 온몸이 수척하고 피곤해지며 눈마저 흐리고 어지러워져 물건을 분별하기 어려울 정도였다. 하지만 남궁 두는 끝내 참아 냈다.

검은콩 가루만으로 버티기를 21일째가 되는 날이었다. 문득 배 안이 채워진 듯하여 먹고 싶은 생각이 나지 않는 것을 깨달았다.

하지만 그것이 끝이 아니었다. 스승은 남궁 두에게 이번에는 측백나무 잎과 참깨를 먹도록 했다. 그러자 며칠 후 온몸에 부스럼이 났다. 너무 아파서 참을 수가 없을 지경이었다. 수련이고 뭐고 그만두고 싶은 마음이 굴뚝같았다.

남궁 두는 그것마저 견뎌 냈다. 부스럼 딱지가 떨어진 자리에 새살이 돋기 시작했다. 완전히 나아 예전처럼 깨끗해진 몸을 보니 참으로 놀라웠다. 고통스러운 수련을 시작하고 나서 100일을 꼭 채운 날이었다.

스승은 남궁 두에게 칭찬을 아끼지 않았다.

"그대는 참으로 훌륭한 성품과 체질을 타고났네. 다만 욕심만 없애 버린다면 더할 나위 없겠군."

남궁 두는 스승의 곁에 3년 동안 머무르며 책 두 권의 비결을 모두 만 번씩 읽었다. 그러자 가슴속이 씻은 듯이 시원해져서 마치 신이라도 통한 듯하였다.

남궁 두는 스승으로부터 틈날 때마다 숨 쉬는 법을 배웠다. 또 기운을 움직이는 법도 전수했다. 드디어 기운이 움직이는 것이 느껴지니 이는 육자비결43의 호흡법을 깨우친 것이었다. 그러자 얼굴이 차츰 윤택해지고 기운은 갈수록 상쾌해졌으며 온갖 잡념이 깨끗이 사라졌다.

6년이 지났을 때 스승은 말했다.

"그대에게는 타고난 도사의 골격이 있으니 마땅히 신선이 되어 승천할 만하네. 지금의 수준에서 그친다고 하더라도 왕자교44나 전갱45

---

43 육자비결(六字祕訣) : 서기 400년대 도인인 도홍경이 지은 책. 도교의 수행자들이 이 책에서 전하는 호흡법을 많이 수련한다고 함.

44 왕자교(王子喬) : 중국 주나라 때의 선인. 생황을 불며 흰 학을 타고 구름 속으로 사라졌다.

45 전갱(錢鏗) : 하나라, 은나라, 주나라를 거치면서 800세 가까이 살았다고 하는 선인

의 무리 정도는 될 것이니, 욕심이 동하더라도 오로지 참아야만 하네. 비록 식욕이나 색욕이 아니라 해도 일체의 망상은 참됨을 이루는 데 해로운 것이니, 모름지기 아무것도 없는 것처럼 고요한 마음으로 단련해야 할 걸세."

그날 스승은 그동안 비워 두었던 두 번째 집에 남궁 두를 앉혀 두고 오르고 내리는 법, 구르고 넘어지는 법을 가르쳤다. 가르쳐 주는 말마다 자상하고 그 뜻은 간곡했다. 남궁 두는 스승이 가르치는 대로 태연히 앉아서 몸을 움직이지 않고, 눈을 감은 채 마음만으로 보았다. 스승의 가르침과 배려 속에서 춥고 더운 것, 주리고 배부른 것 따위는 더 이상 중요하게 여기지 않게 되었다.

그러던 어느 날 갑자기 윗잇몸에서 조그만 자두처럼 생긴 것이 돋더니 달콤한 액체가 혀 위로 흘러내렸다. 이상하게 여긴 남궁 두가 사실을 말하니 스승은 그에게 천천히 빨아 배 속으로 삼키라고 했다. 그러고는 무척 기뻐하며 말했다.

"조그마한 터가 잡혔으니 몸속 불의 기운을 움직일 수 있겠군."

스승은 즉시 하늘과 땅과 사람을 비추는 세 쪽 거울을 벽에 걸고, 칠성검 두 자루를 양쪽에 꽂았다. 그러고는 느릿느릿 걸으면서 주문을 외웠다. 마귀를 물리치고 도를 이루게 해 달라고 비는 것이었다.

그렇게 또 수련을 이어간 지 6개월이 되었다. 어느 날 남궁 두는 배꼽 아래 단전이 가득 채워지는 듯한 느낌을 받았다. 그래서 내려다보니 아랫배에서 금빛이 새어 나오고 있었다. 남궁 두는 도의 경지에 거의 이른 것이라고 생각하고 매우 기뻤다. 그와 동시에 자신의 도가 빨리 크게 이루어지기를 바라는 마음이 불쑥 솟아나 억제할 수 없었다.

한순간의 욕심이 화근이었을까? 갑자기 남궁 두의 이마에 불이 붙었다. 남궁 두는 괴로움을 참지 못하고 고함을 지르며 뛰어나왔다.

그 소리에 놀란 스승이 달려와 남궁 두의 머리를 지팡이로 쳐서 불을 끄고 탄식했다.

"아아, 일이 글러 버렸구나."

스승은 남궁 두를 편안히 앉게 하고 급히 기운을 내리게 하였다. 치솟았던 기운은 수그러들고 적잖이 다스려졌으나 마음이 종일 두근거려 좀처럼 진정되지 않았다.

스승은 크게 한숨을 쉬었다.

"참으로 오랜만에 제자를 얻어 힘을 아끼지 않고 가르쳤네. 세상에서 드문 사람을 만났기에 가르쳐 주지 않은 것이 없었어. 그러나 업보46가 가로막는 것을 제압하지 못하여 끝내 이런 낭패를 보고 말았으니 모두 그대의 운명일세. 내 힘으로 어떻게 하겠는가?"

스승은 남궁 두를 위로하며 몸을 회복시키는 차를 주어 마시게 했다. 그러자 이레가 되어서야 비로소 마음이 차분히 가라앉고 뜨거운 기운이 위로 치받쳐 오르지 않게 되었다.

---

46 업보(業報) : 자신이 행한 행위에 따라 받게 되는 운명

스승은 안심하여 긴 한숨을 쉬고, 남궁 두의 얼굴을 들여다보며 자상하게 말했다.

"그대는 비록 완전한 신선의 경지에는 이르지 못하였지만, 그래도 지상의 신선은 될 수 있을 걸세. 그리고 조금만 더 수양한다면 800세 정도의 수명은 누릴 수 있을 것이네. 그리고 그대의 타고난 팔자에는 아들이 있는데, 정자를 내보내는 통로가 이미 막혔으니 이 약을 먹어 다시 트이도록 해야 하겠네."

스승은 붉은 오동나무 열매처럼 생긴 알약 두 개를 내밀었다. 남궁 두는 고마워하며 그것을 받아 삼켰다.

"제가 너무나도 어리석었던 탓에 스승님의 가르침을 제대로 받지 못했습니다. 모두가 제 자신의 운명이 기박한 까닭이니 무엇을 원망스러워하겠습니까? 다만 감사할 따름입니다. 그러나 제가 제자로 스승님을 모신 지가 벌써 7년이 지났는데, 아직도 스승님께서 어떤 내력을 가지신 분인지 알지 못하는 것은 서운한 일입니다. 상세하게 이야기해 주시면 안 되겠습니까? 먼 훗날이 되어서도 혼자 스승님을 사모하는 제 정성이 조금이나마 위로받을 수 있도록 해 주십시오."

스승은 빙그레 웃었다.

"누가 묻더라도 절대 말하지 않을 작정이었네. 그런데 다른 사람도 아니고 자네가 원하니 이야기해 주기로 하지. 자네는 마음속의 말을 잘 참아 내는 사람이니까 어디 가서 허튼 소문을 내지는 않으리라 믿을 수 있네."

스승은 자신의 생애를 돌아보며 감회에 젖은 듯 고개를 들어 높은 곳을 응시했다.

남궁 두의 스승은 상주 고을 큰 집안의 후손이었다. 태사 권행[47]이 그의 증조부였다. 고려 시대인 1069년에 태어났다.

그는 열네 살에 나병에 걸렸다. 상심한 부모는 그를 거두려 하지 않고 숲속에 버렸다. 그런데 어디선가 호랑이가 나타나 그를 끌고 갔다. 호랑이는 그를 바위굴에 데려다 놓고는 눈에 시퍼런 불을 켠 채 두 마리의 새끼에게 젖을 먹였다. 하지만 끝내 해치지는 않았다.

그의 병이 날로 심해져 통증이 극에 달했다. 차라리 호랑이의 어금니에 물려 얼른 죽었으면 하고 생각하기조차 했다.

그러던 중 호랑이의 바위굴 근처 벼랑의 바위틈에서 처음 보는 풀이 자라고 있는 것이 보였다. 허기진 그는 잎이 넓고 뿌리가 굵은 그 풀을 시험 삼아 씻어서 먹어 보았다. 배 속이 조금 채워지는 듯하고 달리 먹을 것도 없어서 그는 풀을 먹으며 연명했다.

그러기를 몇 개월이 지나자 부스럼이 조금씩 줄어들고 혼자서 일어설 힘이 생겼다. 그는 풀의 효험이 있는 것이라 생각하고 한꺼번에 많이

---

47 권행(權幸) : 고려 시대 공신이며 안동 권씨의 시조. 후백제의 지배하에 있던 고창의 수령으로 있다가 견훤이 신라 경애왕을 자살하게 한 데 대해 분개하던 중 고려가 고창에서 후백제군을 무찌르는 데 가담하여 공을 세웠다. 원래 김씨였으나 고려 태조가 권씨의 성을 하사했다.

캐어다가 끼니때마다 나누어 먹었다.

그렇게 몇 백 날을 먹다 보니 산 중턱에 나 있는 그 풀은 거의 다 캐어먹고 얼마 남지 않았다. 그동안 부스럼은 거의 다 벗겨져 떨어지고 온몸에 푸른 털이 새로 돋아났다.

몸이 낫는 것을 기뻐하며 또 백 일가량을 실컷 먹었다. 몸이 저절로 날아오를 듯 가벼이 움직였다. 그렇게 산 정상까지도 가뿐히 올라갈 수 있게 되었다. 이미 병은 다 나았다. 하지만 산에 온 지 오래되어 고향이 어디쯤에 있었는지 길을 알 수 없었다.

그는 산을 내려와 길로 들어섰지만 갈 길을 모르고 서성거리고 있었다. 그런데 뜻밖에 낯선 중 한 사람이 산봉우리 아래를 지나가고 있었다. 반가이 그곳으로 달려가 길을 막아섰다.

"스님, 이곳은 어떤 산입니까?"

중은 친절히 대답해 주었다.

"여기는 태백산입니다. 진주부[48]에 속한 산이지요."

그는 다시 물었다.

"근방에 무슨 절이 있습니까?"

"저기 보이는 서쪽 봉우리에 절이 있긴 한데, 길이 없어서 오르기가 어려울 거요."

그는 중에게 감사 인사를 한 후 헤어졌다. 그리고 곧 가볍게 날아올

---

48 **진주부(眞珠府)** : 지금의 강원도 삼척 일대이다.

남궁 선생전(南宮先生傳)

라 서쪽 봉우리 위에 이르렀다.

과연 암자가 하나 있었다. 참선하는 방의 문은 굳게 닫혀 있었고 사람의 자취는 보이지 않았다. 인기척이라고는 없는 고요한 암자였다.

그는 바깥문을 열고 가운데 방으로 들어가 보았다. 그곳에 굵은 베옷을 두르고 탁자에 기댄 늙은 중 한 사람이 있었다. 중은 병색이 완연하여 거의 죽어 가는 듯했다. 숨을 가쁘게 쉬면서 눈을 들어 겨우 낯선 길손을 쳐다보는 것이었다.

"간밤 꿈에 한 노인이 나타나 말했지. 우리 스승의 비결 서적을 건네주어야 할 사람이 이제 곧 오리라고 하더군. 그대의 얼굴을 보니 바로 그 사람일세."

늙은 중은 힘들게 자리에서 일어나 보자기를 풀어 한 뭉치의 책을 꺼내었다.

"이것을 만 번 읽으면 그 의미를 저절로 알 수 있게 되네. 게으름 피우지 말고 열심히 노력해 보게나."

중은 엷은 미소를 지으며 책들을 건네주었다.

"그런데 이 책들은 이전에 누구로부터 전해진 것입니까?"

"신라의 의상 대사께서 중국에 들어갔을 때 정양진인을 만나서 이것을 받았지. 대사께서 세상을 떠나실 때 나에게 말하기를, 이백 년의 세월이 흐른 뒤에 이 책을 받으러 올 사람이 있다고 하셨다네. 그대가 바로 그 사람이니 이것을 받아서 힘써 공부해 주게."

늙은 중은 홀가분한 표정으로 마지막 말을 전했다.

"나는 이제 책을 전할 사람을 만났으니 이제 그만 이 세상을 떠나려네."

늙은 중은 가부좌를 하고 조용히 숨을 거두었다. 남궁 두의 스승은 곧 스님을 화장하여 검푸른 빛깔의 사리 백 개를 얻었다. 모든 사리는 탑 속에 간직했다.

화장 의식을 마치고 방에 들어와 책 보퉁이를 끌러 보았다. 스님이 세상을 떠나기 전에 전한 책들은 『황제음부경』, 『금벽용호경』, 『참동계』, 『황정내외경』, 『최공입약경』, 『태식심인』, 『통고정관』, 『대통청정』 등의 경전들이었다.

남궁 두의 스승은 그날부터 그 암자에서 혼자 살며 수련을 했다. 온갖 마귀들이 사방팔방에서 침입하여 둘러싸고 위협하며 수련을 방해했다. 하지만 남궁 두의 스승은 듣지도 않고 보지도 않으며 수련에만 전념했다. 마귀들은 마침내 항복하여 떨어져 나갔다.

그렇게 온갖 애를 써가며 11년을 수련했다. 그리고 남궁 두의 스승은 완전한 신선의 경지에 이르렀다.

스승의 말을 듣던 남궁 두는 절로 고개가 숙여졌다. 자신은 안타깝게 다다르지 못한 높은 경지에 먼저 이른 스승이 존경스럽기도 하고, 오백 년이 넘게 인간 세상에서 살고 있었다는 말에 더욱 놀랐다. 스승은 남궁 두를 인자한 눈길로 바라보며 말을 이었다.

"완전한 신선의 경지에 이르렀으니 마땅히 인간 세상을 떠날 수 있었지만, 옥황상제의 명을 받아 아직까지 이곳에 머물러 있었던 것이라네. 상제께서는 나더러 이곳에 머무르며 우리나라의 모든 신을 거느리고 보살피라고 명령하셨네. 그런 지 벌써 오백 년이 넘었군. 그러나 상제께서 정하신 기한이 차면 언제든 승천할 걸세."

남궁 두가 다시 궁금했던 것을 물었다.

"그 오백여 년 동안 수많은 제자를 가르치신 것이겠군요."

스승은 미소를 띠고 대답했다.

"그랬지. 내가 만난 제자만도 수십 명이 넘는다네. 어떤 사람은 기운이 지나치게 예민하고, 또 어떤 사람은 너무 둔하기도 했지. 더러는 인내력이 부족하거나, 인연이 옅었고, 혹은 욕심이 많아 모두 마지막까지 성공하지는 못했네. 만약 완전한 도를 이뤄 낸 사람이 있었다면 마땅히 내 임무를 물려주고 옥황상제 곁으로 돌아갔으련만, 수백 년이 헛되이 지나갔네. 아마도 이건 내 속세의 인연이 아직 다하지 않아서 그런 거겠지."

남궁 두는 스승과 함께 오랫동안 같은 처소에서 같이 생활했지만, 스승이 늘 숨기는 것이 있는 것 같아 궁금하게 여기곤 했다. 잠을 잘 때든 깨어 있을 때든 배꼽 아래 한 치쯤 되는 부분을 남들이 보지 못하도록 단단히 가리고 있는 것이었다. 남궁 두는 그 까닭을 물으며, 한 번 보여 줄 수 없느냐고 조심스럽게 청해 보았다. 이번에도 스승은 남궁 두를 향해 천진난만한 어린아이를 바라보듯 웃음 지었다.

"그게 그렇게 쉬운 일이 아니라네. 보여 주었다가 자네가 놀라 까무러치면 어쩌나? 그게 걱정일세."

"무엇이 그렇게 놀랄 일이겠습니까? 한 번 보고 싶습니다."

남궁 두가 포기하지 않고 간청하자 스승은 꽁꽁 싸매 두었던 것을 풀기 시작했다. 조금씩 빛이 새어 나오는가 싶더니 배꼽 아래가 완전히 드러나자 여러 갈래의 황금빛이 뻗쳐 대들보까지 쏘아 댔다. 도저히 맨눈으로 마주 대할 수 없는 섬광에 놀란 남궁 두는 황급히 의자밑으로 숨어들어 갔다.

스승은 다시 예전처럼 배꼽 아래를 꽁꽁 싸매어 가렸다. 의자 밑에서 엎드려 벌벌 떨던 남궁 두는 멋쩍은 듯 뒷머리를 긁으며 일어났다.

그것 말고도 남궁 두는 궁금한 점이 수없이 많았다.

"스승님은 벌써 오백 년 전부터 주위의 모든 신들을 다스린다고 하지 않으셨습니까? 그런데 왜 아무도 찾아와 문안드리는 이가 없습니까?"

스승은 친절히 대답해 주었다.

"나와 신들이 어찌 몸으로 만나겠는가? 내가 가끔 정신을 날려 그들이 있는 곳으로 가서 조회를 받곤 한다네."

"그럼 이곳에서 그 신들을 구경할 수는 없습니까?"

"그들이 직접 올 때도 있지. 내년 정월 보름날이면 모두 모일 걸세."

남궁 두는 얼마간 더 스승을 모시면서 함께 지냈다. 정월 보름날이되면 귀신들을 볼 수 있다는 생각에 늘 호기심과 긴장감을 품고 살았다.

정월 보름날이 돌아왔다. 스승은 감실 속에 보관해 두었던 옷상자를 꺼내었다. 여덟 가지 색으로 물든 관을 머리에 쓰고, 북두칠성과 해, 달의 무늬를 수놓은 도포를 입었다. 푸른 옥구슬을 달고, 사자 그림이 새겨진 띠를 둘렀다. 다섯 가지 꽃무늬의 신을 신고, 손에는 옥을 팔각으로 깎은 여의주를 들었다. 그리고 평평하고 높은 땅 위에 가부좌를 하고 앉았다.

남궁 두는 서편을 바라보며 호위하고, 동자는 한쪽 구석에 서 있었다.

갑자기 마당에 마주 선 두 그루 잣나무에 각각 울긋불긋한 꽃등불이 걸렸다. 조금 지나자 골짜기마다 가득 찬 수천 그루, 수만 그루의 나무에 모두 일제히 꽃등불이 켜졌다. 붉은 불꽃이 주위를 가득 채우니 마치 대낮 같았다.

기이하고 괴상한 모습의 짐승들이 어디선가 하나둘씩 나타났다. 더러는 곰이나 호랑이 같기도 하고, 어떤 것은 사자나 코끼리 같았다. 어떤 놈은 분명 표범인데 다리가 둘이었고, 또 어떤 놈은 도롱뇽의 모양을 하고 있는데 등에 날개가 달려 있었다.

분명 용인 것 같은데 뿔이 없는 놈도 있었다. 어떤 놈은 용의 몸뚱이에 말의 머리가 달렸다. 어떤 놈은 뿔이 세 개인데 사람처럼 서서 달리고, 어떤 놈은 사람 얼굴에 눈이 세 개 박혔는데, 수백 마리나 되었다.

거기에다 코끼리, 노루, 사슴, 돼지 등의 모습을 닮은 놈들이 금빛 눈에 하얀 어금니, 붉은 털에 흰 발굽을 지녀 뛰고 할퀴고 하는데, 천여 마리는 되는 것 같았다. 그것들은 좌우로 늘어서서 스승을 모시고 섰다.

깃발을 든 소년 소녀가 수백 명이요, 창과 검으로 무장한 장수들도 천여 명이 자리를 잡고 둘러섰다.

마당에는 온갖 향기가 어우러져 감돌고, 옥 장신구가 부딪치는 소리가 쟁쟁하게 울렸다. 이어서 푸른 저고리를 입고 고깔을 쓴 두 사람이 상아로 만든 홀49을 들고 섬돌 아래에서 허리를 굽히며 소리 높여 읊었다.

"동방의 극호림, 광하, 홍영산 등 삼대 신군이 뵙습니다."

삼대신은 모두 자줏빛 금관을 쓰고, 붉은 도포에 옥띠를 띠었다. 단정하게 홀을 잡고, 구름이 수놓인 신을 신었다. 칼과 노리개를 찼는데, 키가 헌칠하고 얼굴은 희고 맑았으며, 눈매가 밝고 수려하였다.

스승이 일어나서 두 손을 마주 모으자 삼대신은 두 번 공손하게 허리를 숙이고 뒤로 물러났다.

다음 신을 호명하는 목소리가 울렸다.

"봉호, 방장, 도교, 조주, 영해 등 다섯 지역의 신선이 뵙습니다."

---

49 홀(笏) : 벼슬아치가 임금을 만날 때에 갖추어 손에 쥐던 물건. 신분(身分)에 따라 1품부터 4품까지의 벼슬아치는 상아(象牙), 5품 아래로는 나무로 만듦.

다섯 신이 각각의 지방을 상징하는 색깔의 도포를 입고 앞으로 나왔다. 관이나 패물은 앞의 삼대신과 같았고, 모두 빼어난 풍모를 지니고 있었다. 스승이 일어서서 맞으니 다섯 신들이 모두 두 번 절하고 물러갔다.

"동해, 남해, 서해의 장리, 광야, 옥초, 현롱, 지폐, 총진, 여궤, 동화, 선원, 임소 등 열 개 섬의 선녀들이 뵙습니다."

이번에는 선녀 열 사람이 모두 꽃을 수놓은 금 두건을 쓰고 붉은 구슬로 만든 비녀를 꽂고 나타났다. 옥과 비취가 영롱하게 얼굴에 비쳐 똑바로 바라볼 수도 없도록 눈이 부셨다. 봉황 무늬를 수놓은 하얀 저고리에 파란 비단 치마를 무릎 아래까지 길게 드리웠다.

그들은 태을신의 부적을 차고 있어 번쩍번쩍 번갯불이 일고, 푸르고 붉은색의 낮고 각진 신을 신고 있었다. 장대하고 큰 키로 남자들처럼 절하니 스승이 이번부터는 일어서지 않고 앉아서 절을 받았다. 선녀들은 절을 마치고 물러갔다.

찾아온 신을 차례차례 호명하는 목소리는 계속 울려 퍼졌다.

"천인, 자개, 금마, 단릉, 천량, 남루, 목주, 등 일곱 지역의 신장들이 뵙습니다."

일곱 신장들은 붉은 두건에 깃을 꽂고 군복 바지와 꽃을 수놓은 앞가림 옷을 입었다. 팔에는 활집과 화살통을 비스듬히 걸었고, 손에는 붉은 창을 들고 있었다. 모두들 사자의 몸과 범의 기상을 지녔으며, 붉은 머리털과 금빛 눈동자, 용의 수염을 하고 있었다. 그들은 공손하게 손을 모아 허리를 굽히고 물러갔다.

"단산, 현림, 창구, 소천, 자야 등 다섯 신과 그들이 거느리는 모든 귀신들은 함께 인사드립니다."

다섯 신의 모습은 앞에서 인사한 일곱 지역의 신장들과 같은 차림을 하고 있었다. 그들은 각각 백여 명의 귀신들을 거느리고 있었다.

귀신들 중에는 키가 작고 누추한 모습을 한 이도 있었고, 키가 크거나 말쑥한 이도 있었다. 여섯 개의 팔을 지닌 이도 있고, 네 개의 눈을 가진 이도 있었다. 늙고 추한 여자도, 곱고 젊은 여자도 한데 모였다.

그들은 모두 지방을 상징하는 색깔의 옷을 입었다. 차례로 줄을 지어 늘어서서 네 번 절하고 물러나와 다섯 대열을 이루었다.

스승은 옆에 있던 소년에게 명령하여 붉은 깃발을 들고 북쪽에서 동쪽으로, 다시 남쪽에서 서쪽으로 돌아 가운데 무리의 앞에 서게 했다. 그가 사방을 거쳐 가운데 선 후 보고했다.

"여러 신령들이 모두 모였으나 오직 위주의 조 부인만 오지 않았습니다."

그러자 소천신이 앞으로 나와서 꿇어앉으며 말했다.

"위주의 조 부인은 귀양살이를 하느라 속세에 내려가서 지금은 사람이 되었습니다. 그리고 그를 대신할 사람이 아직 오지 않았습니다."

스승은 고개를 끄덕이고 이어서 광하 등 세 신선을 불렀다. 세 명의 신선들은 앞으로 나와서 섰다.

"그대들이 세 방면을 나누어 다스리면서 옥황상제님의 어진 덕을 실천하니 오랫동안 백성들이 그대들의 은택을 입었다. 그런데 요즈음 나쁜 기운이 다가오고 있어 모든 백성이 재앙에 빠지게 되었는데, 이를 구할 대책을 마련해 두었는가?"

스승의 물음에 세 신선은 하나같이 탄식하며 대답했다.

"참으로 말씀하신 바와 같습니다. 어제 봉래산의 치수대감이 자하원군이 계신 곳으로부터 와서 홍영산에 들러 말하는 것을 들었습니다. 여러 신선들이 구광전 위에서 옥황상제(上帝)를 모시고 있는데, 그 중 삼도제군이 이렇게 말했답니다.

'염부제에 살고 있는 삼한의 백성들이 지나치게 교묘하고 간사하며 속임수를 잘 쓰고 난폭하다. 복을 아끼지 않으며, 하늘을 두려워하지 않고, 불효와 불충을 일삼고, 귀신을 모독한다. 그래서 구림동에 사는 이리 얼굴의 큰 마귀를 빌려다가 붉은 땅의 군대를 거느리고 모두 소탕하려 했다. 그래서 전쟁이 7년째 계속되었는데, 나라를 망하게 하지는 않더라도 삼한 백성 10 중의 5, 6은 살육하여 경계하려 한다.'

신하인 저희들도 그 말을 듣고 역시 모두 두려워서 마음이 떨렸습니다. 그러나 큰 운수에 달린 일이니 어찌 감히 힘으로만 해결되겠습니까?"

그 말을 들은 스승 또한 탄식하기를 금하지 못했다.

그러던 중 무리 한가운데에서 대포 한 방을 쏘는 소리가 났다. 사방의 대열이 모두 호응하여 북을 두드리고 쇠를 울려서 힘을 보탰다.

어느덧 나무 위의 등불이 하나하나 땅에 떨어지고 아득히 깊은 골짜기에 자욱한 구름이 내려 깔렸다.

스승은 방으로 들어와 관과 옷을 벗었다. 그리고 등불을 밝힌 후 방 가운데에 앉았다. 남궁 두는 처음 보는 광경에 깜짝 놀라서 오랫동안 정신을 잃고 있었다.

이튿날 스승은 남궁 두를 불러들여 말했다.

"자네는 이미 인연이 다하여 이곳에 오래 머물 수 없네. 산을 내려가 속세로 가서 머리를 기르도록 하게. 그러나 황정을 먹으며 북두칠성에 절하면서 수련을 계속해야 하네. 음탕한 사람이나 도둑이라도 결코 죽이지 말고, 매운 채소나 소, 개고기 등을 먹지 말며, 남을 음해하지 않는다면 이는 곧 땅 위의 신선이네. 나아가 도를 닦는 일을 쉬지 않는다면 승천할 수도 있을 거야.

『황정경』과 『참동계』는 도교의 높은 교리이니 외우는 일을 게을리하지 말게. 『도인경』은 노자50의 도를 전하는 글이고, 『옥추경』은 천둥을 관장하는 여러 신들을 받들어 공경하는 글이니 항상 지니고 다니면 귀신들이 두려워하고 우러러볼 것이네.

---

50 **노자(老子)** : B.C. 6세기경에 활동한 중국 제자백가 가운데 하나인 도가(道家)의 창시자

이 밖에 마음을 닦는 비결 가운데에는 남을 속이지 않는 것이 으뜸이네. 평범한 사람이 선과 악을 잠시만 생각하더라도 귀신이 벌써 그의 좌우에 늘어서 있어 먼저 아는 것이며, 옥황상제께서 곧 강림하실 것이니 한 가지 일이라도 하면 곧 기록에 남긴다네. 그것을 선과 악의 정도에 따라 보답하는 힘은 그림자나 메아리보다도 빠르지.

이치에 어두운 사람들은 이를 대단치 않게 여기고 꽉 막힌 하늘이니 두려울 게 없다고 생각하지. 그러나 그들이 어떻게 저 창창한 하늘 위에 주재자51가 있고, 그가 모든 일을 판단하여 처리하고 있다는 것을 알 수 있겠나? 자네의 경우 인내력은 강하지만 욕심을 다 버리지 못했으니 혹시라도 어떤 일에 삼가는 마음을 잊으면 잘못된 길에 떨어져 끝없이 오랜 괴로움을 당하게 될 걸세. 어찌 삼가지 않을 수 있겠는가?"

남궁 두는 눈물을 흘리며 스승의 마지막 가르침을 받들었다. 스승의 앞에서 절하여 하직하고 곧 산을 내려온 남궁 두는 허전한 마음에 뒤를 한 번 돌아보았다. 그러나 그곳에 사람이 살았던 흔적이라고는 아무것도 남아 있지 않고, 그저 첩첩한 산중이었다.

남궁 선생은 이곳저곳을 헤매 다녔다. 그래도 고향 땅을 찾아가야겠다 싶어 임피에 가 보았다. 옛날에 살던 집이라고는 그 터조차 남지

---

51 **주재자(主宰者)** : 어떤 일을 중심이 되어 맡아 처리하는 사람

않았다. 논밭과 농장은 벌써 서너 번이나 주인이 바뀌었다고 한다.

선생은 다시 서울로 가 보았다. 살던 집은 터만 남아 주춧돌이 묵은 풀 속에 아무렇게나 놓여 있었다. 눈물이 흐르는 것을 겨우 삼키며 선생은 발걸음을 돌이켰다.

그동안 늘 잊지 않고 있던 충실한 하인 한 사람이 떠올랐다. 그가 해남 땅에 살고 있으며, 경작할 땅과 집도 넉넉히 가지고 있다는 말을 들었기에 찾아가 보기로 했다.

하인은 남궁 선생을 보고 처음에는 알아보지 못했다. 한참 후에 자신의 주인임을 알아본 하인은 막 주저앉을 뻔했다. 두 사람은 서로 손을 붙잡고 통곡했다.

"내가 오갈 데가 없으니 이곳에서 자네와 함께 살면 안 되겠나?"

선생은 염치 불고하고 하인에게 몸을 의탁했다.

"나리, 무슨 말씀입니까? 누추하나마 '내 집이다.' 하고 생각하십시오."

하인은 즉시 자신이 살던 곳을 비워 주며 선생으로 하여금 거처하도록 하였다.

선생은 그곳에서 평범한 여염집의 처녀와 결혼했다. 그리고 아들과 딸을 하나씩 낳았다.

남궁 선생은 비록 가정을 꾸리고 살림살이를 다시 시작하기는 했으나 스승의 교훈을 가슴에 새기고 조금도 게을러지지 않았다. 자식들이 철이 들 만큼 장성하자 해남을 떠나 용담 땅에 은거하였다. 깊은 골짜기를 골라서 머물렀는데, 바로 치상산에서 가까운 곳이었다. 아마도 다시 스승을 마주치게 되지는 않을까 생각했던 모양이다.

수십 년 동안 둥굴레와 솔잎을 채취하여 그것만을 먹고살았으니, 몸이 나날이 건강해져서 수염도 세지 않고 걸음걸이도 마치 날아가는 듯하였다.

무신년(1608년) 가을에 나(허균)는 공주 목사에서 파직을 당하고 부안 고을에 머무르고 있었다. 어느 날 남궁 선생이 고부 땅을 출발하여 걸어서 나의 숙소를 방문해 주었다.

선생은 나에게 네 가지 경전의 오묘한 뜻을 전해 주었다. 또 선생이 스승을 만났던 이야기의 시작과 끝을 위에 기록한 바와 같이 자세하게 이야기했다.

그때 선생의 연세가 여든셋이었다. 하지만 그 얼굴은 마치 마흔예닐곱 된 사람 같았다. 시력이나 청력이 조금도 약해지지 않았고, 파란 눈동자나 검은 머리카락에서 느껴지는 풍모는 마치 한 마리 여윈 학처럼 의젓했다.

어떤 때는 며칠 동안 먹지도 않고 잠을 자지도 않으며 『참동계』나 『황정경』을 쉬지 않고 외웠다. 그러면서 내게 가끔 충고하는 것이었다.

"남 몰래 나쁜 일을 하지 말고, 귀신이 없다고 말하지 말게. 착한 일을 행하여 덕을 쌓고, 욕심을 끊어 마음을 단련해야 하네. 그러면 높은 경지의 신선이 될 수 있을 것이니, 난새와 학이 머지않아 내려와서 그대를 맞이할 것이네."

나는 선생의 곁에서 그가 머무는 곳이나 먹는 음식이 보통 사람과 다르지 않은 것을 이상하게 여겼다. 선생은 나의 마음을 읽었는지 빙그레 웃으며 말했다.

"내가 처음에는 신선이 되어 승천할 수 있으리라고 여겼었지. 그런데 너무 서두르다가 그만 일을 그르치고 말았다네. 우리 스승님께서 나더러 이미 지상의 신선은 되었으니 부지런히 수련하면 8백세의 나이는 기약할 수 있다고 말씀하셨네. 요즘 산중이 너무 한가하고 적막하여 속세로 내려왔으나, 아는 사람이 하나도 없을뿐더러 가는 곳마다 젊은이들이 나의 늙고 누추함을 멸시하니, 사람 사는 재미라고는 전혀 없네. 사람이 오래도록 살고 싶어 하는 것은 본래 즐거움을 누리기 위함인데, 이렇게 쓸쓸하고 즐거움이라고는 없으니 오래 살아서 무엇을 하겠는가? 그래서 속세의 음식을 금하지 않고, 아들과 손자를 껴안고 즐기며 남은 세월을 보내고 있다네. 그러다가 갈 곳으로 돌아가 하늘이 명하신 대로 따르려네."

나는 선생의 얼굴을 한참 동안 들여다보았다. 선생은 내 얼굴을 마주 보며 미소를 띠었다.

"그대야말로 신선의 재주와 도인의 골격을 타고난 듯하니 힘써 수련하고 쉬지 않는다면 참된 신선이 되기에 아무 어려움이 없을 것 같군. 우리 스승께서 일찍이 나에게 인내력이 있다고 하셨는데 잠깐을 참아 내지 못하여 이 지경이 되었네. '참을 인(忍)'이라는 글자 하나는 도교를 따르는 자들의 오묘한 비결이니 그대 또한 삼가 간직하고 놓치지 말게나."

선생은 얼마 동안 더 머물다가 나의 붙잡는 손을 뿌리치고 떠나갔다. 사람들은 선생이 용담으로 다시 갔다고들 하였다.

나는 곰곰이 생각해 보았다.

옛말에 '우리나라 사람들은 불교를 숭상했지만 도교를 받들지는 않았다.'고 했다. 신라 때로부터 조선에 이르기까지 천여 년이 지났으나 도를 이루어 신선이 되었다는 사람이 있다는 말을 듣지 못했으니, 과연 그렇다고 여길 만하다.

하지만 내가 직접 만나 본 남궁 선생의 경우에 비추어 보면 참으로 이상한 일일 수밖에 없다. 선생이 스승으로 여겼던 분은 과연 어떤 사람인가? 그보다 먼저 만났다는 관상하는 사람은 누구인가? 그들은 과연 도인이거나 신선이었을까? 그들이 말했다는 것을 모두 믿기 어려운 것만큼 남궁 선생이 말한 모든 것도 확실히 믿을 수는 없을지 모른다. 어찌 보면 그림자나 메아리처럼 실체 없는 모습이나 소리일 것이다.

다만 선생의 나이와 용모로 따져 본다면 그는 참으로 도를 이룰 수 있는 사람이 아니었을까? 어찌하면 여든의 나이를 먹고서도 그처럼 건강할 수 있으랴? 도교를 숭상하는 일이 실제로 없었다고 단언할 수도 없는 일이다. 아, 그야말로 기이한 일이 아닌가?

중국에서 보면 우리나라가 멀고 외진 바다 밖에 있어 선문자나 안기생같이 뛰어난 숨은 선비가 드물었다. 수백 년 전 바위틈에서 도를 깨우친 비범한 사람이 있음을 이제 남궁 선생을 통해 알 수 있게 되었으니 그 누가 '외진 곳이라서 그런 신선이 없다.'고 함부로 말하랴?

도에 통달하면 신선이 되는 것이요, 도에 어두우면 평범한 사람이 되는 법이다. 우리가 도교를 숭상하지 않았다거나 우리나라에 신선이 없었다는 옛말이야말로 옳고 그름을 가려 보기도 전에 귀로만 듣고 믿는 것과 무엇이 다르겠는가?

남궁 선생이 도를 서둘러 이루려는 욕심만 내지 않았다면, 그래서 마침내 수련의 결과를 온전히 얻을 수 있었다면 중국의 선문자[52]나 안기생[53]과 어깨를 견주고 나란히 맞서기에 무슨 어려움이 있었으랴? 다만 그분이 마지막까지 참지 못하여 다 이루어진 공을 무너뜨렸으니, 참으로 안타까울 뿐이다.

---

52 **선문자(羨門子)** : 옛 선인으로 이름은 자고(子高)임.
53 **안기생(安期生)** : 중국 진나라 때 사람. 신선술을 익혀 신선이 되었다고 한다.

장생전(蔣生傳)

장생이라는 사람은 어떠한 내력을 지닌 사람인지 알 수 없었다. 기축년(1589년) 무렵에 서울을 왔다 갔다 하며 비렁뱅이 노릇을 하고 살았다. 누군가 그의 이름을 물었다. 장생은 태연하게 말했다.

"나도 내 이름이 무언지 모르겠소."

"저런, 그게 말이나 되는 소리요? 그럼 고향은 어디요? 댁의 할아버지나 아버지가 어디서 사셨소?"

"우리 아버지는 밀양 고을의 좌수[54]였다오. 내가 태어나고 겨우 삼 년이 되었을 때 어머니가 돌아가셨지요. 아버지는 곧 첩을 들였는데, 그의 속임수에 혹하여 나를 집안 농장의 종이 사는 집으로 쫓아냈답니다."

"그런 일이 있었구려. 그런데 어쩌다가 여기까지 와서 빌어먹게 된 것이오?"

"내 나이 열다섯이 되자 그때까지 보살펴 주던 농장의 종은 나를 이웃 민가의 처녀에게 장가보냈습니다. 그런데 채 몇 해가 안 되어 아

---

54 좌수(座首) : 조선 시대, 지방의 행정 단위인 주, 부, 군, 현에 두었던 향청의 우두머리

내가 죽고 말았답니다. 그래서 떠돌아다니기 시작했는데, 호남과 호서 지방의 수십 고을을 전전하다가 이제 서울까지 오게 된 것이라오."

그렇게 대답했다.

장생의 용모는 매우 우아하고 수려했다. 특히 눈썹과 눈의 선이 그린 듯이 고왔다. 우스갯소리를 잘하여 한 번 시작하면 막힘이 없었다. 게다가 노래 실력은 더욱 기가 막혔다. 그가 노래를 시작하면 사람들은 그 절실하고 애처로운 소리에 감동하지 않을 수 없었다.

장생은 늘 자주색 비단으로 지은 겹옷을 입고 다녔는데, 추울 때나 더울 때나 갈아입는 일이 없이 한결같았다. 술집이나 기생들의 집에도 다니지 않는 곳이 없을 정도여서 그곳의 사람들과 친하게 지냈다. 술이 있는 곳이면 어디든 찾아가서 마음대로 퍼먹고는, 그 값으로 노래를 불러 사람들을 즐겁게 한 뒤에 훌훌 털고 자리를 떠났다.

그는 술을 마시다가 어느 정도 취할 때쯤이면 맹인, 점쟁이, 술 취한 무당, 게으른 선비, 소박맞은 여인, 걸인, 늙은 유모 등을 흉내 내곤 했다. 하는 짓마다 아주 실감이 날 정도로 똑같았다. 또 가면을 쓰고 열여덟 나한[55]을 흉내 내기도 했는데, 보는 사람마다 진짜 같다며 좋아했다.

---

55 **나한(羅漢)** : 아라한(阿羅漢)의 줄임말. 불제자 중에서 번뇌를 끊어서 인간과 하늘 중생들로부터 공양을 받을 만한 덕을 갖춘 사람. 이미 생사를 초월하여 더 이상 배울 만한 법도가 없게 된 사람으로서, 가장 높은 지위의 성자(聖者)를 이른다.

입 모양을 쪼그리면서 호드기, 퉁소, 거문고, 비파 등의 악기 소리를 내기도 했고, 기러기, 고니, 두루미, 따오기, 갈매기, 학 따위의 새 소리도 똑같이 따라 했다. 진짜와 가짜를 구분하기가 힘들 정도이니 장생이 밤에 닭 우는 소리나 개 짖는 소리를 내면 이웃의 개와 닭이 일제히 울고 짖어 대는 지경이었다.

장생은 아침마다 밖으로 나와 거리나 시장에서 구걸을 했다. 그렇게 하루 동안 얻는 것이 서너 말씩이나 되었다. 그 중 두어 되쯤 밥을 지어 먹고 나서는 남은 것을 모두 다른 거지들에게 나누어 주었다. 그러니 장생이 거리에 나타나기만 하면 동네에서 구걸을 하는 아이들이 모두 그의 뒤를 졸졸 쫓아다녔다. 늘 그런 식이었으니 사람들은 장생의 사람됨과 행동을 섣불리 헤아리지 못했다.

장생은 일찍이 이한이라는 이름을 가진 악공의 집에 얹혀살았던 적이 있다. 그 집에서 일하는 머리를 양 갈래로 땋은 여자아이가 아침저녁으로 찾아와 장생으로부터 호금[56]을 배웠는데, 자주 만나는 만큼 서로 매우 친하게 지냈다.

하루는 여자아이가 장생에게 와서 자줏빛 꽃이 수놓아진 구슬 노리개를 잃어버려 어디에 있는지 알지 못한다고 하소연을 했다.

"아침에 네거리를 지나다가 어떤 준수한 소년을 만났어요. 그 사람

---

56 **호금(胡琴)** : 중국에서 비롯되었다고 하는 현악기의 일종

이 저를 보고 웃으며 농담을 걸고 잠깐 몸이 닿았다가 스치고 지나갔는데, 정신을 차리고 보니 노리개가 없어졌지 뭐예요?"

여자아이는 애처롭게 울면서 눈물을 그치지 못했다. 장생은 아이를 달랬다.

"에이, 어린놈들이 그런 짓을 하다니. 얘야, 울지 마라. 저녁나절에 내가 그 노리개를 소매 속에 넣어 돌아오겠다."

말을 마친 장생은 어디론가 훌쩍 나가 버렸다.

저녁이 되자 장생은 여자아이를 불러내어 따라오라고 했다. 두 사람은 서쪽 큰길로 경복궁의 서쪽 담장을 따라 걸어서 신호문의 모퉁이에 이르렀다.

장생은 아이의 허리를 큰 띠로 묶어 왼쪽 어깨에 둘러메었다. 그러고는 풀쩍 뛰어올라 몇 겹으로 둘린 문을 날아서 넘어갔다. 한창 어두울 때여서 길도 분간할 수 없을 지경이었지만, 경회루 지붕 위로 정확히 내려섰다.

경회루 위에는 두 소년이 있었다. 그들은 촛불을 들고 장생을 맞이했다. 그들은 서로 마주 보며 껄껄 큰 소리로 웃더니, 이내 들보 위의 컴컴한 구멍 속에 숨겨 놓았던 온갖 금붙이와 구슬, 비단, 명주 따위를 끄집어내었다. 그 중에 아이가 잃어버린 노리개도 섞여 있었다.

소년들이 노리개를 돌려주며 멋쩍어 하자 장생은 그들에게 충고했다.

"두 아우는 앞으로 행동을 삼가라. 허튼 장난으로 세상 사람들이 우리의 자취를 알게 해서는 안 된다."

장생은 말을 마친 후에 여자아이를 끌고 다시 날아서 북쪽 성으로 나왔다. 그리고 아이를 제 집으로 돌려보냈다.

아이는 다음 날 날이 채 밝기도 전에 장생을 찾아왔다. 전날 밤 당황하여 감사의 말도 제대로 하지 못한 것이 마음에 걸려서였다. 그런데 장생은 술에 취한 채로 코를 쿨쿨 골며 세상모르고 잠들어 있었다. 이한의 집 사람들 모두 장생이 밤에 외출했다는 사실을 까맣게 모르고 있었다.

임진년(1592년) 4월 초하룻날이었다. 그는 외상으로 술 몇 말을 사서 마신 뒤 크게 취했다. 그렇게 밤이 깊을 때까지 큰길을 가로막다시피 하고 춤을 추며 노래를 불렀다. 그날 밤 장생은 수표교 위에서 거꾸러졌다.

이튿날 장생은 해가 중천에 뜬 후에 죽은 채로 발견되었다. 이미 죽은 지가 오래된 것처럼 시체가 다 썩어 있었다. 갑자기 장생의 몸이 무수한 벌레로 변하더니 모두 날개가 돋쳐 날아가기 시작했다. 단 하룻밤 사이에 깨끗이 사라지고 그가 입었던 옷과 버선만이 덩그러니 남았다.

장생의 친한 벗 중에 홍세희라는 무인이 있었다. 그는 연화방에서 살았는데, 임진년 사월에 이일 장군의 휘하에서 조선을 침략한 왜적과 싸웠다. 그가 전투 도중 조령에 이르렀을 때 우연히 장생을 만났다. 장생은 짚신에 지팡이를 끌고 나타나 홍세희의 손을 붙잡고는 반가워하며 말했다.

"나는 사실 죽은 게 아니라네. 저 동해 바다 가운데의 한 섬나라를 찾으러 가는 길이라네."

홍세희는 당황스러우면서도 한편으로 다행히 여겼다. 장생은 홍세희에게 남은 말을 계속했다.

"자네는 아직 죽을 때가 되지 않았네. 싸움이 시작되고 위기에 빠지거든 높은 곳의 숲으로 향해 가게. 절대 물가로 가서는 안 되네. 그리고 5년 후 정유년(1597년)에 다시 왜란이 있을 걸세. 그때는 결코 남쪽으로 향해서는 안 되네. 어쩌다 공적인 임무가 생겨 남쪽으로 오더라도 산성에는 오르지 말게. 꼭 명심하게나."

장생은 말을 마치자 곧 하늘로 솟구쳤다. 그리고 이내 사라져 버리니 이후로는 누구도 그가 어디로 갔는지 알 수 없었다.

홍세희는 과연 탄금대 전투에서 그가 해 준 말을 기억해 냈다. 위기에 빠진 홍세희는 산 위로 달아나 죽음을 면할 수 있었다.

정유년 7월이 되었다. 홍세희는 왕궁을 수비하는 부대에 근무하고 있었다. 어느 날 오리 이원익 정승에게 임금의 교지를 전하라는 명령을 받았다. 임무를 마치고 돌아오는 길에 성주 근방에서 적군의 추격을 당하게 되었다.

홍세희는 지난날 장생이 했던 충고를 그만 까맣게 잊고 있었다. '황석성이 전쟁 준비가 잘 되어 있다.'는 주위의 말을 믿고 그쪽으로 다급하게 달아났다. 그러나 황석성은 적군에 의해 허무하게 함락되었고, 홍세희는 그곳에서 목숨을 잃었다.

나는 젊었을 때 여러 협객들과 친하게 지냈다. 장생과도 서로 우스갯소리를 주고받을 정도로 절친했으므로 그의 신기한 기예를 모두 구경했었다.

아아, 그야말로 신기한 경험이었다. 옛날 사람들이 이야기하던 검선57이란 곧 그와 같은 사람을 일컬은 것이 아닐까?

---

57 검선(劍仙) : 칼을 쓰는 기술이나 방법이 신선의 경지에 이른 사람

작품 해설

「홍길동전」 꼼꼼히 들여다보기

1. 영웅 소설의 구조와 비범한 인물

영웅 소설은 '영웅의 일생'을 다룬 이야기 문학이다. 대개 조선 후기에 많이 창작된 한글 소설의 한 유형이다. 우리 문학 작품의 범주를 고대에까지 확장시켜 보았을 때 '영웅의 일생'을 다룬 이야기의 원형으로 주몽의 이야기인 고구려 건국 신화를 상정할 수 있다.

임진왜란과 병자호란 등 국가적인 환란을 겪은 후 조선 후기에 많은 영웅 소설이 출현했다. 구체적인 영웅 소설 작품으로는 「소대성전」, 「장풍운전」, 「장백전」, 「황운전」, 「유충렬전」, 「조웅전」, 「이대봉전」, 「현수문전」, 「옥루몽」, 「남정팔난기」, 「정수정전」, 「홍계월전」, 「김진옥전」, 「곽해룡전」, 「유문성전」, 「권익중전」 등이 있다.

고대 신화의 영웅적 인물이 후대의 이야기 문학에 여러모로 영향을 끼쳤음은 조선 후기 영웅 소설의 유행 이전에도 많은 경로를 통해 입증된다. 그 중 「홍길동전」도 하나의 좋은 사례이다.

영웅이란 보통 사람보다 탁월한 능력을 가진 사람을 지칭한다. 개인의 이익이나 행복을 위해서보다는 자신이 속한 집단을 위하여 위대한 일을 수행하는 한편, 결과적으로는 그 집단의 존경을 받게 되는 인물이다.

따라서 영웅은 그가 속한 집단의 범위와 성격에 따라 씨족 혹은 부족, 나아가 민족의 영웅, 국민의 영웅 등으로 나눌 수 있고, 특정 집단이 아니라 모든 인류를 위해서 공헌한 인물도 있을 수 있다. 이야기 문학 속에서 이러한 인물들은 대체로 공식화된 삶을 산다.

신화에서 비롯되어 조선 후기 영웅 소설에서 고착된 영웅들의 일생은 다음과 같은 일곱 단계의 틀로 구성된다. ① 고귀한 혈통, ② 비정상적 출생, ③ 비범한 지혜와 능력, ④ 시련(기아), ⑤ 구출자에 의한 위기 극복과 양육, ⑥ 다시 찾아오는 위기와 그에 맞선 투쟁, ⑦ 대업 성취와 고귀한 지위 획득, 신비한 죽음 등이 그것이다.

대개의 영웅 소설은 외적의 침략이나 간신의 반란으로 인해 전쟁이 자주 일어나는 상황에서 조정을 중심으로 사건이 전개된다. 주인공은 명문대가의 후예이며, 천지신명께 치성을 드린 결과로 탄생하며, 어려서 부모와 분리되어 고난을 겪는다. 구출자를 만나 고난을 극복하고 도승을 만나 신이한 도술과 무예를 습득하며 국가적 위기 상황에 등장하여 국난을 평정한다. 임금에 의해 높은 벼슬자리에 오르고 헤어진 가족과 재회하여 행복한 삶을 살게 된다.

위와 같은 정형화된 틀을 가지기 전, 즉 신화에서 보이는 영웅 서사의 원형과 조선 후기 영웅 소설 사이에 존재하는 「홍길동전」에서 영웅의 일생은 어떻게 전개되고 있을까. 위에서 구분한 단계적 서사 단락에 맞추어 비교해 보자.

① 길동은 승상 벼슬을 지낸 홍문 대감의 자식으로 태어난다. 즉 고귀한 혈통을 이어받은 것이라 할 수 있다.

② 그러나 길동은 홍 대감 가문의 몸종 춘섬의 몸을 빌려 서자로 태어난다. 이는 길동의 성장 과정이 순탄치 않을 것임을 예고하는 것이다.

③ 어려서부터 특별히 총명하였으며, 온갖 도술에 능하다.

④ 길동은 주위의 천대 때문에 고민하고 초란 등의 악인들에 의해 죽음의 위협을 당한다.

⑤ 길동은 스스로의 힘으로 죽음의 위기에서 벗어나 집을 떠난다. 이후 도적의 소굴에 은거한다.

⑥ 도적당의 두령이 된 후 탐관오리나 부패한 조정과 대립하여 싸우고, 도술 등을 이용하여 검거 위협에서 벗어난다.

⑦ 조선 임금에 의해 병조 판서를 제수 받고, 이후 스스로 새 나라를 건설하여 왕위에 오른다.

위에서 보듯 홍길동의 일생은 대체로 영웅 소설 주인공의 일생에 부합하지만, 이 중 다섯 번째 항목에서는 일정한 차이를 보인다. 즉 「홍길동전」에는 특별한 구출자가 설정되어 있지 않고, 위기 극복 이후의 성장 또한 타인의 양육에 의한 것이 아니라 자율적으로 이루어지는 것이라고 할 수 있다.

그렇다면 홍길동은 영웅 소설의 전형적인 주인공들보다 오히려 더 뛰어난 능력의 소유자이다. 누구의 도움도 받을 필요가 없을 만큼 강한 존재로서의 주인공은 인간적인 형상이라기보다 신화 속의 존재에 가까울 정도로 초능력을 지닌 인물이다.

따라서 다섯 번째 항목의 특징에 의거하면 「홍길동전」의 주인공은 영웅 소설보다 고대의 영웅 신화 속 주인공에 더 가깝다고 볼 수 있다. 「홍길동전」이 영웅 신화와 조선 후기 영웅 소설을 연결하는 중간 단계의 특징을 가진다는 말은 그래서 가능한 것이다.

또한 작품 전체의 주제 의식과 관련지어 보면 영웅 소설과 「홍길동전」의 차이는 더욱 심각하게 구분될 수 있다. 즉 일반적인 영웅 소설이 국가적 재난 상황을 해결하는 인물로 그려져 왕조의 안녕에 기여한 공로를 인정받는 것과는 달리 「홍길동전」의 주인공은 왕조에 대립하는 인물로 그려지고 있는 것이다. 길동이 병조 판서를 제수받기는 하지만, 결국은 모국을 등지고 떠나 새로운 나라를 건설한다는 점을 주목할 수밖에 없는 이유이다.

「홍길동전」의 세계가 비판과 부정의 정신 위에 구축되어 있다면, 조선 후기 영웅 소설의 세계는 봉건적 질서를 옹호하고 유지하려는 작가적 세계관을 드러낸다고 할 수 있는 것이다.

2. 실존 인물 홍길동

홍길동이 실존 인물이라는 주장은 그동안 꾸준히 제기되어 왔다. 15세기 중엽에 태어나 연산군 대에 충청도 근방을 주요 무대로 활동한 도적이라는 것이다. 1500년 즈음에 도적 홍길동을 검거하기 위한 대규모 소탕 작전이 전개되었다는 기록이 있다.

1443년 출생설, 1502년 사망설이 있고, 혹자는 의금부에 의해 검거된 홍길동이 죽지 않고 일본으로 건너가 다시 활동했다는 주장을 펼치고 있기도 하다.

홍길동의 출생과 사망, 그리고 활동에 대해 다양한 의견들이 제출되고 있으면서도 쉽사리 확증되기 어려운 것은 바로 그가 서얼 출신의 신분적 한계를 가진 인물이었기 때문이다. 즉 정사에 기록될 만한 인물이 아니라는 사실이다.

게다가 활빈당을 조직하고 양반 사회에 저항한 전설적인 인물이므로, 당대의 백성들에 의해 다양한 이야기가 그의 실제 생애에 덧붙여져 구전되었을 가능성이 크다.

조선 후기 실학자 이익은 『성호사설』에서 홍길동을 장길산, 임꺽정과 함께 조선 시대 3대 도적으로 꼽기도 했다.

남양 홍씨로 경성절제사를 지낸 홍상직이라는 사람이 있었다. 홍상직은 부인 남평 문씨와의 사이에서 귀동과 일동 두 아들을 얻었다.

그리고 관아의 기생이었던 첩 옥영향으로부터 셋째 아들 길동을 얻었다고 한다. 만약 이 길동이 연산군 때의 도적 홍길동이었다면 그는 서얼 출신으로 도적이 되어 조정의 골칫거리가 되었다는 점에서 「홍길동전」의 주인공과 상당 부분 유사한 성격을 공유한다.

실존 인물 홍길동은 정승은 아니더라도 정통 관료의 아들이었다. 그러나 조선의 강력한 신분 제도는 그의 능력 여하를 불문하고 조정에 진출할 기회를 원천적으로 차단했다. 이에 불만을 품은 홍길동은 뜻을 같이하는 무리와 유랑민들을 끌어모아 부조리한 사회에 저항했다고 할 수 있다.

홍길동의 주요 근거지는 충청도 충주 일대였다고 한다. 물론 경상도 지역이나 전라도 지역에서도 활발하게 활동했다는 설이 지속적으로 제기되고 있다. 그는 평범한 도적들과는 달리 산속의 근거지에 숨지 않고 사람들이 모이는 곳을 마음껏 활보하면서 위세를 떨쳤다.

당시 그는 사리사욕에 눈이 먼 관리와 아전 등을 포섭하여 각종 정보를 모은 다음 조직적으로 강도짓을 일삼았다. 그는 정3품 당상관의 차림을 하고 무기를 소지한 채 무리를 이끌고 관가를 들락거렸다고 한다.

1470년 무렵부터는 활동 무대를 해상으로까지 확장했다는 설도 있다. 그래서 해외에 이상국을 건설했다는 주장으로 이어지게 되는 것이다. 홍길동이 이주한 곳, 즉 '율도국'이 지금의 오키나와 지역이라는 설도 제시된 바 있다.

그렇다면 조선 시대의 전설적 도적 홍길동의 활동과 소설 「홍길동전」의 내용이 대부분 겹치는 것을 알 수 있다. 어쩌면 허균은 당시 구전되고 있던 시정의 이야기를 충실히 채록하여 잘 정리한 것이라고 볼 수 있는 것이다.

연산군 6년이던 1500년 10월 22일, 영의정 한치형, 좌의정 성준, 우의정 이극균이 도적 홍길동의 체포 사실을 임금에게 고했다는 기록이 있다.

당시의 정치적 사회적 상황을 고려하면 아마도 홍길동은 극형에 처해졌을 가능성이 높다. 하지만 홍길동이 탈옥에 성공하고 무리들과 해외로 근거지를 옮겨 활동했다는 이야기가 전해지고 있다. 가능성이 많고 적음을 떠나 그것이 사실일 수도 있지만, 만약 당대 조선 사회가 백성들의 민심을 돌보지 못하고 탐관오리들이 득세하는 시절이었다면 실제의 목숨은 끊어졌더라도 백성들의 마음속에서만은 죽지 않고 살아남아 있었던 것이 아니었을까?

실존인물 홍길동과 「홍길동전」의 작가 허균의 생몰 시기는 약 120년의 차이가 난다. 허균의 활동 시기에도 의적 홍길동의 이야기는 사라지지 않았다. 오히려 사람들의 입에서 입으로 전해질 때마다 다채롭게 윤색되어 신화적이고 전설적인 규모를 갖추고 살아남았을 것이다.

3. 홍 대감의 서자 홍길동

홍길동은 조선 성왕 세종 때의 재상 홍문 대감의 서자로 태어났다. 홍 대감은 길동이 태어나기 전에 낮잠에 들었다가 용꿈을 꾸는데, 그것이 길동을 잉태할 태몽이었다. 길몽을 꾼 다음 태어난 아들답게 총명한 아이였지만, 천한 노비의 몸에서 태어났으므로 홍 대감의 안타까움을 사게 된다.

홍길동이 자신의 품은 뜻과 출중한 능력을 펼친다는 것은 당대 기득권층과 왕권에 대한 도전의 의미를 가진다. 그것은 금지된 것이기 때문이다. 그 가능성을 조기에 차단하려는 마음이 홍 대감에게 생기게 된 것은 대감의 애첩 초란과 사악한 주위 인물들의 모략 때문이었다.

'왕후장상에는 씨가 없다.'는 관상쟁이의 말을 들은 후에 홍 대감은 길동을 사실상 집안의 구석진 곳에 구금한다. 그곳에서 자객 특재와 길동의 한바탕 진검승부가 벌어진다.

싸움은 기대보다 싱겁게 끝나는데, 그것은 길동의 초월적인 능력에 따른 것이다. 즉 길동은 평범한 인간 이상의 비범한 능력 정도를 가진 것이 아니라 귀신을 부릴 만한 초인간적 능력을 가지고 있었던 것이다.

길동이 사적으로 집행하는 악인에 대한 징벌 이후에는 늘 하늘의 명령을 강조하는 당위적 선언이 함께한다. 길동은 하늘이 내린 인재라는 것과 함께 하늘이 내린 인재를 핍박하는 세상의 모든 인간과 제도는 순리를 거스르는 것이라는 인식이다.

주위의 모략과 중상, 위협을 견디다 못해 집을 떠나는 다음의 장면은 집안의 후원 정도의 틀에 결코 가두어질 수 없는 숨겨진 영웅의 힘이 거칠고 험한 세상을 향해 마침내 나아가는 출발점이 된다.

"대체 무슨 변고가 있었기에 어린아이가 집을 버리려 하느냐."

"날이 밝으면 자연히 아실 것입니다. 제 걱정은 마시고 집안을 잘 돌보십시오."

"네가 이제 무작정 집을 떠나면 어디로 가겠느냐?"

"대감께서 버린 자식이 목숨을 부지하려고 떠나는 마당에 어찌 따로 갈 곳을 정해 두었겠습니까? 소인의 신세는 뜬구름과 같으니 하늘과 땅을 집 삼아 살아가는 수밖에요. 다만 평생의 원한이 가슴에 맺혔는데 풀어 버리지 못하고 떠나게 되니, 그것이 못내 서러울 뿐입니다."

길동의 눈에 두 줄기 눈물이 쏟아져 내려 더 말을 잇지 못했다. 대감은 길동의 마음을 짐작할 수 있었다. 이미 늦은 감이 있지만 조금이라도 위로가 된다면 길동의 원한을 이해한다고 말해 주고 싶었다.

"나도 너의 품은 한을 짐작하니 오늘부터 아버지를 아버지라 부르고 형을 형이라 부르는 것을 허락하겠다. 그러니 너는 지금 집을 나가서 사방을 정처 없이 돌아다니더라도 아무쪼록 아비와 형에게 근심을 끼치지 마라. 그리고 되도록 빨리 돌아와서 나의 마음을 위로해 다오. 여러 말 하지 않을 테니 언제 어디서든 겸손하게 생각하고 행동하도록 해라."

길동은 엎드린 자리에서 일어나 다시 절하고 말했다.

"소자의 해묵은 한을 아버님께서 오늘 풀어 주시니 황공하여 몸 둘 바를 모르겠습니다. 이제 죽어도 여한이 없습니다. 부디 아버님께서는 제 어미를 가엾게 여기셔서 나중에라도 소자가 원망하지 않도록 해 주십시오."

길동이 다시 마지막 절을 올리며 하직하니, 대감은 차마 붙들지 못하고 다만 무사하기만을 당부했다.

위 인용문에서 길동이 그토록 한스러워했던 출생의 한계와 그것을 함께 안타까워했던 홍문 대감의 어진 성품을 확인할 수 있다. 아무리 어진 홍 대감이라도 길동이 세상으로 나아가려는 것은 곧 저항을 의미하는 것이므로, 또한 그 저항은 역모로 인식될 것이 뻔한 세상이므로 말릴 수밖에 없었던 것이다.

길동을 제거하는 일에 수동적으로라도 동의한 홍 대감의 부인이나 대감의 맏아들이요 적자인 인형의 모습도 작품에서 부정적으로만 그려지고 있지는 않다. 그들의 미안한 감정과 반성이 작품의 중 후반부에 지속적으로 나타나고 있는 것을 볼 수 있다. 그러나 그들이 제어할 수 있는 홍길동도 아니고, 홍길동의 활동을 응원한다고 해서 한 사람의 영웅적 능력에 의해 바뀔 세상도 아니다.

어찌 보면 홍 대감의 '호부호형(呼父呼兄)을 허(許)한다.'는 선언은 길동의 사회 진출과 활약을 사회가 절대 용인할 수 없는 상황에서,

자신이 통제할 수 있는 가족 내에서나마 그 지위를 인정한다는, 나름 대로 최선을 다한 배려라고 할 수 있다.

4. 활빈당의 두령 홍길동

정해진 곳 없이 집을 떠난 길동은 운명적으로 도적의 소굴에 다다 른다. 그곳에서 만난 도적들에게 길동은 다시 한 번 하늘의 뜻을 거론 한다.

> 길동은 무리의 한가운데로 나아가 이름을 밝히며 말했다.
> "나는 서울 홍 승상의 아들 길동이라 하오. 사람을 죽이고 도망하여 이리저리 떠돌다가 여기 이르렀소. 오늘 이곳에서 여러분을 만남은 하 늘의 뜻이니, 내가 녹림 호걸 중의 우두머리가 되는 것이 어떻겠소?"

자신의 의지가 담긴 행동뿐 아니라 우연히 이루어지는 모든 일 들도 하늘의 명을 따르는 것이라는 길동의 믿음은 앞으로 전개될 활약에 정당성을 부여하기 위한 것이다. 즉 도적질을 하고 관권이 나 임금에 저항하는 것이 순리에 어긋나지 않는다는 것, 오히려 당 대의 사회나 제도가 순리를 거스르고 있는 것이라는 명료한 현실인 식이다.

그러니 역적질을 하든 도적질을 하든 우선 필요한 것이 명분이다.

"우리는 이제부터 무고한 백성의 재물에는 절대 손대지 않을 것이다. 각 고을의 수령과 벼슬아치들이 백성에게서 착취한 재물을 빼앗아 도탄에 빠진 백성을 구제할 것이다. 그런 뜻에서 우리 무리의 이름을 '활빈당'이라 하리라."

길동의 엄숙한 선언에 도적들은 마음속 깊이 느끼는 바가 있었다. 이제는 더 이상 흉악무도한 도적 떼가 아니라 의로운 일을 하는 사람으로 거듭나게 되는 것이다. 가난한 백성을 살리는 무리, 활빈당이었다. 가슴이 벅차오른 도적들은 모두 자리에서 일어나 손뼉을 치며 호응했다.

길동은 주위를 진정시키고 다시 말을 이어 갔다.

"함경도 감영에서 병기와 곡식을 잃고 우리를 찾으려 애쓰고 있을 것이다. 분명 조정에도 보고가 되었으리라. 우리의 종적을 찾는다는 구실로 그사이에 애매한 사람들이 억울한 일을 당하게 될지 모른다. 우리가 저지른 일 때문에 무고한 백성들이 죗값을 받게 할 수는 없는 일이다. 그 사람들이 누구인지는 모르더라도 천벌을 두려워함이 마땅치 않겠는가?"

길동은 무고하게 고초를 당하는 사람이 없도록 즉시 함경도 감영의 북문에 다음과 같이 써서 붙였다.

창고의 곡식과 병기를 훔친 이는 활빈당 장수 홍길동이라.

활빈당의 강령을 선언하고 자신의 이름을 세상에 알리는 길동의 의도는 자명하다. 도적질을 하기는 하지만 그것이 불의한 일이 아님을 강조하는 것이다.

무고한 백성의 재물이 아닌, 부정한 방법으로 취득한 재물만을 털 겠다는 것은 무엇을 의미하는가? 애초에 백성의 것이었고 끝내 백성 의 것이어야만 하는 곡식과 재물을 그들에게 되돌린다는 뜻이다. 각 고을의 수령이나 아전, 혹세무민으로 배를 불리는 승려, 뇌물로 사리 사욕을 챙기는 중앙의 관료들 모두가 활빈당의 적이 된다. 도적인 홍 길동이 아니라 그들 부정한 세력이 불의한 자들이요, 천명을 거스르 는 자들이다.

백성을 구휼하는 일에 앞장서는 활빈당의 적은 곧 백성들의 적이 나 다름없다. 활빈당이 자신들을 백성의 편이라고 선언하는 순간 백 성들은 활빈당의 도적질을 의적 행위로 받아들일 근거가 마련된다.

그런데 이보다 앞서 길동이 무리들을 모아 놓고 자신들의 정체성 을 정립시키기 위해 하는 말이 있으니 살펴볼 필요가 있다.

어느 날 길동은 녹림의 모든 도적을 불러 모아 놓고 말했다.
"우리가 비록 이곳에 숨어 도적질을 해서 먹고살지만, 모두 이 나라 의 백성이다. 대를 이어 나라의 물을 마시고 나라의 흙에서 자란 곡식을 먹으니 그 은혜를 저버릴 수는 없는 것이다. 만일 나라가 위태로운 지경 에 빠지면 마땅히 온갖 위험을 무릅쓰고라도 임금을 도와야 할 것이다. 그러니 어찌 병법을 익히는 데 힘쓰지 않을 수 있겠는가?"

도적들은 길동의 말에 처음에는 영문을 몰라 하다가 차츰 마음이 이끌리기 시작했다. 두령의 목소리에 귀를 기울이는 도적들의 눈이 반짝반짝 빛났다.

"우리 스스로 도적 떼라 여기지 말고 나라와 백성을 지키는 군사가 되기로 마음먹어야 할 것이다."

탐관오리 등 부정한 기득권 세력을 적으로 규정하고 백성을 자신의 편으로 하여 구휼 활동을 전개하는 활빈당은 백성의 편이기에 앞서 스스로가 백성이다. 그러니 백성으로서 나라의 은혜를 저버릴 수는 없다는 것이다.

허균 혹은 홍길동이 살았던 당대 조선이 나라와 임금이 동일시되는 사회였음을 상기할 필요가 있다. 즉 조정과 관료가 적대적이더라도 임금을 등질 수는 없다는 인식이 드러났다고 할 수 있는 부분이다.

5. 조선국의 병조 판서 홍길동

홍길동과 활빈당은 신출귀몰한 활약으로 조선 사회를 떠들썩하게 만든다. 허수아비를 둔갑시켜 팔도에 나누어 보낸 탓에 지방의 수령이나 조정의 대신들은 늘 헛물만 켤 뿐 홍길동을 검거하는 데 실패한다.

홍길동이 병조 판서 되기를 원한다는 말을 들은 임금은 고민에 빠진다. 우선 많은 대신들의 의견은 서자 출신의 홍길동에게 벼슬을 주는 것이 불가하다는 것이다. 임금도 그 말 자체에 특별히 반대하지는 않지만, 그것만을 내세워 길동의 요청을 거부하는 것은 아니다.

임금이 생각하고 내세우는 것은 홍길동이 자신의 능력을 바탕으로 의로운 일을 행한 것이 아니라 도적질을 일삼아 민심을 어지럽히고 조정을 혼란케 했다는 점이다. 즉 백성들의 삶이 도탄에 빠지고 민심이 흉흉해진 원인에 대해 길동과는 전혀 다른 진단을 하고 있는 셈이다.

나라가 어지러워진 것은 부정하고 무능한 관료들이 백성들을 올바로 돌보지 않고 임금의 눈과 귀를 가린 탓이라고 길동은 생각한다. 그러나 임금은 길동 같은 도적이 출몰하여 민심이 흉흉해졌다고 생각하는 것이다.

결과적으로 임금이 길동의 말을 이해하고 조정의 대신들이나 지방의 수령들의 잘못을 알게 된 것인지, 아니면 민심의 안정이라는 지상의 목표를 위해 차선책으로 길동의 소원을 들어 주기로 한 것인지는 분명히 말할 수 없지만, 결국 길동에게 병조 판서를 제수하기로 결단하는 것은 여러모로 의미심장하다.

임금은 고민 끝에 결국 결단을 내렸다.

"아니다. 이놈의 재주는 사람의 힘으로 막을 수 없겠다. 민심이 이렇게 요동치는 것을 그대로 둘 수도 없는 노릇이다. 게다가 그 재주만 놓고 본다면 기특하다고도 할 수 있겠다. 차라리 길동의 재주를 인정하고 조정에 힘을 보태도록 하는 것이 낫지 않겠는가?"

임금은 병조 판서를 제수하기로 약속하고 길동을 조정으로 불렀다.

… (중략) …

"성은이 망극하여 분수에 넘치는 은혜로 병조 판서에 오르게 되었습니다. 소신의 죄가 깊고도 무거운데, 도리어 망극한 성은을 입었으니 이제 평생의 한을 다 풀고 돌아갑니다. 이제 마지막 인사를 드리니 전하께서는 부디 태평성대를 누리십시오."

말을 마친 길동은 바로 병조 판서를 사직하고 절하며 물러났다. 길동을 해칠 기회만 엿보고 있던 조정 대신들은 입을 다물지 못했다. 손을 쓸 사이도 없이 길동이 구름을 타고 하늘로 올라가니 순식간에 한 점으로 사라져 버린 것이었다.

임금 또한 그 모습을 보고 도리어 탄식하며 말했다.

"길동의 신기한 재주는 예로부터 지금까지 참으로 드문 것이다. 그 재주로 나라를 위해 충성을 다할 수 있었다면 어찌 큰 힘이 되지 않았으랴? 단지 서얼이라는 이유로 그 재주를 썩혀야 하니 실로 안타까운 일이다. 길동이 이제 조선을 떠나겠다고 했으니, 다시는 폐를 끼칠 일이 없을 것이다. 비록 수상하기는 하지만, 길동은 대장부다운 호쾌한 기상을 가졌으니 더는 염려할 필요가 없겠다."

길동이 드문 재주를 지니고 있다는 점, 그러나 서얼이라는 이유로 그 재주를 썩혔다는 점, 길동의 재주를 썩힌 것이 길동 자신의 비극일 뿐만 아니라 국가적 손해라는 점을 임금은 모두 인식하고 있다. 이는 허균이 「유재론」에서 말한 당대 조선사회의 모순이나 그로부터 말미암은 해악의 내용과 정확히 부합하는 현실 인식이다.

어쩌면 임금은 홍길동이 병조 판서가 되어 그 재주로 나라에 기여하기를 진심으로 바랐을지도 모르겠다. 그러나 길동은 바로 벼슬을 사직하고 물러난다. 그리고 조선을 떠나겠다는 의사를 내비친다.

이는 작품 안에서 길동이 꿈꾼 이상적인 사회가 그의 모국인 조선 땅 위에 건설되지 않고 멀리 해외로 자리를 옮기는 이유가 된다. 작가의 입장에서는 실제로 조선 사회에 큰 충격파를 던진 홍길동을 비롯한 의적들이 마침내 세상을 바꾸는 데는 실패할 수밖에 없었던 현실을 반영한 것이라고 볼 수도 있겠다.

6. 백씨, 조씨의 남편 홍길동

다른 한글 장편과는 달리 「홍길동전」에는 애정 서사가 거의 개입되어 있지 않다. 어찌 보면 홍길동은 세상을 바꾸거나 건설하는 일에 골몰한 나머지 사랑의 문제에는 둔감한 것처럼 보이기까지 한다. 어린아이 적에 집을 떠났고, 처음 몸을 맡긴 곳이 도적의 소굴이었으며, 이후에는 내내 도적의 무리와 함께 살았으니 그럴 만도 하다.

여인과의 관계만을 따진다면 최소한 조선에서는 아무 일도 일어나지 않았다. 조선을 떠나 처음 정착한 '제도'라는 섬에서도 길동은 그를 따르는 무리들만을 상대하며 살았다. 그러다가 망당산 인근의 낙천현이라는 고을에서 길동은 아마도 운명이었을 두 여인을 우연히, 그것도 한꺼번에 만나게 된다.

울동의 대궐에는 피비린내가 진동했다. 혹시 남은 요괴가 있을까 하여 길동은 대궐의 모든 건물을 수색했다. 우두머리 울동이 누워 있던 안채의 내실 문을 열어젖히자 그 안에 여자 두 명이 있었다.

한 여자가 목을 매려 하고 있고, 다른 여자가 말리고 있는 모양이었다. 길동은 그들 또한 요괴의 잔당이라 생각하고 바로 들어가 칼로 베려 했다. 그 순간 두 여자는 한목소리로 울며 말했다.

"저희들은 요괴가 아닙니다. 불행하게도 요괴에게 잡혀 온 것입니다. 수치스러운 마음에 스스로 목숨을 끊으려 했지만 그럴 틈을 얻지 못해 이렇게 살아 있었던 것입니다. 그러니 저희를 죽이려 하지 마시고 부디 고향으로 돌려보내 주십시오."

길동은 칼을 거두고 여자들을 살펴보았다. 모두 용모가 수려하고 몸가짐이 단정한 양가집 규수들로 보였다. 길동은 한 사람씩 여자들의 이름을 물었다. 그 중 목을 매어 죽으려던 여자는 다름 아닌 낙천현 백룡의 딸이었다. 그리고 말리던 여자는 조철이라는 부자의 딸이었다.

약초를 캐던 중 '울동'이라는 요괴들을 만나고 그것들을 퇴치하는 과정에서 두 여인을 만난 것이다. 이본에 따라서는 세 여인이라고 서술되기도 한다. 두 여인이든 세 여인이든 그것은 크게 중요치 않을지 모른다. 조선을 떠난 길동은 더 이상 유교 이념 아래에서의 처첩 개념을 신경 쓸 필요가 없는 것이다.

그러니 길동이 남편이 되면 두 여인은 혹은 세 여인이라도 그들은 동시에 부인이 될 수 있다. 길동이 왕이 된 후에는 그들 모두 왕비가 된다.

이러한 길동의 결혼 이야기는 당시 백성들에게 회자되던 의적 홍길동과 관련된 화소일 수도 있고, 그보다 먼저 민간에 전승되고 있던 설화가 허균의 소재 채록 작업 당시에 「홍길동전」 속으로 끼어든 것이라고 볼 수도 있다. 혹은 허균의 최초 창작 이후 후대의 필사 및 윤색 과정에서 첨가된 화소일 수도 있겠다.

아무튼 「홍길동전」의 해당 부분은 동서양에 고루 전승되고 있는 「지하국 대적 퇴치 설화」의 차용으로 여겨지고 있다. 설화의 특성상 여러 가지 형태와 내용으로 변주되기는 했지만, 「지하국 대적 퇴치 설화」의 대략적인 내용은 다음과 같다.

옛날 어느 곳에 한 여자가 괴물에게 납치당했다. 여자의 부모가 재산과 딸을 현상으로 내걸고 용사를 구하자, 어떤 용사가 나타나 부하들과 함께 여자를 찾아 출발하였다.

천신만고 끝에 용사는 괴물의 거처가 지하에 있음을 알게 되고 그곳으로 이르는 좁은 문도 발견하였다. 밧줄을 드리워 부하들을 차례로 내려 보내려 했으나 모두 중도에 포기하고 말아, 드디어 용사 자신이 지하국에 이르렀다.

용사는 우물가 나무 위에 숨어 있다가 물을 길러 나온 여인의 물동이에 나뭇잎을 훑어 부려 자신의 존재를 알렸다. 용사는 여인의 도움을 받아 괴물의 집 문을 무사히 통과하였다. 여자가 용사의 힘을 시험하려고 바위를 들어보게 했으나 용사가 들지 못하자, 용사에게 '힘내는 물'을 먹였다.

힘을 기른 용사는 마침내 괴물을 죽이고 납치되었던 사람들을 구하여 지상으로 올려 보냈다. 그러나 부하들은 용사를 지하에 남겨둔 채 여인을 가로채서 가 버렸다. 용사는 결국 신령의 도움을 받아 지상에 오를 수 있었다. 용사는 부하들을 처벌하고 여자와 혼인하였다.

낙천현의 부잣집 딸 백씨와 조씨는 자신을 구출해 준 길동과 혼인한다. 길동의 나이 스무 살 때의 일이다. 길동은 한 가정의 가장이 되는 한편 두 처가의 만만찮은 세력과 풍부한 재력까지 손에 넣을 수 있게 된다.

7. 새 나라의 왕이 된 홍길동

「홍길동전」의 수많은 이본이 존재하는 가운데 후대의 이본일수록 작품 후반부의 화소가 풍부해지는 경향을 보인다. 즉 작품 전반부는 홍 대감 가문에서의 출생, 서자로서의 한계를 느끼고 울분을 토로하는 모습, 한 차례의 위기를 넘기고 집을 떠나기 전 호부호형을 허락받는 극적인 장면으로 거의 유사하게 나타나지만, 후반부의 경우 내용의 차이도 있거니와 분량의 차이도 상당하다.

예컨대 경판 24장본에서 길동이 율도국을 정벌하는 내용은 싱거울 정도로 간략하게 처리되어 있다. 출정하자마자 얼마 싸워 보지도 않고 율도국 임금이 항복하는 것이다. 또한 율도국을 차지한 후에 왕위에 오르는 부분도 몇 줄 안 되는 내용으로 급히 처리했다.

하지만 후대의 이본은 율도국 장수들이나 왕들과 전투하는 과정이 비교적 흥미진진하게 묘사되어 있고, 적국의 왕을 죽이는 장면을 첨가하여 극적인 재미를 더하고 있으며, 나라의 이름을 바꾸는 등의 윤색이 적극적으로 이루어지고 있음을 확인하게 된다.

그해 십이월 길동은 마침내 왕위에 올랐다. 율도국을 멸하고 세운 새 나라를 '안남국'이라고 칭하니, 평안한 남쪽 나라라는 뜻이었다. 아버지 홍문 대감을 추존하여 태조 대왕이라 하고, 능 이름을 현덕릉이라고 정했다. 모친 춘섬은 왕대비에 봉했다.

장인 백룡은 부원군에 봉하고, 백씨는 중전에 봉하고, 조씨는 정숙비에 봉하였다. 수고한 장수들에게는 각각 공훈에 걸맞은 벼슬을 내려 억울함이 없도록 했다.

곧 이어 잔치를 벌이느라 모두가 즐겁고 떠들썩한데 길동은 문득 지난날을 떠올리며 어머니에게 말했다.

"예전에 소자가 집에 있을 때 만일 자객의 손에 목숨을 잃었던들 어찌 오늘 같은 날을 볼 수 있었겠습니까? 제가 조선을 떠나온 것은 억울하고 서러운 일이 많아서였습니다. 또한 저를 따르던 활빈당 무리들도 본래는 다 선량한 백성이었는데, 탐관오리들의 횡포에 헐벗고 굶주리는 것을 견디다 못해 도적이 된 것입니다. 이제 저희가 과분하게도 나라를 얻었으나, 이 나라에서 또다시 억울하고 서러운 백성들이 생긴다면 어찌 얼굴을 들 수 있겠습니까?"

길동의 표정이 숙연해짐을 따라 대비와 두 왕비도 함께 눈물을 흘렸다.

길동이 왕위에 오른 후에 시절은 태평하여 풍년이 들고, 나라와 백성은 편안하여 별 탈이 없었다. 임금이 베푼 덕이 온 나라에 퍼져 혹 길거리에 떨어진 물건이 있어도 주워 가는 이가 없을 정도였다.

위 인용문에서 '율도국을 멸망시키고 태평한 나라를 건설한 길동이 스스로 왕위에 올랐다.'는 기본적 틀에 '새 나라의 이름을 안남국이라 칭하였다.'는 내용이 첨가된 것을 볼 수 있다. 안남국이라는 국명은 물론 '백성이 평안한 나라'라는 지상 목표를 강조하기 위한 장치이다.

그렇다면 '백성이 평안한 나라'란 무엇을 뜻하는 것인가? '부당한 차별이 없고 누구나 제 능력을 마음껏 발휘할 수 있는 나라'와 무엇이 같고 무엇이 다른가?

조선 중기를 살고 있던 허균도 작품 속의 홍길동도 당대 조선 사회의 문제점을 직시하고 있었다. 그 문제점이란 '백성들의 삶이 도탄에 빠진 사회'이며, '많은 인재들이 부당한 차별로 인해 등용되지 못하는 사회'라는 것으로 요약된다.

적서 차별의 철폐가 훌륭한 인재의 기용을 가능하게 하고, 훌륭한 인재가 적재적소에서 활약할 때 백성들의 삶이 나아질 수 있을 것이라는 논리에 심각한 모순은 발견되지 않는다. 그렇다고 해서 차별 철폐와 태평성대의 구현을 동일시할 수는 없다.

궁극적인 목표를 나라의 태평과 백성의 안위에 두더라도 그것을 가능케 하는 해법은 다양하고 구체적인 것으로 도모해야 할 것이다. 그 다양한 해법 중 하나로 차별 철폐를 생각할 수 있는 것이다.

그런데 「홍길동전」에 형상화된 이상국의 모습을 보면 작품 서두에서 의도한 것으로 보이는 '만민이 평등한 세상'과는 거리가 멀고, 단지 '백성들이 평안한 세상'을 성급하게 그려 놓은 듯한 느낌을 지울 수 없다. 이는 많은 사람들이 허균과 「홍길동전」의 한계를 지적하는데 하나의 빌미가 되기도 한다.

「홍길동전」의 결말에 묘사된 새 나라의 모습과 발단 부분에 묘사된 과거 조선의 모습을 비교해 보자.

조선 세종 대왕 즉위 15년, 창경궁의 정문 밖에 홍문이라는 재상이 살고 있었다. 그는 청렴하고 강직하며 덕망이 높아 세상 사람들의 존경을 받았다.

젊은 나이에 과거에 급제하여 벼슬길에 오른 후 직위가 한림에 이르렀을 때 이미 그 명성과 덕망이 조정의 으뜸이었다. 세종 대왕 또한 그의 덕망을 귀하게 여겨 이조 판서로, 이어서 좌의정으로 벼슬을 높여 나랏일을 돌보게 했다. 홍 승상은 임금의 은혜에 감동하여 주어진 일에 더욱 힘썼다.

어진 임금과 충성을 다하는 신하가 만났으니 무사태평한 나날들이 이어졌다. 민심을 흉흉하게 하던 도적 떼가 사라지고 해마다 풍년이 들었다. 백성들의 마음도 따라서 넉넉하여졌다.

홍길동의 아버지 홍문 대감이 벼슬자리에 있던 세종 대왕 시절 나라는 평안했다. 좋은 임금과 좋은 신하가 제자리에서 제 몫을 할 때 나라는 태평해지고 백성들의 삶도 넉넉해진다. 그렇다면 불과 몇 십 년 후 홍길동이 활약한 당시의 조선이 혼란해진 것은 임금이든 관리든 자신의 역할을 제대로 하지 못했기 때문이라는 결론이 가능해진다.

그러니 왕이 된 길동이 제자리에서 제대로 된 역할을 했고, 그가 임명한 관리들이 어진 정치를 한 결과 새 나라는 조선과 달리 무사태평한 나라가 되었다는 것 정도로 이해할 수 있겠다.

그러면 「홍길동전」에 담긴 '적서 차별의 철폐' 주장은 그 자체의 비판적 의의보다 봉건적 사회의 안녕과 질서를 유지하기 위한 하나의 방책으로써 제한적이고 보수적인 의미만을 가지게 되는 것일까? 이 또한 허균의 신분, 즉 사대부로서의 계급적 한계를 드러낸 것으로 읽어야 할까?

이에 대해 현대의 관점에서 성급한 결론을 낼 필요는 없을 것이다. 그렇다고 해서 과거의 일이니 당대의 현실을 최대한 감안해야 한다는 식의 속 편한 해석을 굳이 내세울 필요도 없다. 당대 조선 사회에서는 이 정도의 문제 제기도 죽음을 불사할 용기가 필요한 일이었음을 우리는 이미 잘 알고 있기 때문이고, 「홍길동전」에서 보여 준 이상적 세계의 한계는 이후 세대인 우리에게도 끝없이 수정하고 보완해 나가야 할 과제로 여전히 남아 있기 때문이다.

해설
허균과 「홍길동전」에 대하여

오늘날 우리는 교산 허균(1569~1618)을 최초의 한글 소설 「홍길동전」의 작가로 기억하고 있다. 그는 한시에 능한 뛰어난 시인이었고, 유교, 불교, 도교에 두루 통달한 학자였으며, 현실을 비판하고 개혁하려는 의지를 가진 사상가이기도 했다. 「홍길동전」에 비해 덜 알려졌지만, 「남궁 선생전」, 「엄처사전」, 「장산인전」, 「손곡산인전」,

「장생전」 등 한문 소설을 짓고, 「유재론」, 「호민론」 등 당시 조선 사회를 통렬히 비판하는 논설을 썼다. 한마디로 허균은 팔방미인이다.

그런데 허균이 살아가던 시대에는 그에 대한 평가가 그리 후하지 않았다. 글재주는 모두가 인정하는 바였지만, 그가 하는 생각이나 말 그리고 행동에 대해 당대 선비들은 눈살을 찌푸렸다. 그는 불우한 문인이나 시인들과 어울려 다녔고, 또 세상에서 버림받은 서자, 승려, 무사들과 한패가 되어 술과 여자로 방탕한 나날을 지냈다.

물론 처음부터 그랬던 것은 아니다. 허균은 대대로 높은 벼슬을 누리던 양반 가문에서 태어났다. 허균은 1569년 경상도 관찰사 허엽과 그의 둘째 부인인 강릉 김씨 사이에서 태어났다. 허균의 가문은 대대로 관료를 배출한 명문가였고, 부친 허엽은 뛰어난 학자로도 유명했다. 첫 번째 부인이 1남 1녀를 낳고 일찍 죽자 허엽은 두 번째 부인을 들여 2남 1녀를 낳았다. 그 막내가 허균이었다.

그의 맏형 허성은 임진왜란 직전 일본에 통신사의 서장관으로 다녀와서 일본의 침략을 미리 알아맞힌 인물로 알려져 있다. 그의 둘째 형 허봉은 명나라에 다녀와서 기행문 「조천기」를 쓴 것으로 유명한 문인이다. 또 누이는 뛰어난 시인 허난설헌이다.

당당한 사대부 가문의 자제로서 허균은 서애 유성룡과 같은 이름
난 학자로부터 가르침을 받을 수 있었다. 또한 어릴 적에 누이 허난설
헌과 함께 서자 출신의 시인 손곡 이달로부터 시를 배웠다.

이달은 비록 서자 출신이기는 했지만 뛰어난 시인으로 명성이 자
자했다. 그러나 첩의 자식은 과거를 치를 자격이 주어지지 않는다는
'서얼금고법' 때문에 과거를 볼 수가 없었다. 이달은 가끔씩 자신의
처지를 비관하며 술에 취해 울분을 터뜨렸다. 이때부터 허균은 당시
서자들이 사회에서 어떠한 대접을 받는지 알게 되었다. 훗날 그가
「홍길동전」을 쓰는 데 많은 영향을 미쳤음이 분명하다.

허균은 열 살 무렵부터 천재로 일컬어졌고 그의 누이도 신동으로
소문이 자자했다. 그런데도 스물한 살이 되어서야 생원시에 합격하고
스물여섯 살에 겨우 사관의 벼슬을 얻었다. 30대가 된 후 황해도 도
사로 가기도 하고 수안 군수로 부임하기도 했지만, 거리낌 없고 삼가
지 않는 언행으로 비난을 받다가 끝내 벼슬자리를 잃곤 했다.

허균의 생애에 큰 영향을 준 사건은 둘째 형 허봉과 누이 허난설헌,
그리고 부인 김씨의 죽음이었다. 허봉은 재능이 뛰어난 인물로 열여
덟 살에 생원시에 수석으로 합격해 이미 출세 가도를 달리고 있었다.
그런데 백성들의 존경을 받던 율곡 이이를 비난했다고 하여 서인들에
게 맹렬한 공격을 받게 되었다. 그는 이 일로 유배를 갔고, 풀려난 후
에는 이곳저곳 떠돌다가 서른여덟 살의 나이로 죽었다. 그 이듬해에

는 누이 허난설헌이 불행한 결혼 생활 끝에 세상을 떠났다.

그는 슬픔을 이기기 위해 공부했고 1589년 생원시에 급제했다. 그런데 곧 임진왜란이 터졌고 부인 김씨가 피란 중에 첫아들을 낳은 후 세상을 떠나고 말았다. 이렇게 비극이 계속되었다.

사회에 불만을 품은 이들과 어울리고, 방탕한 생활을 하는 데다 자신이 신뢰하는 인물을 기용하기 위해 부정행위를 저지르는 등 허균의 일탈은 멈추지 않았고, 그래서 여러 번 귀양을 갔다. 광해군 때인 1618년 쉰 살의 나이에 역적모의를 했다는 이유로 능지처참을 당했다. 그의 한 서린 삶은 그렇게 끝이 났고, 인조 때 역모 죄로 몰린 사람들이 모두 복권되지만 그만은 조선 왕조 끝까지 반역자로 남았다.

역적으로 몰려 죽었으므로 그가 남긴 글들은 모두 불태워지고 「성수시화」, 「학산초담」, 「성소부부고」 등 일부만이 남아 전해진다.

그는 「유재론」, 「호민론」 등의 논설을 통해 당시 정부와 사회의 모순을 비판하고 개혁 방안을 제시했다. 문인으로서 그는 소설 작품, 한시, 문학 비평 등에 걸쳐 뛰어난 업적을 남겼다.

「엄처사전」, 「손곡산인전」, 「장산인전」, 「장생전」, 「남궁 선생전」 등은 그가 지은 한문 소설이다. 세상에 알려지지 않았지만 의미 있게 살아간 사람들, 뛰어난 재주를 지녔으나 부조리한 세상에서 그 뜻을 펼치지 못한 사람들이 주인공이었다. 「유재론」이나 「호민론」에서 드러나는 허균의 생각이 구체적으로 형상화된 작품들이라고 해도 과언이 아니다. 작품 주인공들이 실존인물이고, 허균 스스로 만난 적이 있거나 잘 아는 사람이라는 식으로 서술하여 신빙성을 얻으려 하였다.

그가 남긴 작품 가운데 문학 정신의 정수를 보여 주는 것으로 「홍길동전」을 빼놓을 수 없다. 「홍길동전」은 허균의 비판 정신과 개혁 사상을 반영하는 것으로 적서 차별 비판, 탐관오리 징벌, 가난한 백성 구제, 새로운 나라 건국 등을 총체적으로 제안한 작품이다.

「홍길동전」의 작가를 둘러싼 논란이 지속되고 있다. 허균이 「홍길동전」이라는 한글소설을 썼다는 것은 여러 정황상 무리가 있다는 주장이 제기되고 있는 것이다. 이러한 주장의 근거로 가장 많이 제시되고 있는 것은 다음의 몇 가지다.

첫째, 작품 내에 '장길산'이라는 인물명이 등장하는 문제이다. 장길산은 허균보다 후대에 실존했던 인물이니 허균이 지은 「홍길동전」에 거명될 수 없다는 주장이다.

둘째, 작품 내에 선혜청이라는 관청의 명칭이 나타나는 문제이다. 선혜청 또한 18세기 이후 활성화된 관청이라는 주장이다.

셋째, 우리 문학사에서 한글소설이 나타나는 시기는 18세기부터이므로 허균의 활동시기와 동떨어져 있다는 주장이다.

넷째, 허균과 비슷한 시기를 살았던 황일호라는 문인이 『노혁전』이라는 한문소설을 남긴 것으로 보아 '홍길동'의 존재는 당대에 구비전승되던 수많은 사실과 설화들로 이미 형상화되어 있었으며, 후대에 한글소설로 집대성되었으리라는 추론이다.

그러나 이상의 근거들만으로 「홍길동전」을 지은 사람이 허균일 수 없다고 주장하는 것은 무리가 있다. 우선 우리 고전소설의 대부분이 마찬가지 형편인데, 현존 판본으로 최초 판본을 가늠할 수는 없다는 사실 때문이다. 현존 판본이 18세기 이후의 것이라는 데는 동의할 수 있어도 그 이전에 최초 판본이 존재하지 않았으리라고 볼 근거는 될 수 없다.

그리고 그 최초 판본이 기존에 구비전승되던 화소를 적극적으로 차용했다고 해서 그 필자에게 작가의 지위를 인정하지 않는다는 것도 말이 되지 않는다. 여항의 이야기를 채록하는 과정에서 허구적 창작의 요소가 개입될 수 있고, 그것 때문에 작가 정신이 뚜렷이 드러나는 것은 동서고금을 통해 드문 일이 아니기 때문이다.

지금 우리가 찾아볼 수 있는 「홍길동전」에 허균 이후의 인물이나 풍물이 등장하는 것을 꼬집어 이야기하는 것도 문제가 있다. 우리 고전소설사에서 각 작품들은 수많은 이본들을 거느리고 있는데, 전승이 거듭됨에 따라 후대의 윤색이 가해지는 것이 통례이다.

허균의 도장이 찍힌 「홍길동전」 책이 나타나기 전에는 이러한 논란이 가시지 않을 것 같다. 그러나 그런 책이 발견된다고 해도 여전히 진위 논란에 휩싸일 것이고, 진본이라고 해도 시정의 이야기를 기록한 것일 뿐 창작은 아니라는 주장이 지속될 것처럼 보이기도 한다.

「홍길동전」이 허균의 작품이라는 의견은 택당(澤堂) 이식(李植, 1584~1647)의 기록에서 비롯되었다. 이식은 "허균이 『수호전』을 본떠서 「홍길동전」을 지었다"고 했다. 원래 이는 허균을 비난하기 위해서 한 말이다. 허균이 능지처참된 일을 거론하며 그의 패악한 행동들을 열거하다가 나온 말이다. 그런데 이것이 허균을 우리 문학사의 우뚝 솟은 봉우리로 추켜올리게 될 줄은 택당 이식도 예상치 못했을 것이다.

이식의 말 중에 새겨들어야 할 부분은 '『수호전』을 본떠서'일지도 모른다. 홍길동이라는 전설적인 도적의 이야기는 항간에 떠돌며 입에서 입으로 전해졌을지 모르고, 그것이 모여 여러 가지 들을 거리와 읽을거리로 재생산되었을 수는 있지만, 『수호전』만큼의 스케일과 전복적 사상을 담은 이야기로서의 「홍길동전」을 허균이 썼다는 이식의 말은 지금 생각해 볼 때 충분히 설득력이 있다.

「홍길동전」을 허균이 짓지 않았다는 명확한 근거가 없는 상황에서 기록에 근거한 기존의 견해를 뒤집을 필요는 없을 것 같다. 게다가 「홍길동전」의 작품세계는 허균의 사상에 여러 모로 부합한다. 「홍길동전」의 원본은 발견되지 않았고, 후대의 이본이 많이 전해 온다. 이들 이본은 경판 계열, 완판 계열, 필사본 계열로 나눌 수 있다.

가장 오래된 것은 경판본이며, 이 계열의 이본이 원래의 「홍길동전」의 전모를 가장 잘 보여준다고 여겨진다. 완판본은 후대에 이야기를 덧붙인 것이며, 사회 비판적인 의식이 가장 잘 드러난다는 평가를 받는다. 필사본은 내용이 가장 풍부한 이본으로 손꼽힌다.

각종 이본들이 공유하고 있는 줄거리는 다음과 같다.

홍 대감의 몸종에게서 태어난 길동은 서자라는 이유로 아버지로부터 자식으로 인정받지 못하고 온갖 차별과 천대를 받는다. 이를 견디다 못한 길동은 집을 나가 산적의 소굴에 들어가 두목이 된다. 이후 '활빈당'이라는 이름을 내걸고 탐관오리의 재물을 빼앗아 어려운 사람들을 구제하면서 전국을 누비고 다닌다. 조정에서는 신출귀몰하는 길동을 잡으려 하지만 마침내 실패하고, 그의 소원대로 병조 판서의 직책을 내린다. 길동은 벼슬을 받자마자 사직하고 해외로 나가 새로운 나라를 건설한다. 거기서 왕이 된 길동은 자신이 꿈꾸던 정치를 실현하다가 왕위를 자식에게 물려주고 죽는다.

「홍길동전」은 허균이 살아 있을 당시부터 백성들 사이에서 널리 읽혔다고 한다. 물론 이는 「홍길동전」이 한글로 쓴 것이기에 가능했던 일이다. 뿐만 아니라 당대 백성들의 현실 인식을 진보적으로 추동하는 역할도 넉넉히 했으리라 짐작된다.

「홍길동전」을 최초의 한글 소설로만 기억할 것이 아니다. 김시습의 「금오신화」가 보여 준 비판적이고 진보적인 현실 인식을 이어받아 훗날 연암 박지원의 소설과 판소리계 소설로 넘겨준 징검다리로써의 「홍길동전」의 소설사적 의의를 함께 이해할 필요가 있다.